La guerre des nains

DU MÊME AUTEUR

Mauvaise graine, Éditions Jean-Claude Lattès, 1995
Le sang du bourreau, Éditions Jean-Claude Lattès, 1996
La petite fille de Marie Gare, Éditions Laffont, 1997
La guerre des nains, Éditions Belfond, 1998
Mises à mort, Éditions Robert Laffont, 1998
Et pire, si affinités..., Éditions Robert Laffont, 1999
Origine inconnue, Éditions Robert Laffont, 2001
Affaire classée, Éditions Robert Laffont, 2002
Nuit blanche au musée, Éditions Syros, 2004
Le festin des anges, Éditions Anne Carrière, 2005
L'ombre des morts, Éditions Anne Carrière, 2008
Les trois coups de minuit, Éditions Syros, 2009
J'irai cracher dans vos soupes, Éditions Jacob-Duvernet, 2011
Crimes de Seine, Éditions Payot & Rivages, 2011
Des clous dans le cœur, Éditions Fayard, 2012
— **Prix du Quai des Orfèvres 2013**
Le jour de gloire, Éditions Payot & Rivages, 2013
Échanges, Versilio, 2014
Dérapages, Versilio, 2015
Énigme au grand stade, Éditions Syros, 2016
Tabous, Éditions Ombres Noires, 2016

AUX ÉDITIONS J'AI LU

Le festin des anges, n° 10771
Affaire classée, n° 10772
Échanges, n° 11005
Origine inconnue, n° 11056
L'ombre des morts, n° 11057
Dérapages, n° 11255
Mises à mort, n° 11270
Et pire, si affinités..., n° 11271

DANIELLE THIÉRY

La guerre des nains

J'AI LU

À Philippe et Olivier
À leurs parents
À Manon

Avertissement

La guerre des nains a été écrite au milieu des années 1990, alors que les Français venaient de découvrir, à travers le détournement d'un Airbus d'Air France à Alger, l'existence d'un extrémisme islamiste politico-religieux qui avait commencé à toucher nos banlieues. Pour avoir sillonné l'Île-de-France comme chef de la brigade des réseaux ferrés de banlieue depuis 1986 et participé, en tant que directrice de la sûreté de la compagnie Air France (de 1994 à 1998), à la résolution et aux suites du détournement d'Alger, j'avais eu un aperçu de ce qui se mettait en place. C'est alors que j'ai écrit ce livre.

En laissant les cités difficiles aux mains de prosélytes (gentiment nommés « les grands frères ») qui prenaient la place d'un service public défaillant en recréant un tissu associatif disparu, les politiques servaient indirectement une cause dangereuse. Sous couvert d'aide aux familles, de soutien scolaire, d'aide à la réinsertion dans les prisons, c'est le lit de la révolte et de l'activisme terroriste que l'on faisait. En témoignent la saga de Khaled Kelkal en 1995, les manifestations aux allures de guérilla urbaine à répétition jusqu'aux émeutes de 2005, uniques en Europe, et bien d'autres épisodes plus proches de nous encore.

Les nains désignent les enfants, les jeunes, entraînés malgré eux dans cette spirale. Mais ils ne sont pas tous pour autant issus de l'immigration ou reclus dans des banlieues difficiles. Ils peuvent être aussi des fils de la bourgeoisie lancés dans une croisade improbable comme en ont conduit Florence Rey et Audry Maupin en 1994, laissant derrière eux plusieurs morts. Ou encore des jeunes désœuvrés en quête d'un frisson qui donnerait du piment à leur existence. Une ville de banlieue est la plupart du temps composée de tous ces acteurs qui cohabitent ou se croisent quand on pense qu'ils s'ignorent. Le lien entre eux est représenté par le commissariat de police, à la fois source de conflit et régulateur de tensions.

Au commissariat (imaginaire) de *La guerre des nains*, on trouve encore des inspecteurs et des « verts », ces jeunes appelés qui faisaient leur service militaire dans la Police nationale. Une réforme de 1995 a changé les appellations des policiers, les inspecteurs sont devenus lieutenants, capitaines, commandants. Les « verts » ont disparu en même temps que le service national, en 1997. À la place, la police fait appel à des adjoints de sécurité qui peuvent, par la suite, faire carrière dans ses rangs.

Danielle Thiéry

1

Dimanche.

— Fais gaffe à droite !

Biboul tourna la tête dans la direction que lui indiquait Olive. Il ne vit d'abord rien mais il faut dire que son masque le gênait. La visière qui protégeait ses yeux s'embuait sans cesse, il avait déjà dû la retirer trois fois pour l'essuyer. Il pesta contre son vieux matériel et se prit à envier les équipements de ceux d'en face, les Bad Snakes, dont il avait eu un aperçu une heure plus tôt, juste avant le début des hostilités. Ils essayaient même des émetteurs-récepteurs tout neufs qui l'avaient fait pâlir d'envie. Suréquipés, les Bad Snakes, avec leurs Autocockers gonflés à bloc, munis d'une lunette de visée, leurs treillis Bushlan et leurs gants en Kevlar dernier cri…

C'est au moment où il se redressait pour reprendre sa progression qu'il aperçut les deux silhouettes. Elles avançaient avec précaution, courbées en deux et en partie dissimulées par un bosquet de noisetiers sauvages dont les feuilles commençaient à prendre des couleurs d'automne. Il distinguait mal les treillis mais il savait que c'étaient des ennemis. Il ne voyait d'eux que leurs têtes couvertes de cagoules assorties aux treillis, et leurs masques kaki, des JT Spectra... avec ventilateur incorporé.

Son équipe, les Red Dragons, était sur la gauche, plus en arrière ; ils avançaient sur l'épicentre de la zone de combat par une trouée dans la forêt, plus courte par rapport à l'objectif mais aussi plus raide et semée d'embûches. Un choix stratégique qui les obligeait à ramper la plupart du temps ou à se découvrir pour enjamber ou contourner d'énormes souches.

Mais logiquement, une fois la crête atteinte, ils seraient au but bien avant les autres. Il attendit, plaqué au sol, le cœur battant, les mains moites dans ses gants de cuir défraîchi. Sa joue en contact avec le sol lui restituait la tiédeur moite de la terre dont il percevait l'odeur d'humus amplifiée par les pluies d'orage de la veille. Une fois de plus, il regretta son équipement dépassé, il allait encore avoir le visage maculé de terre, de boue, et il avait horreur de cela. Les autres avaient des protège-joues, eux... Mais c'étaient les autres.

Il vit soudain sur sa gauche bondir un combattant longiligne et un peu voûté. Fildefer, avec son treillis trop large et son masque bleu cobalt. Malgré la chaleur, il portait une cagoule de laine, il devait crever là-dessous. Biboul le vit se figer, debout, ajuster son Trracer Asa à canon court, envoyer une rafale droit devant lui.

Biboul ne voyait personne en avant de sa position, mais il se releva brusquement pour couvrir son équipier. Il entendit en même temps les *plouf !* des détonations et le cri d'Olive :

— Fais gaffe, merde !

Le projectile explosa sur le tronc d'un gros chêne, dix centimètres au-dessus de sa tête, provoquant une belle éclaboussure rouge. Il se rejeta à terre, son autre joue heurtant sans douceur le sol où une couche molle de feuilles l'accueillit. Son vieux Trracer d'occasion cliqueta tandis que son estomac émettait un grondement mécontent. Un liquide amer remonta dans sa gorge, lui rappelant sans plaisir le Coca qu'il avait avalé à la va-vite sur le bord de la route, dans la zone neutre, avant de partir au combat.

Il eut soudain envie de rester là, sans bouger, allongé dans les feuilles et la tiédeur de ce dimanche de septembre.

Les piaillements des oiseaux dérangés par la bataille luttaient avec les exclamations des combattants et les bruits sourds des tirs. L'irritation de sa gorge fit tousser Biboul et monter des larmes dans ses yeux. Il n'y voyait plus rien, il retira son masque après avoir posé son Trracer rafistolé à côté de lui.

Une main lui secoua l'épaule, le faisant sursauter :

— Mais qu'est-ce que tu fous depuis un quart d'heure, merde ? Tu crois qu'on va y arriver, si tu glandes sans arrêt ! Et remets ton masque, putain, je tiens pas à te ramener avec un œil en moins !

Olive, le chef des Red Dragons, jurait à voix basse.

— Allez, amène-toi, reprit-il, les autres sont devant, si on reste là on va se faire avoir. Grouille !

Biboul remit son masque après avoir craché à l'intérieur et étalé la salive d'un doigt ganté maculé de terre, ce qui n'arrangea pas l'état de la visière. Il jeta un regard inquiet à Olive. Il y voyait encore moins qu'avant ! Pourtant, il s'élança sur les pas de son camarade en priant pour que le chef n'aille pas trop vite. Biboul était moins véloce et beaucoup plus enveloppé, ce qui lui valait ce surnom hérité de l'enfance. Sa mère l'appelait « Petite Boule ». Les enfants de la maternelle en avaient fait Biboul...

Mais le chef allait vite. Trop vite. Il avait pris vingt mètres à Biboul et celui-ci soufflait comme une locomotive en se disant que c'était la dernière fois qu'il se faisait embobiner. Olive l'avait bousculé pour qu'il vienne se joindre au groupe, mais il n'était pas en forme. Pas malade, plutôt inquiet, préoccupé par des événements qu'Olive tentait de minimiser en se moquant de lui et de son penchant à dramatiser. Mais Biboul savait qu'il frimait, il se voulait très fort, alors qu'au fond il était comme tout le monde : paniqué.

Devant lui le chef s'arrêta, se campa fermement sur ses jambes écartées et ajusta sa visée. Biboul le vit actionner plusieurs fois la pompe de son *gun* et perçut son cri de triomphe. Il en avait eu un ! C'étaient des forts, les Bad Snakes, des redoutables, précédés d'une réputation exécrable de quasi-invincibilité. Pourtant, Olive avait juré de les avoir. Il en faisait une question essentielle, de principe ou d'honneur.

— Normal, marmonna Biboul (justifiant pour son seul usage cette infaillibilité), y a que des vieux chez eux...

Pour lui qui allait sur ses seize ans, un homme de trente était déjà un vieillard. Il avait essayé de dissuader Olive d'accepter le combat. Les Red Dragons n'étaient encore que des amateurs malgré leur nom terrifiant, les autres des presque professionnels. Mais les Bad Snakes avaient insisté et Olive s'en était bêtement senti tout fier.

Biboul courait, courbé en deux, un horrible point de côté lui fouaillant la taille. Olive avait repris sa progression quand les deux silhouettes aperçues quelques minutes plus tôt réapparurent. Elles avançaient sans se presser entre les deux jeunes gens que trente mètres à présent séparaient. L'un des hommes cria quelque chose et Olive s'immobilisa, son gun à l'épaule pour le dessouder. Le deuxième homme allongea le bras, visant à son tour Olive.

« Quel drôle d'engin il a, celui-là ! » songea Biboul en un éclair.

Il vit soudain Olive se rejeter en arrière, stoppé dans son élan par un truc tellement puissant qu'il le fit reculer de deux mètres. Le chef resta debout un moment, vacilla brièvement avant de s'abattre, étendu de tout son long sur le dos.

— Quel cinoche il me fait, putain ! ricana Biboul en se mettant à couvert derrière une touffe de fougères.

Le chef en rajoutait toujours. Quand il était touché, il n'en finissait plus de tomber, surtout s'il avait un public.

Pourtant, quelque chose clochait. Biboul fronça les sourcils sous son masque pour se concentrer en comprimant son cœur qui battait trop vite sous le treillis de camouflage déniché dans un surplus américain. Il avait la certitude que quelque chose n'allait pas. Olive restait étendu, sans bouger, Biboul n'entendait plus rien, plus de cris d'oiseaux, les premiers à se taire quand le danger menace. Il n'entendait plus que son pouls qui explosait dans ses tympans.

— Olive, appela-t-il d'une voix rauque, ça baigne ? Bon, ça va, je t'ai vu ! T'es mort, c'est pas grave, je continue... On va les avoir, t'inquiète !

Il parlait très vite pour se rassurer mais aucune réponse ne lui parvint. Le silence était total. Les deux Bad Snakes avaient disparu et des Red Dragons, plus aucune trace. À croire que tous s'étaient ligués pour les laisser seuls, Olive et lui.

Puis, d'un seul coup, il comprit : le bruit émis par les détonations ! Voilà ce qui clochait ! Son cœur bondit dans sa poitrine et une nouvelle nausée lui remonta dans la gorge. Il se lança en avant sans se soucier d'une éventuelle présence ennemie, écartant sur son passage à l'aide de son gun les fougères hautes et épaisses à cet endroit plus dégagé du bois.

Olive gisait sur le dos, bras écartés, yeux clos. Son gun avait volé loin de lui au moment de sa chute. Sa tête avait cogné contre une souche de chêne et elle était bizarrement penchée sur le côté. Une large tache rouge foncé mouillait le haut de son treillis à hauteur de l'épaule. Biboul, convaincu que son copain lui faisait une mauvaise farce, le secoua pour l'obliger à se relever, et retira sa main gantée pleine de sang.

— Merde, Olive, s'affola Biboul, qu'est-ce que tu fous ? Déconne pas, Olive, bordel !

Mais Olive ne bougeait pas plus que la souche sur laquelle il s'était assommé. Biboul, les mains tremblantes, fit glisser le masque gris d'Olive vers le bas et tapota la joue affreusement pâle de son ami sans obtenir la moindre réaction.

Il regarda autour de lui, affolé. Perçut une série de craquements dans un taillis à quelques mètres derrière, se mit à gueuler :

— Au secours, à l'aide ! Venez, venez vite ! Y a un os ! Vite, c'est Olive, il est sonné !

Mais son appel ne reçut aucun écho, comme si le bois s'était vidé d'un seul coup. Pourtant, de nouveau, les arbustes s'agitèrent derrière lui. Il se retourna, il crevait de chaud dans son treillis, et son masque autour du cou l'étouffait. Il s'aperçut qu'il avait toujours ses gants, les retira et les fourra dans une poche latérale de son pantalon. À ce moment, Olive émit une plainte qui le fit bondir d'allégresse. Biboul se jeta sur lui :

— Oh merde, Olive ! tu m'as fait peur, j'ai cru que t'étais mort ! Allez, viens, relève-toi, faut pas rester ici... Hein ? qu'est-ce que tu dis ? Tu peux pas bouger ? Attends, je vais te porter.

Il essaya de relever Olive en le prenant à bras-le-corps, mais le chef hurla de douleur. Biboul le reposa aussitôt, le cœur en folie.

— Qu'est-ce qu'on va faire ? Dis-moi ce qu'il faut faire !

Pour un peu, il aurait pleuré. Olive murmura quelques mots inaudibles.

— Quoi ? qu'est-ce que tu dis ? bredouilla Biboul en se penchant sur lui.

— Va chercher Fil... va chercher mon frère..., souffla Olive en grimaçant.

— Mais t'es blessé, c'est peut-être grave ! s'exclama Biboul. Il faut t'emmener à l'hôpital, appeler les flics... je sais pas moi ! Ces connards de Bad Snakes, je t'avais dit qu'ils étaient pas nets... Ils avaient peur qu'on les nique, ou quoi ?

Olive agrippa Biboul par sa veste, de toutes ses forces disponibles :

— Déconne pas, c'est pas un Snake qui m'a flingué...

— Ben c'est qui, alors ? un chasseur ?

— J'en sais rien, c'était un vrai flingue !

— Un vrai flingue, balbutia Biboul, j'le crois pas ! T'as vu le naze qu'a tiré ?

Olive remua faiblement la tête :

— Non, et faut rien dire aux flics, sinon on n'aura plus le droit de jouer ici, plus le droit de jouer du tout. Tu comprends ça, Biboul ? J'veux que personne sache, t'as compris ? Va chercher Fil, il saura quoi faire. Allez, fonce !

Biboul essaya de parlementer encore, mais Olive avait refermé les yeux, épuisé. Les larmes aux yeux, le gros partit en courant dans la forêt où les oiseaux avaient repris leurs chants. Dès qu'il eut tourné les talons, le buisson s'agita de nouveau, à quelques mètres du blessé. Les deux hommes qui en sortirent n'étaient pas des Bad Snakes, les armes qui leur battaient les flancs n'avaient rien des innocents lanceurs des deux équipes qui s'étaient battues pendant deux heures à coups de billes de peinture. Ils s'avancèrent vers le blessé, la mine impassible sous les masques kaki.

2

Le gendarme Contant reposa les jumelles sur le toit de la 4L garée non loin du « champ de bataille », en contrebas de la route qui conduisait au fort, et sur laquelle il avait pris appui pour observer la fin du combat. Il haussa les épaules en tendant l'instrument à son collègue Daguin, qui s'en empara mollement, et proféra d'un air dégoûté :

— C'est plus vrai que nature, leurs jeux de guerre ! Incroyable ! J'avais encore jamais vu ça !

Daguin assista au triomphe des Bad Snakes qui venaient de s'emparer, après trois heures de lutte sans merci, d'un vieux drapeau vert-blanc-rouge rapiécé. Le trophée avait été placé au sommet d'un fort à moitié en ruine autour duquel la bataille finale avait fait rage pendant plus d'une demi-heure. Entre les deux douzaines de combattants, un homme vêtu d'orange fluo jusqu'aux chaussures semblait commenter la partie, écouté religieusement par les protagonistes.

— C'est l'arbitre, dit Contant, qui avait potassé la question. Il vérifie si certains n'ont pas triché…

— Comment ça, triché ?

— Oui, y en a qui sont touchés et qui reprennent la partie quand même. C'est interdit, ils doivent s'arrêter... enfin un certain temps, je crois. La vache, le matos qu'ils ont, j'en reviens pas...

— Moi, ce qui me fait marrer, c'est que la plupart de ces mômes sont sûrement antimilitaristes et qu'il faudra les traîner par les cheveux pour qu'ils aillent faire leur service...

— Ouais, renchérit Contant, y a même des filles, je le crois pas !

— Bon, y a pas de quoi fouetter un chat ! À part repeindre la forêt, ils font pas grand mal. Ça les défoule et pendant ce temps-là, ils font pas les cons...

Contant hocha la tête d'un air entendu :

— Sauf que c'est pas forcément ceux-là qui font les cons... Eux, c'est plutôt des petits-bourgeois, non ? Fils à papa et compagnie. Parce que le matériel, c'est pas donné, j'ai vu ça dans une revue... C'est un sport de riches.

— Comment t'as dit que ça s'appelle, ce... sport ?

— *Paintball*. Ça veut dire « balle de peinture » en anglais. C'est un truc qui vient des États-Unis.

— Tu m'étonnes ! ricana Daguin. Y a bien que les Yankees pour inventer des conneries pareilles !

— Qu'est-ce qu'on fait ? On les contrôle, tu crois ?

— Penses-tu ! trancha Daguin. Ce truc-là n'est pas interdit. On fera un rapport. Et comme ils viennent là presque tous les dimanches...

Les deux gendarmes montèrent à bord de la 4L bleue au moment où Biboul, hors d'haleine, débouchait sur le flanc gauche des ruines. Ils ne le virent pas et, de toute façon, ils étaient persuadés que ces jeux de guerre étaient innocents. Ils n'étaient venus là que parce que leur chef le leur avait ordonné, alerté par quelques habitants du coin inquiets de voir des mouvements de troupe le dimanche dans leur bois habituellement si tranquille. Mais comme disait le gendarme Contant, ce n'étaient que d'innocents joueurs de paintball. Pas de quoi fouetter un fils à papa.

*
* *

— Je te jure qu'il était là !

Biboul, écarlate, tournait comme un fauve dans la petite clairière où il avait abandonné Olive quelques minutes plus tôt.

Il se pencha sur un carré de fougères foulées et rabattues sur le sol.

— Tiens, regarde, il était couché là ! J'te promets, il était blessé, il m'a dit d'aller te chercher. J'ai pas rêvé, tout de même !

Fildefer, toujours vêtu de sa tenue de combat mais libéré de son masque qu'il tenait à la main de même que son gun, considéra Biboul d'un air goguenard, partagé entre l'inquiétude que son compagnon de jeux avait suscitée en débarquant au fort et l'irritation qu'il sentait monter en lui.

— Dis donc, gros, faudrait arrêter de fumer la moquette ou changer tes piles, t'as des hallucinations ou quoi ? Qu'est-ce que vous avez foutu avec Olive, d'abord ? On vous a pas beaucoup vus sur le taf, vous vous êtes planqués ou quoi ?

— Olive, se planquer ! protesta Biboul, où tu l'as vue, celle-là ? Dans un film ? Je te dis qu'il était blessé, il avait du sang sur la poitrine ! Il a dit qu'il fallait rien dire aux flics...

— Il aura pris un tir trop fort. Y a des gros nazes qui règlent la pression des guns comme des malades, à plus de 350 pieds/seconde, ou qui foutent dedans des billes congelées. J'ai repéré deux ou trois barjots chez les Bad Snakes...

Biboul secoua la tête avec désespoir :

— Putain, Fil, pourquoi tu me crois pas ? Je te dis qu'il était amoché sérieux, il était même dans les vapes... Il saignait, là...

Biboul tapotait le haut de son épaule, de l'angoisse dans ses yeux clairs.

— Et quand il t'a parlé, il rêvait, ironisa Fildefer. Il t'a fait marcher. C'était une blague. D'ailleurs, y a aucune trace de sang, tu vois bien...

— J'ai entendu un coup de feu, c'était pas le bruit d'un lanceur, j'en suis sûr...

— Y a des guns qui pètent fort, surtout quand la bouteille de gaz est pleine et la tension bidouillée.

— Et il est où maintenant, hein ? s'obstina Biboul. Toi qui sais tout…

— Là ? Il mate derrière un arbre et il se marre. Ou alors il est au fort avec les autres en train de fumer une tige et de boire un coup. Allez viens, on y va !

Biboul s'était éloigné de quelques mètres en direction du bois, furieux contre lui-même et contre Olive dont il n'était pas loin de penser qu'en effet il lui avait fait une blague de mauvais goût. Il posa le pied sur ce qu'il prit d'abord pour une branche mais qui, sous son poids, émit un craquement bizarre. Il fit un bond de côté et se pencha pour voir.

— Et ça, triompha-t-il en exhibant le Trracer d'Olive, reconnaissable à son chargeur de billes bricolé le long de la crosse, tu crois aussi qu'il l'a laissé là pour me faire une blague ?

Perplexe, Fildefer fronça les sourcils. Ce n'était bien sûr pas le genre de son frère d'arrêter au beau milieu d'une partie, fût-ce pour monter un chantier à Biboul. La crédulité de leur copain et son éternelle bonne humeur leur donnaient à tous, et surtout à Olive dont il était l'inséparable, de multiples occasions de s'en amuser, sans qu'il soit besoin de choisir le moment d'une partie aussi importante pour la réputation des Red Dragons. D'un autre côté, Olive était bien capable de ça aussi, surtout s'il avait été touché et contraint d'abandonner la partie. Même larguer délibérément son gun pouvait faire partie d'une mise en scène assez gonflée pour être crue.

Fildefer soupira, pas vraiment rassuré mais pas enclin à tomber dans un des traquenards grossiers de son frère. Lui n'était pas Biboul, il ne se laisserait pas prendre.

— Alors, qu'est-ce qu'on fait ? demanda Biboul en frissonnant, le gun d'Olive au bout du bras.

Le soleil s'était couché depuis longtemps et la température fraîchissait rapidement. L'ombre envahissait déjà le bois, bien qu'il ne fût pas encore très tard.

— On va aller voir par là, dit Fildefer en montrant la direction du couchant, à l'endroit où Biboul s'était pris les pieds dans le lanceur.

Par là, ils ne trouvèrent rien, pas plus de trace d'Olive que de signe d'un quelconque passage.

Et pour cause. Les deux faux Bad Snakes avaient pris soin de jeter le lanceur à l'opposé du chemin qu'ils avaient emprunté et qui les avait conduits, cent mètres après la bande de chantier qui délimitait la zone de combat, à un chemin forestier carrossable où ils avaient garé leur Peugeot 4 × 4. Olive, inconscient, avait été déposé avec précaution dans le coffre et dissimulé sous une couverture.

3

Alors qu'il refermait derrière lui la porte du commissariat, prêt à enfiler son blouson de cuir noir râpé par plaques, Marc Le Guénec s'arrêta pile et tâta ses poches, une grimace de contrariété sur le visage : il avait laissé ses cigarettes sur son bureau. Il hésita. S'il rentrait, les gars de la nuit allaient penser qu'il avait changé d'avis et ils insisteraient pour qu'il casse la croûte avec eux.

Et il en avait marre, l'inspecteur divisionnaire Le Guénec, marre de ce dimanche de permanence, marre de traîner avec les uns et les autres pour retarder le moment de rentrer. Marre de l'interminable apéro où les gars refaisaient le monde en l'absence du patron. Marre de sa propre lassitude et de son manque de courage. D'un autre côté, trouver des cigarettes à dix heures du soir dans cette banlieue sinistre relevait de l'exploit. Un dimanche, de surcroît. L'abstinence tabagique n'étant pas à l'ordre du jour, il savait comment cela se terminerait : d'ici une heure, il serait de retour au commissariat, et il aurait alors encore moins de courage pour refuser le casse-croûte, les bières et tutti quanti. Il savait aussi comment il finirait la nuit : dans une voiture de patrouille avec des flicards désabusés à la recherche d'un flag pour tuer le temps et justifier leur paie.

Il revint d'un pas décidé dans le commissariat.

— Tiens, s'exclama le brigadier Ravout, vous avez changé d'avis ? C'est l'odeur des rillettes, pas vrai ?

Le Guénec marmonna une phrase indistincte sans regarder son interlocuteur et sans relever la tête. Son visage fatigué portait les stigmates d'une vie menée à la va-comme-je-te-pousse et des cernes sombres creusaient ses orbites. Sa tignasse drue, poivre et sel, aurait nécessité des visites plus assidues chez le coiffeur et sa tenue vestimentaire proclamait haut et fort que la recherche en ce domaine n'était pas la première de ses préoccupations.

Il longea le couloir qui menait aux bureaux de l'UPJA[1] et aperçut en passant une jeune gardienne de la paix dans un bureau éclairé par une lampe déglinguée. Elle était occupée au téléphone et manifestait son manque d'intérêt en proférant de-ci de-là un son dénué de conviction.

Elle s'exclama au passage du divisionnaire :

— C'est vous, monsieur Le Guénec ? Ça tombe bien…

— Non, ce n'est pas moi, coupa Le Guénec sèchement, c'est mon fantôme. Moi je suis parti et on ne peut pas me joindre.

1. Unité de police judiciaire et administrative.

— Mais... c'est-à-dire..., balbutia la jeune femme, je suis ennuyée. C'est un jeune des Acacias qui a disparu. J'ai la mère au téléphone, ça fait deux fois qu'elle appelle, je ne sais plus quoi lui dire...

— Quel âge ?

— Je ne sais pas, moi. À la voix, je lui donne une quarantaine d'années... quarante-cinq peut-être...

— Pas la mère, gronda Le Guénec, le fils ! Elle, on s'en tape.

— Ah, excusez-moi ! fit la jeune femme, confuse. Dix-sept ans.

— Et c'est pour ça qu'elle nous casse les burnes ? Il est avec une fille, ton disparu, en train de se vider les couilles, ou dans un rade à jouer au flipper avec des petits cons de son âge...

La jeune femme considéra Le Guénec, consternée. Elle l'appréciait beaucoup, elle le trouvait même beau, avec sa stature athlétique et ses yeux bleus, malgré ses cinquante balais ou presque. Plutôt gentil et pas dragueur, ce qui la changeait des autres, qui ne rataient pas une occasion de la coincer dans tous les coins, mais elle ne s'habituait pas à ses excès de langage. Pourtant il n'était pas toujours agressif, elle savait que quand cela arrivait c'était le signe d'un grave désarroi. La désespérance en marche ou la déprime du dimanche soir. Ou les deux à la fois.

La tête dans les épaules, le divisionnaire reprit son chemin en direction de son bureau, et elle son téléphone avec une mimique désappointée.

Quand il repassa, deux minutes plus tard, elle y était toujours.

Le Guénec s'arrêta devant la porte, clignant de l'œil pour éviter la fumée de sa Gitane filtre vissée entre les dents. Les mains dans les poches, il s'appuya de l'épaule contre le chambranle et attendit sans parler.

— Bien sûr, madame, disait la jeune femme, j'ai prévenu l'inspecteur de permanence mais il est parti sur une affaire... Oui, je vais appeler les hôpitaux, oui j'ai bien noté ce que... Oui, madame, je vous rappellerai... Mais...

Elle leva les yeux au ciel, excédée. Elle devait avoir vingt-cinq ans tout au plus et Le Guénec se demanda ce qu'une fille mignonne et candide comme elle pouvait bien faire dans ce commissariat de banlieue, au milieu des odeurs rances de tabac, de pastis, de rillettes, de pieds et de crasse. Des seins ronds tendaient la chemise bleue réglementaire et la taille menue semblait peiner à supporter l'attirail de service : le Manurhin trop lourd, les pinces, l'étui à munitions, la bombe lacrymogène, le carnet de PV.

Le Guénec eut pitié d'elle, s'avança dans la pièce à l'éclairage blafard et lui prit le combiné des mains en s'asseyant sur le bord du bureau.

— Inspecteur Le Guénec. Que vous arrive-t-il, madame ?

Deux minutes plus tard, la jeune gardienne époustouflée regardait Le Guénec reposer le téléphone en douceur. En trois phrases, il avait rassuré une mère inquiète de l'absence inhabituelle de son fils, ce qu'elle-même s'échinait à faire, sans résultat, depuis une demi-heure.

Il avait réussi à la persuader d'attendre le lendemain matin pour prendre une décision et le recontacter si nécessaire.

— Comment faites-vous ? s'extasia la gardienne.

— Le métier, mon petit, le métier… Tu verras, quand tu auras de la bouteille, tout te paraîtra naturel et tellement routinier au fond. Tu vois, ce merdeux, il va rentrer chez ses vieux au milieu de la nuit. Seulement il a oublié de les prévenir et sa mère est aux cent coups. Y a une explication à tout, mais c'est toujours après qu'elle vous saute aux yeux.

— Quand même, parfois, il arrive des accidents, objecta la jeune femme.

— Oui, ou des meurtres, ou des jeunes qui meurent d'overdose, mais faut pas dire ça à une mère tant qu'on n'en est pas sûr. Elles pensent toujours que ça n'arrive qu'aux autres et quand ça leur arrive à elles, elles tombent du placard. Notre boulot à nous, c'est toujours les mauvaises nouvelles. Lorsqu'on n'en a pas à leur donner, il faut rassurer les mères, sinon on les tue deux fois… Si tu as du nouveau, tu me laisses un mot pour demain… C'est quoi déjà, ton petit nom ?

— Lise…

Il marmonna quelques mots qu'elle comprit à moitié puis se pencha par-dessus le bureau, attrapa de sa grosse pogne aux ongles courts les doigts fins de la jeune femme et y déposa un léger baiser. Interloquée, elle le laissa partir sans rien dire : c'était la première fois qu'on lui faisait un baisemain. Qui plus est dans un commissariat.

Alors qu'il franchissait pour la seconde fois la porte, Marc Le Guénec marqua un arrêt brutal et revint sur ses pas, à la satisfaction du brigadier qui espérait toujours lui fourguer son reste de rillettes.

— Dis donc, Ravout, dit Le Guénec, l'air préoccupé, tu sais ce que c'est, toi, le paintball ?

Ravout ne savait pas. Le Guénec fit demi-tour en grommelant que les temps ne changeaient pas : quand les jeunes n'ont pas de vraies guerres à faire, ils s'en inventent de fausses. Il faut bien tuer le temps.

4

À vingt-trois heures trente, Biboul appela Fildefer pour lui donner rendez-vous en bas de la rue. Il savait qu'Olive n'était pas rentré. Le quartier tout entier le savait. Certains parents, ceux qui interdisaient le paintball à leurs enfants et ceux qui critiquaient ces jeux « contre nature », commentaient la chose à grands coups de « Je l'avais bien dit » et « Je savais que ça finirait mal ». Les autres, ennuyés, écoutaient leurs enfants s'évertuer à leur expliquer que la disparition de leur chef d'un jour n'avait aucun rapport avec leur sport favori. Il était clair que tous étaient mordus de paintball au-delà du raisonnable.

— Ma mère a appelé les flics, annonça Fildefer, contrarié. J'ai pas pu l'éviter.

Biboul eut un haut-le-corps :

— T'en as de bonnes, toi ! Moi je les aurais appelés tout de suite si tu m'en avais pas empêché ! D'ailleurs, je vais tout leur balancer, les coups de feu dans le bois et tout...

Fildefer agrippa Biboul par le col de son jogging rouge dans lequel il paraissait avoir doublé de volume.

— Tu t'écrases ! dit-il, les dents serrées.

— Mais pourquoi ? Tu sais quelque chose ou quoi ?

— Bien sûr que non, mais il ne faut pas que les flics fassent le lien avec le paintball, sinon ils vont l'interdire !

Biboul ouvrit la bouche, les yeux agrandis de stupeur :

— Ton frangin a disparu, il est peut-être mort à l'heure qu'il est, et tout ce qui t'intéresse, c'est ton jeu à la con ! Ben merde !

Fildefer comprit qu'il allait trop loin et rectifia :

— C'est pas ce que je voulais dire. Mais les flics, ils le retrouveront pas plus vite si on leur dit tout ça. En plus, ils sont nuls, alors... Je crois qu'il vaut mieux qu'on le cherche nous-mêmes. Je vais prévenir les copains et on va y aller.

— Mais où ça ? Où on va ?

— On va voir les Bad Snakes.

— À cette heure-ci, t'es louf !

— J'ai le contact de leur chef, Olive avait noté son téléphone dans sa chambre...

— Et alors, tu crois qu'il va cramer les noms de ses potes pour tes beaux yeux, surtout s'il est au courant de ce plan pourri...

— On sait jamais...

Fildefer paraissait déterminé. Mais Biboul était préoccupé. Il énonça d'une petite voix :

— Tu crois pas que ça peut avoir un rapport avec l'autre truc ?

Fildefer hocha la tête, mal à l'aise. Bien sûr qu'il y pensait, à *l'autre truc*, comme disait Biboul. Il ne pouvait pas ne pas y penser. Une brusque angoisse lui noua l'estomac. Ils avaient toujours su qu'ils se trouveraient face à ce problème, à un moment ou à un autre. Après quelques secondes de silence, les deux jeunes gens mirent au point leur version : Olive était tombé sur la tête au cours de la partie et, probablement devenu amnésique, s'était égaré dans le bois. Fildefer, en première année de médecine, affirma que de tels cas s'étaient déjà produits. Les gens pouvaient errer plusieurs jours avant qu'on ne les retrouve. Et cette version aurait au moins l'avantage d'obliger les flics à chercher du côté des hôpitaux.

5

Lundi.

Quand Marc Le Guénec arriva au commissariat, il était presque neuf heures et un troupeau d'éléphants piétinait sans pitié son cerveau encore embrumé par le J&B. Une bouteille entière il avait descendu, la veille au soir. Tout seul, au goulot et sans glace. Le sommeil le boudait, il avait sur les doigts le parfum de la petite gardienne et le moral dans les chaussures, comme d'habitude. À minuit, ses voisins de droite avaient commencé à se disputer, et ceux du dessus, réveillés par les premiers, à faire l'amour à grands cris. Son deux pièces lui avait paru plus sordide encore. Grâce au whisky, il avait réussi à dormir deux heures, d'un sommeil plat et nauséeux.

Il repéra le couple assis dans le hall et, avant même que le jeune appelé du contingent chargé de l'accueil du public ne l'en eût averti, il sut qu'ils étaient là pour lui.

Il se glissa sous le rabat du comptoir d'accueil et donna une tape dans le dos du petit

« vert » qui lui rendit son salut avec un sourire éblouissant.

— Il y a des gens pour vous, monsieur Le Guénec...

L'inspecteur divisionnaire hocha la tête avec une grimace douloureuse, s'avança d'un pas dans le poste de police pour saluer les collègues présents et jeter un coup d'œil sur la main courante. Il constata que, mis à part un casse de pharmacie, la nuit avait été calme et que le patron n'était pas encore arrivé.

— Il est absent, expliqua le jeune appelé, il est grippé. Il en a sûrement pour quelques jours. On peut le joindre chez lui en cas d'urgence.

Le Guénec marmonna que lui aussi aurait bien aimé rester au lit. Le jeune homme compatit avec un sourire navré.

« Bon Dieu, songea Le Guénec avec désespoir, ce n'est pas possible qu'il lui ressemble autant ! »

C'était chaque fois pareil. Ce gosse, avec quelques années de plus, lui rappelait le sien. Cyril. Le petit Cyril qui ne riait plus depuis dix ans.

Le Guénec secoua un début de tristesse d'un haussement d'épaules. Le couple s'était levé et s'avançait vers lui. La femme avait le visage ravagé des mères que l'absence injustifiée d'un enfant rend folles. Le père essayait de faire bonne figure, mais le cœur n'y était pas et sa mine grise dénonçait l'angoisse qui le torturait.

Le Guénec détestait s'occuper des mineurs en fugue, c'était plus fort que lui. À cause de

Cyril, peut-être. Mais là il n'avait pas le choix : Durieux et Lubet étaient partis sur le casse de la pharmacie, les deux autres inspecteurs du groupe étaient en récupération de permanence. Et puis la jeune gardienne avait laissé un rapport sur son bureau : la mère avait rappelé deux fois durant la nuit. Alors…

Le Guénec expliqua patiemment aux parents qu'à dix-sept ans on n'est plus vraiment un enfant et que de multiples raisons peuvent vous pousser à vadrouiller hors du cercle de famille. Bien sûr, les époux Tourville savaient tout cela : la mère enseignait dans un lycée de la ville et le père, cadre dans une entreprise de la zone industrielle, s'occupait d'un club sportif pendant le week-end. Les adolescents, ils connaissaient l'un et l'autre. Mais surtout ils connaissaient leur fils Olivier, passionné de musique et d'informatique, dont les seules sorties en semaine consistaient à aller au lycée et à en revenir. Le dimanche, il…

— Au fait ! coupa Le Guénec, l'élocution un peu pâteuse, vous allez peut-être m'expliquer ce qu'est le… comment déjà ? Le *rainbow* ? Non, c'est pas ça, je dois me gourrer !

— Le paintball ? suggéra Jeanne Tourville.

— Exact ! Le paintball…, fit l'inspecteur en massant ses tempes douloureuses. C'est la première fois que j'entends parler de ce truc-là !

Charles Tourville s'anima :

— Je pense que votre clientèle habituelle ne pratique pas, euh, ce sport, car il s'agit d'un sport, qui nécessite quelques moyens. Nos fils,

Olivier et Philippe, l'ont découvert voici un an et ils y laissent toutes leurs économies.

Jeanne Tourville soupira, de l'indulgence plein le regard :

— Je préfère qu'ils dépensent leur argent comme ça, c'est plus sain que les boîtes de nuit…

— Ah, vous trouvez ? s'exclama Le Guénec. C'est un sport un peu… guerrier, non ?

Charles Tourville hocha la tête :

— Oh non ! Ils refusent la moindre connotation guerrière ! Ils évitent dans leur vocabulaire technique toute référence militaire ou agressive. Leurs armes sont des *marqueurs*, les munitions des *billes*… Ils sont très attentifs à toute tentative de débordement et très stricts sur le règlement.

Le Guénec ne semblait pas convaincu par l'exposé. Jeanne Tourville renchérit en assurant que des adultes aussi pratiquaient ce sport, certaines entreprises l'utilisant même pour la formation de leurs cadres à la compétition professionnelle. Enfin, à bout d'arguments, elle suggéra que l'inspecteur pourrait venir se faire une idée lors d'une prochaine rencontre. Le Guénec la doucha :

— Pour cela, il faudrait que votre fils rentre au bercail…

Jeanne Tourville jeta à son mari un regard accablé. En un instant, elle eut les larmes aux yeux.

— Monsieur l'inspecteur, ce n'est pas normal, il lui est arrivé quelque chose… Son camarade Biboul… je veux dire Bertrand…

Elle marqua un temps, renifla, sortit un mouchoir. Le Guénec l'observa attentivement, l'encouragea :

— Bertrand comment ?

— Ménage. Bertrand Ménage, mais tout le monde l'appelle Biboul. C'est le meilleur ami d'Olivier. Il était avec lui pendant la partie d'hier. Il l'a vu tomber. D'après lui Olivier était *touché*, il s'est donc arrêté, et lui, il a continué à jouer. Il est le dernier à l'avoir vu.

Le Guénec pressa le bout de ses doigts sur ses tempes bourdonnantes :

— Ah ? Et pourquoi votre fils s'est-il arrêté ?

— Eh bien, reprit la femme, quand ils sont touchés ils doivent cesser de jouer. Cinq ou dix minutes, je ne sais plus. Les autres continuent la partie pendant ce temps. Personne n'a revu Olivier après qu'il a été touché, pas même à la fin, au comptage...

Devant l'air interrogateur du policier, le père prit la relève, un rien agacé :

— À la fin, l'arbitre additionne les points et calcule les pénalités. L'équipe qui fait le plus gros score a gagné, c'est tout simple. Dites, inspecteur, mon fils ne s'est pas volatilisé, tout de même !

Le Guénec haussa les épaules :

— On a appelé tous les hôpitaux de la région. Sans résultat. Il faut attendre.

— Attendre ! attendre ! s'écria la mère. Vous n'êtes pas sérieux, monsieur ! Un enfant disparaît et vous ne le recherchez pas ? Nous venons demander votre aide, et tout ce que vous trouvez à dire c'est « Il faut attendre ». Vous n'avez pas d'enfants, ce n'est pas possible !

Le Guénec s'abstint de dire qu'en effet il n'en avait pas. Qu'il n'en avait plus. Il répéta, un peu trop sèchement, qu'un enfant de dix-sept ans n'est plus tout à fait un enfant et qu'on ne mobiliserait pas la police nationale pour lui, sauf…

— Qu'en pensent ses copains, son frère ? Vous êtes sûrs qu'ils ne savent rien ? Que disent-ils ?

Jeanne Tourville ne répondit pas, anéantie par sa tirade. Charles se leva, les mains dans les poches, nerveux :

— Philippe, l'aîné, m'a paru perturbé hier soir. Il est allé dans la chambre de son frère farfouiller. Puis il est sorti, soi-disant pour aller aux nouvelles dans le quartier. Quand il est rentré, il a utilisé de sa chambre le téléphone sans fil, ensuite je l'ai entendu s'exclamer. Il semblait en colère.

— Qu'a-t-il dit ?

— Je n'ai pas bien entendu. Cela devait s'adresser à son frère car il a dit « le Nain ». Le surnom d'Olivier quand il était petit. Il a dit quelque chose comme : « Putain, le Nain, tu fais chier ! » Pardonnez-moi, je ne fais que répéter.

— Vous voulez dire qu'il parlait à son frère ?

— Non, en fait il monologuait ! Malgré mon insistance, Fil n'a pas voulu me parler. Il pense qu'Olivier s'est cogné en tombant et qu'il erre quelque part, frappé d'amnésie…

Le Guénec fit une moue dubitative. Il *savait* que le gosse allait réapparaître, mais les parents tombaient toujours de haut, comme s'ils se trouvaient soudainement en présence d'une espèce inconnue. « Ils ont le nez sur leurs mômes, disait-il parfois, s'imaginent les connaître à fond et sont déroutés par ce qu'ils découvrent. » Les Tourville, comme les autres, étaient sincères, morts d'inquiétude et profondément malheureux.

Par la porte entrouverte, il aperçut Durieux et Lubet qui revenaient d'effectuer les constatations à la pharmacie du centre commercial.

Il murmura une vague excuse et sortit les rejoindre.

— Alors ?

— Alors, dit Durieux, la quarantaine déjà grisonnante et la silhouette rebondie, ce centre, c'est un vrai gruyère. La pharmacie a été cassée malgré le rideau de fer, les vigiles et la télésurveillance centralisée. Insensé.

— *Ils* se sont fait enfermer samedi soir, tu crois ?

— M'étonnerait, ou alors *ils* sont passés à travers les murs pour ressortir, rigola Durieux. Non, *ils* ont pu venir et repartir par un chemin qu'on n'a pas trouvé, ou alors c'est les vigiles qui ont fait le coup ! Je devance ta question : oui, j'ai contacté l'entreprise prestataire de services, j'aurai la liste des employés et leur pedigree complet dans une heure. Je vais taper mon PV de constatations.

— Dis donc, demanda Le Guénec, songeur, on n'a rien sur le quartier des Acacias ? Il me semble avoir vu passer une affaire récemment...

— C'est chez moi, s'exclama Lubet du fond du couloir. On a eu une petite série de cambriolages au début de l'été. Normal, c'est un coin rupin...

— Rien d'autre ?

Lubet, la trentaine décontractée, genre jean-baskets-bomber, réfléchit un moment :

— J'ai pris une plainte isolée pour un cambriolage, dit-il en se séparant de son revolver qu'il portait dans le dos, à même la peau. Ça doit faire moins d'un mois. Je m'en souviens parce qu'il n'y a pas eu de préjudice. Et ça, c'est plutôt rare pour un casse !

Il rangea son arme dans un tiroir qu'il ferma à clef, poursuivit :

— Effraction, neutralisation du système d'alarme. Et rien de piqué, d'après les proprios. Pourquoi tu demandes ça ?

— Oh, pour rien... Tu as toujours la plainte ?

— Affirmatif. Tu veux la voir avant que je l'expédie en VR[1] ?

Le Guénec hocha la tête en signe d'assentiment.

Il renvoya chez eux les époux Tourville, non sans les avoir invités à le tenir au courant de ce qu'ils pourraient apprendre à propos de leur fils. Ils lui parurent tellement désemparés

1. Vaines recherches : le sort que subissent toutes les affaires non élucidées...

– bien plus, à ses yeux, qu'il n'était raisonnable – qu'il dut s'engager à ouvrir une vraie enquête, avec diffusion et photos dans la presse si nécessaire.

« Un vieux fonds de conscience professionnelle », se dit-il en se rasseyant derrière son bureau, la tête entre les mains.

Mais aussi un petit lutin personnel qui lui serinait qu'il avait tort de prendre cette affaire à la légère. Il tenta de le faire taire par une ou deux insultes amicales tout en lisant la plainte enregistrée par Lubet un mois plus tôt.

Le PV de constatations relatait, parmi le fatras de formules habituelles, la découverte, derrière la porte du garage, d'un chargeur de pistolet. Plein. Lubet avait bien fait son boulot : les mentions de sa procédure indiquaient que le chargeur était celui d'un pistolet automatique russe, un Makarov 9 mm, 14 coups, et qu'en aucun cas le propriétaire des lieux ne détenait ce type d'arme. Ni aucune autre d'ailleurs, selon ses dires. Nul ne s'expliquait la présence de ce chargeur orphelin, vierge d'empreintes et de marques d'usage, dans le garage de la famille Ménage. Il s'agissait à l'évidence d'une pièce neuve, encore grasse de l'huile de fabrication et exempte de la poussière dont les autres objets alentour étaient recouverts.

L'absence de préjudice avait dissuadé Lubet de pousser plus loin ses investigations. Il n'y avait eu ni relevé d'empreintes digitales, ni photos. Pas de témoins identifiés non plus.

Un dernier détail attira l'attention de Le Guénec : les Ménage occupaient la maison mitoyenne de celle des Tourville. C'était leur fils Bertrand qui avait signalé l'effraction du garage familial au commissariat.

Bertrand Ménage, Biboul, en l'absence de ses parents partis en voyage, dormait cette nuit-là chez son copain Olive, Olivier Tourville.

6

Jaja recula d'un mètre et contempla sa merveille, ébloui. Il venait de l'astiquer pour la énième fois au milieu d'un cercle de mômes débraillés et bruyants. Un petit Noir joufflu s'avança, la main tendue vers le vélo qui luisait faiblement dans le jour déclinant. Jaja l'attrapa par son tee-shirt déchiré au col et le tira en arrière. Il lui montra le poing, menaçant :

— On regarde, on touche pas !

Les mômes émirent un murmure impressionné. Jaja les toisait du haut de ses quatorze ans et malgré sa maigreur, il leur en imposait.

Surtout depuis qu'il roulait sur ce vélo prestigieux qu'il jurait ne pas avoir volé. Ce qui était la pure vérité, pour une fois.

Jaja était fou de vélo, il voulait être cycliste professionnel mais là, dans la cité de la Dame-Blanche, ce n'était qu'un rêve. Qui, par un étrange concours de circonstances, devenait soudain réalisable. Depuis trois semaines, Jaja séchait l'école pour pédaler comme un dingue sur les routes et dans les bois. Il choisissait les parcours les plus difficiles, les côtes les plus raides, et chronométrait ses performances avec une montre, volée, elle, dans une bijouterie du centre commercial. Il améliorait ses temps de jour en jour, s'exaltait sur son merveilleux engin, réalisant encore mal qu'il en était propriétaire. Le seul et unique propriétaire.

Jaja se pencha sur son vélo, le prit par la selle et le guidon et le chargea sur son épaule. Fendant le groupe de gosses qui ne mouftaient plus, il se dirigea, l'air important, vers l'entrée de sa cage d'escalier. Des groupes d'adolescents encadraient la porte dont les vitres avaient disparu depuis belle lurette. Des tags en maculaient le bois comme ils ornaient les murs du couloir dans lequel Jaja pénétra, sans un regard pour ceux qui ricanaient en douce en balançant quelques sarcasmes bien sentis.

Comme tous les soirs, il s'engagea dans l'escalier recouvert de petits carreaux multicolores dont la plupart avaient sauté par plaques entières. Il n'avait même pas essayé d'appeler l'ascenseur, sûr que, comme un jour sur deux, il serait en panne. Il grimperait les cinq étages son vélo sur le dos. Puis il l'installerait amoureusement sur le balcon étroit, entre le placard de formica blanc déglingué où sa mère rangeait les provisions et l'étendoir à linge toujours plein. Comme tous les soirs, sa mère rouspéterait, ses six petits frères dans les jupes. Le père, harassé par une journée de marteau-piqueur, ne dirait rien. Comme tous les soirs.

Au premier, Jaja croisa Sélim qui dévalait l'escalier, l'air soucieux.

Sélim s'arrêta pile en voyant son cousin avec le vélo :

— Salut Jamal ! Encore tu montes ton vélo là-haut ! Tu l'aimes ce vélo, dis donc !

— Et ta sœur ! ronchonna Jaja. J'ai pas envie de me le faire chourer, c'est tout !

— Au fait, à propos de ma sœur, tu sais pas où elle est, des fois ? (Sélim leva les yeux vers le plafond, le pouce pointé dans la même direction.) Aziz est là-haut, il aimerait la voir.

Il avait prononcé le prénom d'Aziz avec une sorte de respect craintif. Jaja en fut contrarié :

— Qu'est-ce qu'il veut encore, celui-là ?

Sélim ne répondit pas mais le regard qu'il lança à son cousin était réprobateur. Avec ses vingt-deux ans et sa haute taille, il bénéficiait d'une autorité spontanée renforcée par sa qualité de chef de famille. Qualité acquise brutalement deux ans plus tôt à la mort de son père, victime d'un accident du travail. Auparavant, et après aussi, il avait fait de la prison, Sélim. Pas longtemps chaque fois, mais assez pour s'imposer dans la cité.

— Je l'ai pas vue, Naïma, marmonna Jaja, morose.

Son vélo lui sciait l'épaule et il avait encore quatre étages à monter.

Jaja mentait et son cousin sembla le deviner. Sélim désigna le vélo :

— Quand tu auras rangé ça, tu viens à la maison. Aziz veut te parler.

— À moi ? se récria Jaja. Mais pourquoi ? Qu'est-ce qu'y m'veut, encore ?

Sélim fixa Jaja avec dureté :

— Tu discutes pas, Jamal ! Tu fais ce qu'on te dit, sinon je raconte à ton père comment tu l'as eu, ton vélo, d'accord ? Et si tu vois Naïma, dis-lui de rentrer. Immédiatement.

Jaja reprit son escalade en ronchonnant. Il détestait Sélim et ses airs supérieurs. Il détestait Aziz, sa barbe, son regard de feu et ses djellabas immaculées, son allure de conspirateur froid et sa façon de vous regarder comme une crotte de chien. Il détestait aussi la façon dont il tournait autour de sa cousine Naïma. La belle Naïma aux lèvres si douces. Jaja adorait Naïma. Il savait bien où elle était et avec qui. Comme tous les soirs. Il lui avait juré de ne rien dire. En échange, Naïma le récompensait de baisers de sa jolie bouche. Et elle lui racontait des trucs, des petits secrets qui lui servaient bien. Mais ce qu'il préférait, c'étaient les baisers. Elle avait promis de faire mieux, quand il serait plus grand.

7

Marc Le Guénec rentra au commissariat vers dix-huit heures. Il fila directement dans son bureau sans un regard pour la jolie jeune fille arabe assise sagement dans le hall, ni pour Loïc, le petit vert au regard lumineux qui lui rappelait Cyril, occupé au téléphone.

Le Guénec perçut les voix de Lubet et de Durieux dans le bureau du fond. Le ton le laissa supposer qu'ils s'adressaient à un interpellé mais il ne poussa pas jusqu'à eux. Fatigué, il était, Le Guénec. Mécontent aussi, car à présent il sentait mal la disparition d'Olivier Tourville. Fidèle à la promesse faite à Jeanne Tourville, il était allé, l'après-midi, aux Acacias. Il avait interrogé les camarades du disparu et s'était attardé en compagnie du frère, Philippe, dit Fil ou Fildefer, et de Bertrand Ménage, dit Biboul. Le premier l'avait accueilli avec une réserve teintée d'hostilité, il avait reniflé chez le second une panique planquée sous une feinte désinvolture. À présent, il en était sûr : ces deux-là cachaient quelque chose.

Le Guénec sortit le calepin où il avait noté l'essentiel : les circonstances de la partie de paintball, le nom de l'équipe adverse, la chute d'Olivier sur la souche de bois. Puis plus rien. L'inspecteur ne comprenait toujours pas comment Biboul avait pu laisser son copain visiblement sonné sans lui porter secours.

« Il fait toujours des blagues, avait protesté Biboul, je ne me suis pas rendu compte.

— Et qu'est-ce qui vous fait penser qu'il est devenu amnésique ? »

Biboul regardait autour de lui, mal à l'aise, à la recherche d'un improbable secours.

« Ça arrive, non, des histoires comme ça !

— Au cinéma, oui, avait ironisé Le Guénec, à moins que ce ne soit dans votre imagination. Vous ne pensez pas que s'il errait dans le coin on nous l'aurait signalé ? Ce n'est pas le Sahara, ici, tout de même ! »

Il n'avait rien obtenu, ni du frère, ni de l'ami. Pour se donner bonne conscience, il finit par se dire que les deux jeunes gens devaient protéger une fugue de celui qu'ils appelaient le Nain, et il se promit de se livrer à un entretien plus approfondi avec les parents.

Le Guénec décrocha le téléphone pour avoir la paix, allongea ses jambes fatiguées sur le bureau, croisa les bras et ferma les yeux. Il sombra aussitôt dans une légère somnolence. Des images spontanées investirent son cerveau désarmé, comme un film muet. Le petit Cyril courant se jeter dans les bras de sa mère. Le sourire de Claire, son expression de bonheur total dont il était jaloux. Lui s'avance vers eux qui ne le regardent pas, il est comme transparent et muet. Et lourd, si lourd. Il trébuche, tombe…

Le Guénec émergea du gouffre noir et glacé où l'entraînaient ses fantômes avec un sursaut violent qui faillit le faire choir de sa chaise. Depuis la porte, Loïc, le jeune appelé, le regardait avec, lui sembla-t-il, un soupçon de compassion qui l'irrita. Il aboya :

— Qu'est-ce que tu veux ?

Loïc rougit :

— Excusez-moi, monsieur le divisionnaire, je ne savais pas que vous vous reposiez…

— Et alors, gueula Le Guénec, c'est interdit ?

— Mais non, bredouilla le garçon, je… enfin, veuillez m'excuser ! Votre téléphone est occupé et l'adjudant de la brigade de gendarmerie de Saint-Hilaire vous a appelé trois fois…

Le Guénec reposa le téléphone sur son socle avec brusquerie. Il toisa le garçon :

— Où t'as vu ça, petit, le téléphone occupé ? Passe-moi l'adjudant !

Loïc rougit encore. Précipitamment, il regagna le hall. Les accès d'agressivité de Le Guénec à son égard le déroutaient et le peinaient. Il les comprenait d'autant moins qu'il vouait au divisionnaire une admiration débridée et qu'ils étaient, de son point de vue du moins, sans objet. Il sentit le regard de Naïma posé sur lui. Un regard chaud et sensuel qui l'embrasa.

Il rougit de plus belle et baissa les yeux.

Le Guénec arrêta avec les gendarmes les modalités de l'opération du lendemain : le terrain de paintball était situé dans leur zone de compétence territoriale et lui-même tenait à se rendre sur place pour voir à quoi ressemblait l'endroit. Les gendarmes Contant et Daguin seraient présents avec quelques hommes. Le Guénec amènerait Durieux et Lubet, qui ne le savaient pas encore, et ils retrouveraient sur place Fildefer et Biboul, qui, malgré leurs protestations, n'avaient pas eu le choix.

Après cette visite sur les lieux de la disparition d'Olivier Tourville, Le Guénec déciderait s'il lançait la procédure lourde des diffusions. Pour l'instant, on recherchait un mineur en fugue. Demain, peut-être rechercherait-on une personne en danger.

« En danger de quoi, on se le demande, soupira Le Guénec en fermant son bureau. Si seulement ces petits cons voulaient bien s'allonger… »

Dans le bureau du fond, Lubet et Durieux cuisinaient un des vigiles du centre commercial qu'ils soupçonnaient d'être l'indic des casseurs de la pharmacie. L'homme jurait sur ses enfants qu'il n'avait rien fait :

— T'en as, des gosses, au moins ? demanda Lubet, soupçonneux.

— Non, mais j'en aurai peut-être un jour, riposta le vigile.

Le Guénec haussa les épaules, las. Toujours les mêmes histoires, avec les mêmes gugusses. Il avait envie de dire : les valeurs foutent le camp, les flics sont les éboueurs de la société, la république des petits juges est en marche... Juste comme ça, pour se soulager.

— Demain huit heures, sur le pont ! dit-il en éteignant sa Gitane filtre dans un cendrier Ricard plein à déborder. Tous les deux.

Il tourna les talons sans leur laisser le temps de protester et passa devant le comptoir de Loïc sans détourner les yeux. Il ne *voulait* pas le regarder, c'était plus fort que lui. Il refusait d'emmagasiner encore un peu plus de chagrin pour sa soirée, qui s'annonçait moche, comme toutes les autres.

Il ne put toutefois éviter le regard de la jeune Arabe, toujours assise sur sa chaise, dans le hall. Il y lut de l'animosité et un reproche ouvert. Interloqué, il s'arrêta net devant la porte. Il venait de réaliser qu'il avait déjà vu cette jeune fille, ici, au commissariat. Qu'elle n'était pas une « cliente » ordinaire. Il se retourna vers Loïc, crispé debout derrière son comptoir, et lui fit signe d'approcher.

Ils sortirent ensemble sur le perron de la maison bourgeoise où était installé le commissariat. Quelques arbustes négligés étaient censés décorer le jardinet, trop petit pour accueillir les véhicules de service rangés en désordre sur le trottoir. L'avenue était calme et le soir d'une douceur âcre. Même le grondement de l'autoroute, toujours présent, de jour comme de nuit, semblait supportable.

— C'est qui, cette greluche ? demanda Le Guénec presque gentiment.

Loïc hésita à répondre. Le ton du divisionnaire lui paraissait inhabituel, trop amical pour une fois. Mais, sous son regard impérieux, il se jeta à l'eau, la voix étranglée :

— Naïma.

— Tu sors avec ?

Loïc hocha la tête affirmativement, prêt à s'évanouir.

— Depuis longtemps ?

— Quarante-deux jours...

Le Guénec, dans la pénombre, sourit de la précision :

— Tu ne devrais pas la laisser venir au commissariat, reprocha-t-il, sévère. Ce n'est pas le dernier salon où l'on cause. Je suppose qu'elle est de la cité ?

— Oui.

— À plus forte raison, donc. Débrouille-toi autrement, petit, d'accord ?

— Oui, monsieur...

La voix du garçon n'était qu'un murmure. Le Guénec le sentit désemparé et malheureux. Il se fit conciliant :

— Allez, ne te mets pas dans cet état, tu la verras ailleurs, elle peut comprendre ça, elle a l'air intelligente, cette fille...

— Ce n'est pas à cause d'elle, dit Loïc, les larmes aux yeux.

Le Guénec le contempla longuement en silence. Les yeux de Cyril, son regard inquiet quand il arrivait à son père de se tromper ou d'être injuste. Ou brutal dans ses propos. Il posa une de ses grosses pattes sur l'épaule du garçon, dit à voix basse, comme s'il craignait que d'autres puissent l'entendre :

— Tu n'y es pour rien, petit. Il y a des choses que je ne peux pas t'expliquer. Mais tu as raison de m'en vouloir.

Loïc allait protester, Le Guénec l'interrompit :

— Si, si... Je suis un vieux con et toi tu es un petit gars foutrement bien. Allez, va vite retrouver ta chérie et barrez-vous. C'est pas un endroit pour roucouler, nom de Dieu !

Il retrouvait son ton bourru après son abandon furtif. Loïc sourit, soulagé :

— Merci, monsieur Le Guénec, merci pour tout. Et bonne soirée...

Comme il allait rentrer, Le Guénec le retint par la manche de son blouson d'uniforme, pointa un doigt vers son visage :

— Hé, petit ! fais gaffe quand même ! Les moukères, même nées dans la cité, c'est jamais simple !

*

* *

Fildefer et Biboul se retrouvèrent au même endroit que la veille et presque à la même heure. Fildefer aussi surexcité que Biboul était abattu.

— On est dans la merde, j'te dis pas, geignit Biboul. Je crois qu'on aurait intérêt à tout dire aux flics...

— Ça va pas la tête ? Au contraire...

— Mais si ton frère est mort...

— Et alors, ça le fera pas revenir.

— T'exagères ! se cabra Biboul, outré par le cynisme de son camarade.

— Mais je plaisante ! s'exclama Fil. D'abord, il est pas mort, mon frère !

Biboul le regarda attentivement.

— T'as du nouveau ?

— Non, une intuition.

— Tu parles, Charles ! Toute manière, pour le paintball on va l'avoir dans le cul, les flics vont débouler demain au terrain et ils vont peut-être dénicher quelque chose qu'on n'a pas trouvé. Toute façon, moi, j'arrête.

— Déconne pas, Biboul, les flics trouveront rien, j'y suis allé cet après-midi, au terrain, y a rien.

— Que tu crois ! s'exclama Biboul. Tu sais, les flics y sont marioles. Après, quand ils sauront qu'on leur a caché ça, ils nous lâcheront plus. Surtout qu'on sait même pas ce qui s'est passé.

Fildefer s'abstint de répondre. Il n'était pas sûr de ce qu'il avançait. Il n'était sûr de rien. L'angoisse lui vrillait les tripes sans relâche. Il avait séché les cours toute la journée et demain ce serait pareil. Le grand flic avait exigé qu'il soit présent dans le bois. Pas un commode, Le Guénec, un vrai mariole, comme disait Biboul.

— Au fait, s'écria celui-ci, tu m'as pas dit pour les Bad Snakes, t'as pu les avoir ?

Fildefer haussa les épaules :

— Ouais, mais ils sont au courant de rien.

— Qu'ils disent ! Ces mecs-là étaient avec eux, c'est sûr. Ils avaient les mêmes tenues.

— Ben eux disent que non. Ils sont pas dans le coup. Et c'est pas difficile de trouver les mêmes tenues. Y a qu'à aller dans un surplus et acheter les mêmes sapes. Moi, je pense que c'est peut-être des types qui se sont faufilés dans le bois à l'insu des Snakes.

— Raison de plus pour le dire aux flics, alors !

— Écoute, Biboul, me gonfle pas sans arrêt avec tes flics, demain j'ai rencart avec le chef des Snakes, je voulais pas trop lui parler au téléphone. Je te promets que si on n'a pas de nouvelles d'Olive et que je sens pas bien le coup avec les Snakes, on va aux flics. Ça te va ?

Il s'abstint de dire à son camarade que le chef des Bad Snakes l'avait reçu comme un hippopotame dans une cristallerie et que non seulement il n'avait pas rendez-vous avec lui mais que l'autre lui avait tout simplement ri et raccroché au nez après lui avoir toutefois conseillé d'aller téter sa mère. Fil voulait rassurer Biboul et l'empêcher de craquer. Après cela, il aurait encore une piste à explorer, une seule. Ensuite, il aviserait. Mais d'abord, il fallait gagner du temps, passer la journée du lendemain, calmer les parents et les flics...

Biboul restait songeur, agité de pensées moroses. Il avait beau retourner l'affaire dans tous les sens, il revenait toujours au même point. À ce qui lui paraissait le point de départ de tout.

Ça se passait trois semaines plus tôt, un dimanche très chaud, très beau. Les Red Dragons avaient organisé une partie au fort. Un tournoi, avec plusieurs équipes invitées. Le plus drôle, c'est que le ministère de l'Intérieur lui-même avait autorisé et contrôlé le déroulement de la rencontre car le fort lui appartenait. C'était un inspecteur qui arbitrait et qui, depuis, s'occupait d'eux, les conseillait. Ç'avait été génial et si les Red Dragons n'avaient pas gagné (ils avaient fini troisièmes), ils s'étaient imposés comme une équipe en devenir, avec laquelle il faudrait compter. Ils avaient encore des difficultés d'organisation stratégique, des carences au niveau du matériel. Mais ils rêvaient : s'ils continuaient à progresser à cette vitesse, ils pourraient intéresser des sponsors et accéder à la haute compétition...

Bref, ils avaient vécu une journée fantastique, terminée par un gigantesque barbecue.

Au milieu de la nuit, les rangs s'étaient clairsemés et ceux qui restaient avaient un peu trop bu. Ils avaient eu l'idée stupide de reprendre les guns et les masques et de se faire une petite partie de nuit. Dans les coins du fort où on leur interdisait d'aller, à cause du mauvais état des lieux...

— Ho, je te parle !

Biboul sursauta :

— Quoi ? Hein ? Qu'est-ce qu'il y a ?

Il était à des années-lumière de Fil qui, sans qu'il s'en rendît compte, avait repris le chemin de la maison.

— On va se coucher, dit-il. Ça sert à rien de rester là !

— Je sais pas comment tu arrives à dormir, marmonna Biboul.

Il s'arrêta soudain :

— T'as entendu ?

— Non, quoi ?

Il retint son souffle, le cœur cognant dans les côtes, tandis que Fil se retournait vers lui, prêt à l'engueuler encore.

— Hé, mecs !

Un gamin maigrichon sortit de l'ombre d'un grand cèdre du Liban planté sur une petite place qu'il occupait entièrement. Il s'approcha d'eux appuyé sur un vélo gris argent, un demi-course rutilant. Une vieille lampe de poche accrochée au guidon éclairait le sol d'une lumière avare.

— Hé, mecs ! répéta Jaja pour être bien sûr d'être compris.

Fil et Biboul ne bronchaient pas. Un beur à cette heure-ci aux Acacias, loin de sa cité, c'était d'une incongruité totale. Il leur arrivait de venir en bande, pour casser ou pour une baston. Jamais isolément. Avec un vélo flambant neuf, en plus.

De près, Fil le reconnut : il avait déjà vu ce jeune beur au terrain de paintball, enfin aux alentours. Il venait parfois rôder vers le fort, avant, pendant ou après les parties.

Fildefer se lança :

— Qu'est-ce tu veux ?

Jaja le regarda bien en face, avec l'air détaché de celui qui n'en a rien à cirer des bourgeois des Acacias et qui est juste venu parce qu'on le lui a demandé :

— Vous êtes des potes de celui qu'a disparu ?

Le cœur de Fildefer s'emballa. Biboul eut une brusque poussée d'adrénaline qui lui mit les joues en feu. Fil couina :

— C'est mon frère, oui. Pourquoi ?

Jaja eut l'air soulagé :

— Ah, cool ! c'est toi que je cherchais. J'ai un message de ton frère.

— Hein ? bondit Biboul. Tu délires ou quoi ? Il est où ?

Il avait presque crié. Jaja fronça le nez, mécontent et ennuyé :

— T'excite pas, le gros ! J'ai un message, un point c'est tout. Tu prends ou pas ?

— Ouais, le pressa Fil, vas-y !

— Bon. Il te fait dire que tu dois rendre ce que vous avez chouré dans le fort, sinon y reviendra pas.

— Mais qu'est-ce tu racontes comme conneries ? Il a pas pu dire ça, c'est impossible…

— Moi j'en sais rien, dit Jaja doucement, y m'faut une réponse. Demain soir, ici, même heure. Et vous cramez rien aux condés sinon y revient plus jamais, le ginfran, compris ? Tchao, les mecs.

Jaja, déjà, enfourchait son vélo. Biboul voulut le retenir mais l'autre, malgré son apparence chétive, fut plus rapide. Quand il se trouva à cinquante mètres d'eux, il stoppa de nouveau, fouilla dans ses poches et jeta un objet au sol. Puis il s'enfuit en pédalant en danseuse dans la nuit. Biboul et Fildefer se ruèrent ensemble sur l'objet qu'ils faillirent s'arracher des mains. Sous la lumière tremblante d'un réverbère enfoui sous les branches du cèdre du Liban, ils contemplèrent Olive en tenue de combat, à demi allongé sur une espèce de paillasse, le haut du torse bandé. Les yeux ouverts, il paraissait vivant. Malgré l'éclairage relatif qui rendait la photo sombre, ils virent distinctement qu'il avait sur le visage son habituel sourire goguenard.

8

Fleur sursauta quand le premier coup de feu pulvérisa la boîte de conserve posée sur la vieille table branlante au milieu d'un tas d'objets extravagants. De la vaisselle sale pleine des restes moisis de repas sommaires voisinait avec des cartouches de tous calibres, des journaux, des cartes routières et d'autres choses moins identifiables.

Elle posa sur Antony un regard aigu où voisinaient l'admiration et l'impatience en se demandant quand il arrêterait enfin ses essais pour s'intéresser à elle.

Debout, le fusil à pompe à bout de bras, Antony fit quelques pas en tournant le dos à la table, puis se retourna brusquement et tira au jugé, l'arme à la hanche. Une deuxième boîte de conserve vide voltigea dans le désordre indescriptible de la pièce. Puis une autre, et encore une autre. Le bruit de la pompe actionnée avec assurance précédait les tirs impeccables d'un vrai professionnel.

La maison délabrée suintait d'humidité, l'ancienne tapisserie fleurie s'abandonnait par plaques ; tandis que la porte pendait sur un de ses gonds arraché. La grande pièce était une des seules encore habitables, le reste de la maison avait depuis longtemps rendu au néant une partie de ses murs et de ses plafonds.

Antony repoussa d'un geste machinal une mèche de ses cheveux sombres qu'il portait longs et bouclés, marcha jusqu'à la fenêtre. Entre les planches qui maintenaient fixées les persiennes de bois pourri, il distinguait les lumières de la cité, là-bas, de l'autre côté de l'autoroute. La Dame-Blanche de son enfance, la cité avec les cris d'ivrognes et d'enfants battus, les copains, les combines, les filles dans les caves, la honte d'y être, la trouille d'y mourir, de pas en sortir. La cité haïe et tant aimée. Presque belle, vue d'ici.

Il percevait à l'arrière-plan, en toile de fond, la silhouette de la centrale électrique auréolée de son halo de lumière, comme un vaisseau spatial lumineux et clair posé sur la crasse de cette banlieue pourrie.

Il ne voyait pas le commissariat mais il pouvait le situer très précisément. L'autoroute – dont le grondement ininterrompu masquait tous les autres bruits, y compris celui des coups de feu – le cachait, mais il n'était pas loin. La grosse bâtisse avec son antenne au-dessus du toit et son jardin ridicule. L'entrée, les escaliers, la porte et les fenêtres grillagées, les véhicules alignés sur le trottoir avant de rejoindre, pour la nuit, le garage en sous-sol... Les allées et venues des keufs, les heures de relève.

Son pouls s'arrêta soudain, sa respiration se fit difficile. Un brouhaha envahit sa tête, des portes claquèrent, une sirène de police vrilla ses tympans. Il chancela.

— Antony ?

La voix de Fleur, étonnée, pas encore anxieuse. Le silence revint brutalement dans son cerveau emballé.

Lentement, il se tourna vers elle, fit trois pas dans les gravats et les détritus. Presque avec douceur, il posa le fusil à pompe au milieu de la table encombrée, contempla, l'air réfléchi, comme recueilli, la petite jeune fille frêle ramassée en boule sur le matelas crasseux, les bras autour de ses jambes minces, le regard noir, grave, intense. Il l'avait connue petite-bourgeoise bon chic et plutôt portée sur le sexe. Genre allumeuse hystéroséductrice qui baisait pour se sentir exister. Il avait débridé ses pulsions. Elle était devenue, avec lui, une baiseuse infatigable et une redoutable panthère. De la pire espèce, celle qui tue sans se poser de questions.

— C'est pour demain, dit-il doucement, on va tout répéter une dernière fois. En détail.

Fleur bondit sur ses pieds nus en frissonnant. Il commençait à faire un froid humide dans la vieille baraque décatie. Fleur refusait d'y penser, de se laisser aller à grelotter. De froid. De trac, aussi. Bientôt ils seraient loin, tous les deux, au soleil. Bientôt.

Mais avant bientôt, il y avait demain. Son geste brusque fit danser la flamme des bougies, animant des ombres mouvantes.

— On a tout répété déjà cent fois, protesta-t-elle en se collant contre le jeune homme qui la dépassait d'une bonne tête.

Elle imprima à son corps une ondulation sans équivoque, pressa ses seins menus et son bassin étroit contre Antony, qui lui caressa la nuque d'une main distraite :

— Je veux être sûr...

— Moi je veux baiser d'abord, souffla-t-elle en posant la main sur le sexe du garçon dont elle sentait la masse tiède à travers le jean. Tu vois que tu bandes ! triompha-t-elle en s'attaquant à la ceinture du pantalon d'Antony, la tête et le ventre en feu.

Puis elle se dévêtit à la hâte, exhibant son corps blanc constellé de taches de rousseur. Un corps frêle, presque maigre, d'adolescente pas finie.

Ils firent l'amour sur la paillasse crasseuse posée à même le sol, couverte de taches et de résidus indéfinissables, entre le RPG 7 flambant neuf, la caisse de chargeurs et un lot de cartouches jetées par terre.

9

Mardi.

Le Guénec terminait l'exploration de la zone boisée située autour du fort du ministère de l'Intérieur en compagnie des gendarmes, de Biboul et de Fildefer quand il vit le gardien resté près du véhicule de service lui faire de grands signes.

Il se dirigea vers lui en récapitulant mentalement ce qu'ils avaient constaté : rien. La forêt était marquée de vieilles empreintes de peinture à l'eau que la pluie et le vent effaçaient sans pitié. Le sol ne portait nulle trace des « combats », comme si la nature se refermait dessus tout de suite après. Pour en oublier les outrages. Pendant deux heures, il avait obligé Biboul, mal à l'aise dans ses baskets, à refaire son périple du dimanche dans les moindres détails. Ils n'avaient retrouvé aucun objet suspect, aucun indice. Philippe Tourville arborait un air fermé, trop sûr de lui, qui laissa encore une fois penser à Le Guénec qu'il n'était pas franc du collier.

Il vit les gendarmes Contant et Daguin se diriger vers la partie du fort en ruine où s'activaient Lubet et Durieux. Leur attitude décontractée le conforta dans l'idée qu'eux aussi avaient fait chou blanc et qu'il n'y avait rien à trouver par ici.

Le gardien de la paix s'impatientait en brandissant le combiné de la radio de bord. Quand Le Guénec fut à portée de voix, il cria :

— Vite, monsieur Le Guénec, c'est Ravout, y a une merde au Ciat[1]...

Le brigadier Ravout pleurait dans la radio de bord. Le Guénec sentit sa bouche se dessécher brutalement, ses jambes mollir d'un coup.

— Remets-toi, mon vieux, intima-t-il d'une voix rauque, accouche !

— On a été attaqués, hoqueta Ravout, c'est pas possible, c'est pas possible...

— Comment ça, attaqués ? hurla Le Guénec en attrapant par la manche de sa vareuse le gardien pétrifié, lui enjoignant du geste de rameuter les autres.

Lubet et Durieux rappliquaient déjà, alertés par l'exclamation du divisionnaire.

Le Guénec écouta quelques secondes en silence, reposa le combiné sur son support après avoir dit à Ravout qu'ils arrivaient.

— On se casse, dit-il, la mine sombre, en s'installant au volant. Allez ! montez, merde !

— Qu'est-ce qui se passe ? demanda le gendarme Contant qui arrivait en courant, son képi à la main.

1. Commissariat.

— Je sais pas encore, mais c'est le bordel chez nous.

— Grave ?

Le Guénec hocha la tête, livide soudain sous sa crinière grisonnante, manœuvra le break Renault pour faire demi-tour tandis que les autres s'y jetaient au vol.

— Vous avez besoin de nous ? dit encore le gendarme.

— Non, ramenez les gamins chez eux et si vous pouvez en tirer quelque chose, faites-moi signe.

La fin de sa phrase se perdit dans un nuage de feuilles mortes.

Dans la voiture, personne n'osait poser de questions. Le Guénec, les mâchoires contractées et le regard fixe, conduisait à tombeau ouvert.

— On peut savoir ? hasarda Lubet alors qu'ils sortaient du bois dans un dérapage nerveux qui faillit les envoyer dans le fossé.

— Rappelle ce con de Ravout, dit Le Guénec en réponse. Il était sens dessus dessous tout à l'heure, j'ai pas tout compris.

Lubet s'exécuta. Il dut calmer son interlocuteur pour obtenir ce qu'il voulait. Quand il relâcha la commande du combiné, il était blême :

— Deux mecs, jeunes, se sont pointés y a une demi-heure. Ils ont piqué des uniformes, des gilets pare-balles, des armes et une bagnole. Y a eu des coups de feu...

— Et ? demanda Durieux avec un drôle d'accent métallique dans la voix.

— Ils ont réussi à s'arracher… Y a un mort chez nous.

— Qui ? s'exclamèrent en même temps le gardien et Durieux.

Lubet regarda Le Guénec. À son air, il comprit que l'autre savait déjà. Arc-bouté sur son volant, le divisionnaire fixait la route, le pied au plancher comme pour s'y enfoncer et défoncer l'asphalte. Y imprimer un sillon profond, sans fin, et les y engloutir tous.

— Lise, articula Lubet en se passant la main sur le visage. Nom de Dieu de nom de Dieu de nom de Dieu…

Le Guénec revit Lise et sa silhouette menue, son air candide et son regard pur, plein de surprise et d'espoir le soir où il lui avait baisé la main.

Il s'arrêta brutalement sur le bord de la route, descendit du break qu'il se mit à marteler de ses poings en hurlant :

— Putain d'enculés ! Enculée de chienne de vie de merde ! Mais qu'est-ce qu'on lui a fait, bordel, à cette putain d'empaffée de vie ?

Les autres ne bronchèrent pas, firent semblant de ne pas remarquer les larmes qui inondaient sa bouille de baroudeur fatigué des coups du sort.

Il se calma très vite, pourtant, sortit sans douceur Lubet du véhicule administratif pour s'effondrer lourdement à sa place :

— Conduis ! dit-il. Je sens que je vais en bousiller un…

*
* *

— Tu crois que c'est une bonne idée d'y aller ?

Antony se retourna et Fleur faillit pouffer de rire. Avec la casquette de flic sous laquelle il avait ramassé ses cheveux longs, et la fausse moustache poivre et sel, il était méconnaissable. Quinze ans de plus. Imposant, Antony, dans cette tenue, malgré les manches un rien trop courtes, le pantalon un peu trop large et le gilet pare-balles qui épaississait son torse, mais c'était comme ça et ils n'avaient pas eu le loisir de choisir selon leur taille.

— On suit le plan prévu. Ils ont pas encore eu le temps de s'organiser. On se magne.

Il ignora le rictus de Fleur, considérant qu'elle n'était pas mal non plus, ses cheveux châtain clair relâchés sous le chapeau de la femme flic qu'elle avait abattue sans trembler à peine quelques minutes plus tôt.

— Ça me fait drôle de porter son uniforme, souffla-t-elle comme si elle lisait dans les pensées de son compagnon.

— T'en fais pas, dit-il fermement, la police est une minorité qui exploite la masse en lui imposant sa loi. Une loi injuste et décadente, opprimante…

— Je m'en fous, d'elle, rétorqua Fleur, ça me fait drôle d'être habillée en flic, c'est tout.

Il leur avait fallu à peine quelques minutes pour se changer, dans un garage délabré à la périphérie de la cité, à trois cents mètres du commissariat. Une idée de Sélim : « Personne vous cherchera si près, ensuite c'est à vous de vous démerder. »

À eux en effet de changer en vitesse les plaques de la bagnole, d'y placer d'autres housses et de lui faire subir un traitement de choc pour la modifier sensiblement. Puis de s'habiller.

Antony répartit les armes. Deux Manurhin chacun dans la ceinture, le fusil à pompe sous le siège avant droit, des munitions dans les poches. Le RPG 7 dans le coffre, sous un tas de chiffons, avec les roquettes. Le sac de cuir avec une réserve de cartouches sur la console entre le levier de vitesse et l'émetteur-récepteur de radio qui fonctionnait en sourdine : on jouait vent de panique chez les keufs ! Antony écouta brièvement, histoire de s'assurer que personne ne les avait repérés. Ce qu'il entendit le rassura.

— Allez, on y va, dit-il.

Fleur hésita imperceptiblement. Antony se pencha pour lui baiser les lèvres. Des lèvres froides et sèches. Il s'inquiéta :

— Ça va ?

Elle haussa les épaules, épousseta une invisible poussière sur la manche de la vareuse bleu marine.

— T'es sûr que les autres seront là ?

— Évidemment.

Elle insista :

— Ils ont pas donné signe de vie.

— C'était prévu comme ça. Tu vas pas te dégonfler !

— Bien sûr que non. Mais j'ai confiance qu'en toi.

Sa voix était plate, vide de toute émotion. Antony ne put s'empêcher d'en concevoir de l'admiration et une certaine fierté. Après tout, c'était grâce à lui qu'elle était devenue ce qu'elle était.

Fleur s'installa au volant. « C'est toujours les femmes qui conduisent les bagnoles chez les kisdés[1] », avait dit Sélim. Elle s'obligea à ne pas penser à Sélim. Elle le trouvait pas net, pas plus net que les autres d'ailleurs. Ces exaltés de Dieu…

« Il faut nier Dieu, clamait Antony en aparté, l'esclavage divin conditionne tous les autres. »

Pourtant, il acceptait d'entrer dans leur guerre, parce que leur guerre, c'était la même que la sienne. Celle des opprimés de la Dame-Blanche. Des blacks, des beurs, des bridés et des mômes de la DDASS comme lui. Antony Lambert, fils de X… et de X… Parents inconnus. Il n'avait connu que les coups et l'indifférence dans une famille d'accueil qui ne l'avait accepté que pour les quelques sous que cela lui rapportait. Avec le recul, il se demandait s'il n'avait pas préféré les coups à l'indifférence.

Après, il avait trouvé Fleur. Elle disait qu'elle l'aimait mais il ne savait pas très bien ce que cela voulait dire. Lui, il aimait le boudin aux

1. Policiers, en argot de banlieue.

haricots, le rap, le shit, les meules, la baise. Hegel, Bakounine. En tout cas, cette guerre-là était également devenue la sienne à elle. Elle avait tout pris en bloc et ils étaient indestructibles, avec ou sans les autres.

Le break Renault sortit lentement par l'arrière du garage qui donnait sur une cour encombrée d'un incroyable bric-à-brac inemployé depuis longtemps. Depuis que le garagiste croupissait derrière les murs de Fresnes. Là où il avait connu Sélim et tant d'autres comme lui. Et retrouvé Antony.

La cour ouvrait sur une rue tranquille qui conduisait à un rond-point, et de là directement à la bretelle de l'autoroute.

« L'autoroute, c'est ce qu'il y a de mieux pour aller à Paris, avait décrété Antony. Y a du monde tout le temps, on se fera moins repérer que sur les petites routes. »

Ils ne croisèrent pas un flic, tous occupés à mettre en place des barrages et à les attendre de l'autre côté. Ils se glissèrent sur l'autoroute. Un petit soleil alanguissait la matinée, faisant briller les couleurs de l'automne.

Fleur conduisait sagement, sans gyrophare ni sirène. Malgré cela, les automobilistes se poussaient pour les laisser passer. Antony gloussa sous sa fausse moustache :

— Je comprends que ça leur foute la grosse tête, à ces cons !

Un peu plus loin, ils virent sur l'autre voie plusieurs voitures comme la leur, sirènes hurlantes, qui fonçaient au secours du commissariat attaqué. L'une d'entre elles leur fit un appel de phares amical et le « collègue » au volant un signe de la main. Antony se marra pour de bon. Fleur, impassible, regardait droit devant elle, ses mains ne tremblaient pas sur le volant. Avec son homme, elle ne craignait ni Dieu ni personne. Ensemble, ils allaient « nettoyer » la planète, entasser des armes, du fric. Jusqu'à ce qu'ils puissent armer le monde entier, jusqu'à la lutte finale…

Antony regarda sa montre, se renfonça dans le siège :

— Tu roules jusqu'à ?

— Aulnay-Zone industrielle, répondit-elle sans broncher, telle une élève studieuse.

— OK ! approuva-t-il. Cool, ma puce… on a le temps et on est peinards, ils nous ont pas repérés, ces nazes !

Pour cause. Les nazes avaient capté des messages radio signalant un break Renault flambant neuf avec deux jeunes loubards à cheveux longs à bord, pas une presque épave cabossée conduite par une fliquette de vingt ans escortée d'un vieux briscard à la tenue impeccable et parfaitement réglementaire.

10

Le Guénec s'avança au milieu d'un bazar indescriptible.

Toutes les voitures disponibles dans le district avaient convergé sur le commissariat de la Dame-Blanche. Les policiers en étaient descendus, laissant les portières béantes, rampes lumineuses en marche, tandis que se brouillaient en se télescopant des messages radio devenus incompréhensibles. La direction régionale de la police judiciaire de Versailles avait pris en main les constatations, l'Identité judiciaire officiait déjà, protégée par un cordon de la compagnie d'intervention du département qui barrait l'accès à la foule attirée par l'odeur du sang, du scandale et du malheur. Des gens de la cité arrivaient par dizaines, des gamins surtout. Un capitaine de police aboyait des ordres à ses troupes, annonçant l'arrivée imminente du directeur départemental de la Sécurité publique et du préfet. Le procureur de la République était déjà sur les lieux, au milieu de quelques officiers de police judiciaire affairés.

Un véhicule arborant les couleurs de France 3 s'arrêta en travers de la rue en faisant crier ses pneus. Un homme armé d'une grosse caméra en sortit et se mit à filmer tout en parlementant avec les flics pour tenter de franchir le barrage.

— Les chacals débarquent, grogna Le Guénec en se frayant un chemin à coups de coude et de carte professionnelle brandie au-dessus des têtes.

Lubet et Durieux arrivèrent en même temps que lui sur les marches et ils furent surpris de trouver à leur commissariat une apparence presque habituelle. En route, Le Guénec avait eu une vision du pire, le bâtiment incendié, passé au lance-flammes ou éventré par des obus, et partout des cadavres et des blessés... Un vrai cauchemar.

N'eussent été la foule, le déploiement de troupes et la forme allongée sur une civière recouverte d'une des couvertures grises des gardes à vue, Le Guénec aurait pu croire qu'il ne s'était rien passé. Il s'arrêta à côté de la civière, contempla brièvement la forme menue et inerte, hésita à soulever le tissu, y renonça, les tripes nouées.

Tout près de là, assis sur une chaise dans l'entrée, le brigadier Ravout attendait, prostré, le regard fixe et la moustache humide. Il ne réagit pas quand le divisionnaire s'approcha pour lui poser la main sur l'épaule.

Loïc, le petit vert qui ressemblait à Cyril, vint à la rencontre de Le Guénec. Il était en civil, jean et blouson. Bouleversé, il tendit la main au divisionnaire, qui la prit dans les siennes :

— Ça va, petit, ça va, maugréa Le Guénec.

Il s'abstint de raconter au jeune homme qu'il avait craint le pire pour lui quand Ravout avait dit que les loubards avaient ouvert le feu dans l'entrée, sur le flic de l'accueil. À ce moment-là, c'est vrai, il n'avait pensé qu'à Loïc, pas à la petite Lise, qui tenait pourtant ce poste quand il avait quitté le commissariat, deux heures plus tôt. À présent, ce détail de l'histoire le consternait.

Loïc eut une sorte de sanglot. Il se détourna en tremblant légèrement.

— J'étais de repos, dit-il d'une voix sourde, je passais dans le coin, j'ai entendu les coups de feu, je me suis précipité. C'était fini. J'ai eu juste le temps de les voir filer...

— Tu les as vus ? s'exclama Durieux, qui s'était avancé.

Soulagé par cette question qui le ramenait dans le monde des vivants, Loïc se mit à parler d'une voix plus assurée :

— Oui, au moment où ils montaient dans le break. Très calmes, comme des collègues qui partent faire une vérif... Un grand et un petit, cheveux longs, avec des casquettes américaines à l'envers, genre rappeurs. Des jeans et des bottes, des bombers, enfin je crois. Ils ont filé par la rue Jean-Genet.

— Les flingues ? demanda Lubet.

— Un fusil à canon scié, c'est tout ce que j'ai vu. C'est le petit qui le tenait, et le grand qui conduisait. Le patron de la PJ dit qu'ils ont tiré des Brennek[1]... Pauvre Lise, je l'aimais bien, elle était...

De nouveau, des larmes embuaient ses yeux clairs. Le Guénec tourna le dos brusquement, s'enfuit en direction des gens de la PJ qui investissaient son commissariat et jusqu'à son bureau.

— Bon Dieu, gueula-t-il à la cantonade, c'est pas possible, un bordel pareil ! Est-ce que quelqu'un est capable de m'expliquer ce qui s'est passé ici ? C'est quand même ma taule, merde !

Martin, un commissaire de la DRPJ de Versailles, surgit des vestiaires. Comme tous les flics de PJ, il connaissait Le Guénec de réputation, du temps où il était une des figures de la BRI[2].

Il était au courant de son histoire aussi, la mort tragique de sa femme et de son fils, dix ans plus tôt, dans un accident de voiture. Le Guénec conduisait, il s'en était tiré sans un hématome. Sa descente aux enfers après, son refus de revenir en PJ, sa demande d'affectation en banlieue après des mois de déprime et d'alcool à haute dose, les quartiers difficiles, dont la Dame-Blanche n'était pas le pire, avec leur lot d'errance, de misère et de violence qui faisait frissonner Martin chaque fois qu'il y

1. Munitions de chasse destinées au gros gibier.
2. Brigade de recherche et d'intervention, communément appelée « Brigade antigang ».

pensait. Car, après le concours d'entrée dans le corps des commissaires et les deux années de formation réglementaires, Martin, comme tous ses pairs, avait été affecté dans un commissariat de sécurité publique, dans une circonscription proche de celle de Marc Le Guénec. Il avait essayé de se rapprocher de lui, mais Le Guénec opposait à toute manifestation d'amitié, à toute main tendue, une résistance brutale. Un peu comme s'il voulait boire le calice jusqu'à la lie, expier une faute mystérieuse et ne jamais remonter de l'enfer. Martin avait tenté et renoncé. Le Guénec était devenu un ours solitaire, sûrement très malheureux derrière son air bourru.

Le commissaire Martin le salua d'une brève claque dans le dos, lui prit le bras pour l'entraîner vers son bureau.

*

* *

Dehors, Loïc entendit crier son nom. Il se retourna lentement, des restes de larmes sur ses joues encore enfantines. Sa bouche trembla quand il aperçut Naïma qui poussait les badauds pour avancer au plus près de lui. Ses cheveux noirs brillaient dans le soleil, dans ses yeux sombres le soulagement de voir son amour debout, vivant, remplaçait soudain la peur de l'avoir cru mort. Loïc dévala les escaliers à sa rencontre, elle murmura son nom en se jetant contre lui, au mépris des règles de prudence qu'ils s'étaient jusqu'alors imposées.

Loïc respira longuement le parfum de la jeune fille, un mélange de jasmin, de menthe et de cumin. Quand il releva les yeux, à trois mètres de là, il vit Jamal, le cousin de Naïma, appuyé sur une belle bicyclette grise, et, derrière lui, comme des gardes du corps vigilants, deux hommes qui fixaient le couple enlacé d'un regard ardent, plein de haine. Ils portaient la barbe et des djellabas blanches. Loïc sentit son cœur s'emballer. D'instinct, il serra plus fort Naïma contre lui comme pour la protéger d'un grand danger.

*

* *

— Je comprends pas comment ça a pu se produire, répéta Le Guénec, je comprends pas…

Il ressassait depuis une heure les mêmes questions en arpentant le vestiaire d'un pas nerveux, les mains derrière le dos, une Gitane filtre vissée entre les dents. Il devait en être à la dixième depuis son retour au commissariat.

Le commissaire Martin lui avait expliqué ce qu'il savait, Lubet et Durieux l'avaient aidé à reconstituer le reste. À présent, il faisait les cent pas devant une vingtaine de gradés et de gardiens, silencieux et abattus. Eux aussi avaient donné leur version, mais Le Guénec avait semblé s'en désintéresser. Le préfet était venu leur parler, avec le DDSP, avant d'aller affronter la presse. Ils n'avaient pas émis de reproches mais leurs regards disaient clairement que l'heure des comptes sonnerait bientôt. Le Guénec était responsable en l'absence du patron, mais tout le monde savait que si cette perspective l'ennuyait, à cause des tracas administratifs qu'elle annonçait, elle le laissait de marbre, car il y avait belle lurette qu'il tournait le dos à toute idée de carrière ou d'avancement. En revanche, le fait que deux petits loubards aient pu attaquer *son* commissariat en plein jour et se tirer sans dommages le révulsait.

Il s'écria en se plantant devant un gardien, au hasard :

— Ils n'étaient que deux et ils vous ont baisés, comme ça ! (Il claqua des doigts.) Nom de Dieu !

Le gardien de la paix tourna le regard vers Martin pour chercher du secours. Le commissaire haussa les épaules : Le Guénec connaissait les faits, il ne les acceptait pas, voilà tout. Jamais il n'admettrait que les deux loubards aient pu pénétrer dans le commissariat comme des plaignants ordinaires après avoir garé une vieille bagnole – volée – devant le garage, pour en bloquer l'issue, sans que personne ne leur dise rien. Qu'ils se soient introduits – sous prétexte d'aller aux toilettes et malgré la vigilance de Lise – jusqu'au vestiaire des gardiens, où ils avaient commencé à faire main basse sur des uniformes, jusqu'à la salle radio, où, en douceur, ils avaient délesté le chef de poste et le radio de leurs revolvers sous la menace d'un fusil à pompe qu'ils avaient planqué sur eux. Où ? Comment ? Est-ce qu'on saurait jamais puisque, en dehors de Lise qui tenait l'accueil, personne ne les avait vus entrer ? Et la liste des faits inacceptables était loin d'être close : qu'ils aient enfermé les deux policiers dans la cage avant de refluer vers la sortie et que seule Lise, depuis le hall, ait été alertée par leurs cris et un remue-ménage inhabituel. Que l'équipe J2 soit sortie, comme par hasard, juste avant l'arrivée des voyous avec un car PS pour une bagarre dans la cité, alors que les îlotiers venaient de partir sur leurs secteurs et que la J1 cassait la croûte dans le local du garage, au sous-sol, comme tous les jours ou presque à cette heure-ci. Pendant que lui-même, Lubet et Durieux arpentaient les bois, que le patron était malade et les autres civils en repos. Que Lise, s'étant trouvée nez à nez avec les agresseurs, n'ait pas eu le temps de dégainer son arme. Qu'elle ait chopé en pleine poitrine plusieurs impacts de cartouches d'un gros calibre capables d'arrêter un éléphant en pleine course et sans avoir eu le loisir de dire ouf. Que ces deux « merdes », comme il disait, aient pu tranquillement s'emparer du break Renault – clefs sur le contact dans la rue ! – après avoir crevé les pneus des autres bagnoles garées sur le trottoir et se tirer sans encombre. Que l'équipe J1 ait mis plusieurs minutes avant de comprendre la situation et plusieurs autres encore à réagir. Que…

Le Guénec claqua des doigts à nouveau, se tourna vers le chef de poste :

— Toujours rien ?

L'homme secoua la tête, accablé. Les deux agresseurs s'étaient volatilisés. Cela semblait inconcevable mais ce n'était que la triste réalité. Tous les axes routiers étaient barrés ou surveillés, les signalements diffusés sur tous les canaux disponibles, le quartier passé au peigne fin.

— Ces gusses connaissaient le coin, dit Martin, ils ne se sont pas arrêtés ici par hasard. Et ils sont gonflés...

— Ouais, approuva le chef de poste, ils sont gonflés ! Ils n'avaient pas peur, ils étaient calmes, froids, comme s'ils ne risquaient rien...

— Comment ça ? s'étonna Martin. Vous voulez dire qu'ils auraient eu un complice ici ?

— Non, non, protesta le brigadier, quand même pas... Ils semblaient n'avoir peur de rien, comme des illuminés si vous voulez.

— Ou des gens entraînés à la bagarre ? suggéra Lubet.

— Ouais, c'est plutôt ça. Des genres de guérilleros mais qui seraient d'ici. Pas des basanés.

Le silence se fit dans la pièce. Les hommes se tenaient debout, les bras croisés, ou adossés aux placards métalliques. De l'extérieur leur parvenaient des bruits divers, mots, bouts de phrases, claquements de portières, grondements de moteurs martyrisés.

— Il faut tout récapituler depuis le début, s'obstina Le Guénec. Je suis sûr qu'il y a à gratter autour de nous tous, de nos faits et gestes de ce matin, des jours passés. Ils devaient savoir ce à quoi chacun d'entre nous était occupé. Ils connaissaient la taule, c'est pas possible autrement...

Il se tut pour réfléchir, il tournait autour de quelque chose sans pouvoir l'identifier. Cette attaque n'était pas liée aux gosses du paint-ball tout de même, ces combattants nains qui jouaient à la guerre pour tromper leur ennui et dépenser leur argent de poche. Quoique celui qui avait disparu ne fût toujours pas revenu...

— On a relevé des empreintes dans la vieille Ford qui bloquait la sortie du garage, annonça Martin. Avec un peu de bol, ça nous mènera peut-être quelque part...

Un peu de chance. Le Guénec grimaça, revint à son intuition. Qui avait pu les rencarder à ce point, les rendre si sûrs d'eux et si confiants dans la réussite de leur plan ?... Il se tourna encore vers le chef de poste et le radio, un type d'une cinquantaine d'années, un vieux routier maigre au profil aigu et aux cheveux rouges, les interpella avec rugosité :

— Enfin, vous deux, couilles de loup ! Vous êtes les seuls à les avoir vus de près ! Y a pas quelque chose qui vous a choqués, un truc que vous auriez remarqué ?

Le chef de poste secoua la tête négativement, mais le radio hésita une fraction de seconde. Le Guénec l'entraîna à l'écart, bourru :

— Creuse-toi un peu, Max ! Pense à la petite Lise.

Ledit Max murmura qu'il ne pensait qu'à ça. Elle était venue le voir, deux minutes avant l'attaque, pour lui demander de passer un message radio. Un type venait de se faire voler sa caisse devant un débit de tabac. Elle souriait, Lise, elle était jolie et sérieuse, elle allait se marier, avec un commissaire. Enfin c'était ce qu'on disait dans le Ciat car elle, elle ne racontait pas sa vie...

— Fais un effort, bordel ! Ton chef est une brêle, mais toi, Max, t'es un bon ! T'as forcément remarqué un détail... Je veux ces deux pédés...

Max rapprocha ses sourcils, fit, les paupières serrées, un gros effort de concentration.

— Je sais pas, dit-il après un long silence. C'est bizarre. Vous avez dit « pédés »...

— Alors ? Tu penses que c'en est ?

— Hmmm... Pas vraiment. Y a un truc, quand j'y repense... Y avait que le grand qui parlait. Le petit n'a pas moufté. Il braquait le fusil à pompe et le grand donnait les ordres... Il était bizarre, le petit. On pourrait dire qu'il faisait pédé, mais à la réflexion...

— Quoi ? Accouche, merde !

Max se dégagea de la main puissante de Le Guénec qui s'était mis à lui serrer le bras vigoureusement à travers la vareuse. Il massa ses muscles endoloris en rouspétant que le divisionnaire ne sentait plus sa force.

— Je sais pas, on aurait dit une fille...

Le Guénec sursauta comme si un insecte venait de le piquer. Une fille ! Voilà ce qui le turlupinait quelques minutes plus tôt. Qui avait rencardé sur la vie du commissariat ? Une fille ! Qui avait attaqué le commissariat ? Une fille ! Il ne savait pas encore laquelle, ni pourquoi, ni comment, mais son intuition, autrefois légendaire, lui imposait cette piste non comme une hypothèse mais comme une évidence. Il ressentit une étrange jubilation comme au bon vieux temps, quand les enquêtes étaient sa seule raison de vivre.

— Une fille, marmonna-t-il pour s'en convaincre. Brune, blonde ?

Max s'énerva :

— J'ai pas dit que c'était une fille ! Ça se peut, c'est tout. Et j'ai rien vu d'autre. Elle, ou il, avait la peau claire, mais avec la casquette et tout le bazar, j'ai pas bien vu...

Une fille. Le Guénec fit demi-tour pour rejoindre les autres et ce fut à ce moment-là que l'image jaillit. Il se revit, la veille au soir, sortir du commissariat, Loïc, debout derrière son comptoir, la petite moukère assise sagement, son regard de feu posé sur lui.

Il entendit la voix de Loïc sur le perron : « Quarante-deux jours, monsieur. »

Il se précipita dehors en jurant.

11

Il leur fallut à peine dix minutes pour arriver sur place. Antony s'était presque assoupi, comme un gosse entre deux jeux. Fleur restait impassible, concentrée sur le plan qui se déroulait, jusqu'à présent, sans anicroche. Ils s'étaient arrêtés à l'extrémité du pont, comme convenu, juste après la bretelle de sortie et à deux cents mètres du rond-point. Sous eux, l'autoroute grondait sans interruption, rendant presque impossible toute conversation. Par chance, ils n'avaient rien à se dire. Ils étaient ensemble et cela suffisait.

Antony jeta un coup d'œil alentour. Aucun mouvement suspect, mais aucun signe des autres non plus. Il en ressentit un léger malaise, puis il se reprit, se rassura en silence. Ils allaient venir, ils étaient même sûrement déjà là, planqués pas loin.

— T'as les j'tons qu'ils viennent pas ?

Bien que l'autoroute la forçât à hausser le ton, la voix de Fleur était douce et ferme. Elle lui parlait sans le regarder. Antony s'énerva presque : elle le devinait, lisait dans ses pensées.

C'était, entre autres, une de ses immenses supériorités sur lui. Avec un sang-froid inné et une redoutable cruauté naturelle. Instinctive.

— Je vois pas ce que tu veux dire.

— S'ils ne viennent pas, on fait quoi ?

— Ils viendront. Sinon, on y va tous les deux.

— Je préférerais, tu vois.

— Déconne pas.

Antony se rembrunit. Il vit un homme âgé qui tenait un petit chien en laisse s'avancer dans leur direction. L'homme s'arrêta à hauteur de la voiture de police et se pencha, faisant signe à Antony de baisser la vitre. Antony eut une réaction de peur vite maîtrisée : le petit vieux les prenait pour des flics, des vrais. Il sourit largement en abaissant sa vitre.

*

* *

Du fin fond d'un gouffre noir montait une musique stridente, lancinante et détestable. Mike savait qu'elle annonçait une catastrophe épouvantable, un terrible danger. Il plaqua les mains sur ses oreilles, le bruit se fit plus fort encore. Ses jambes vissées au sol et son corps de plomb lui interdisaient tout mouvement, le condamnaient à la souffrance et à la mort. Il se sentit devenir glacé tandis que le bruit envahissait sa conscience, le submergeant comme une lame de fond, froide et implacable.

Il s'assit sur son lit, suffocant, trempé de sueur, le cœur en folie, dévasté. Le téléphone, comme une mauvaise farce, continuait à émettre sa sonnerie déchirante. Au bord de l'évanouissement, Mike attrapa le combiné, le lâcha, incapable de maîtriser ses tremblements. L'appareil heurta le sol avec un bruit qui explosa dans ses oreilles.

Quelques secondes plus tard, un peu calmé par le silence revenu dans la pièce, Mike reprit l'appareil pour le reposer sur son support. Il perçut alors dans le combiné une voix qui répétait « Allô » avec force et insistance. Il s'appliqua à respirer, ferma ses paupières douloureuses, approcha le téléphone de son visage, aboya une question. La voix de son correspondant était jeune, angoissée. Mike ne comprit pas le nom qu'il lui donnait :

— Qui ? demanda-t-il, la voix pâteuse.

— C'est moi, Philippe Tourville, Fil, le fils de Charles, tu te souviens ?

Mike se réveilla soudain, se dressa sur son lit, une sensation désagréable agaçant ses terminaisons nerveuses.

— Le Nain ? Qu'est-ce que tu veux encore ?

— C'est pas le Nain, c'est Fil, son frère...

Mike essaya de gagner du temps :

— Ça va pas, de m'appeler à une heure pareille ! Je dormais, figure-toi !

— Il est deux heures de l'après-midi...

Mike jeta un coup d'œil au radio-réveil, le seul objet, avec le téléphone et le lit, qui meublât encore la pièce. Il ronchonna :

— Et alors, qu'est-ce que tu veux ?

Mike écouta le frère du Nain lui narrer sa putain d'histoire. Au fur et à mesure du récit, la migraine envahissait son crâne, les contractures assiégeaient sa nuque. Ses tripes lui faisaient mal à hurler, il crut qu'il allait se lâcher dans ses draps douteux. Le tremblement de ses mains s'amplifia.

Il interrompit Fil avec brusquerie :

— Qu'est-ce que tu veux que ça me foute, toute cette merde ? J'suis plus flic, gamin. Ils m'ont viré. Y a longtemps.

Le silence se fit à l'autre bout. Fil parut décontenancé un court instant, mais revint à l'attaque :

— Olive, le Nain quoi, il t'avait appelé, il y a trois semaines. Tu lui as pas dit que t'étais plus flic. Il voulait te montrer...

— Fais pas chier, môme. J'suis bon à nib sur ce coup. En plus, vous vous êtes fait piquer ce qu'il avait à me montrer, non ?

— Justement, ça devait appartenir à des mecs qui veulent le récupérer. Il faut que tu m'aides. J'ai peur. Olive est sûrement en danger et...

— Non.

— Alors je vais tout dire aux flics...

Mike réfléchit à toute allure. Gagner du temps. Ne pas se laisser entamer par la panique, assurer. Assurer. Il fit un effort désespéré pour se ressaisir, arrêter les tremblements de sa main droite.

— T'affole pas, dit-il d'un ton calme, on va aviser. Rappelle-moi.

— Quand ?

— J'sais pas, rappelle-moi.

— Quand ? insista Fil, t'es jamais là...

Mike avait déjà raccroché. Il essaya de se lever, la chambre tournait autour de lui. Son ventre le torturait et les contractures devenaient insupportables. Le manque.

Mike, flic déchu et révoqué pour cause de toxicomanie, vacilla jusqu'au coin-cuisine où stagnaient de vagues mauvaises odeurs, s'empara de la seringue abandonnée sur le bord de la table et prépara son fix. Il avait attaqué son dernier paquet. Il fallait qu'il voie Jouvence. Ce soir.

Un rictus de bonheur salua le flash bref, de plus en plus bref, mais qu'est-ce qu'il en avait à foutre, du moment qu'il arrivait. Tant qu'il arriverait ce serait bien, il n'attendait rien d'autre de la vie, Mike, à cet instant précis. Il repartit s'allonger, soulagé de tout, les tripes endormies, le cou détendu, la cavalcade interrompue dans son crâne, les emmerdements à la tonne repoussés au plus profond de l'engourdissement qui le prenait, comme une petite mort.

12

Le Guénec eut beau le chercher, il ne revit pas Loïc à proximité du commissariat. Le nombre des badauds commençait à tarir, repoussés trop loin à leur gré par la compagnie d'intervention départementale et déçus qu'il n'y eût pas plus de sang et de cadavres. Ils n'auraient pas leur dose, ils préféraient rentrer chez eux voir si la télé pouvait faire mieux.

Les télés, justement, étaient toutes venues et ne se privèrent pas de filmer l'enlèvement du corps de Lise, emporté entre deux rangées de flics en tenue et en civil, figés au garde-à-vous. Pour la circonstance, le directeur de cabinet du ministre de l'Intérieur, lui-même en visite en province, s'était déplacé, flanqué du directeur général de la Police nationale. Tous arboraient des visages de circonstance, fermés et gris.

Le Guénec, pour lutter contre l'émotion qu'il sentait monter dans sa poitrine, se mit à engueuler un journaliste insistant un peu lourdement sur l'enquête administrative qu'il prédisait à ses interlocuteurs. Il aurait presque pu faire le commentaire à sa place : un commissariat de banlieue exposé, mal protégé, des flics mal formés, trop jeunes, des cadres trop peu nombreux, incapables de motiver leurs troupes, débordés, désabusés même…

— Pas tous, gueula Le Guénec, tu vas voir ce qui leur arrivera, à ces enfoirés, s'ils ont la malchance de me tomber sous la pogne ! Et toi, je te conseille de faire gaffe à tes os…

Durieux l'arracha juste à temps à son envie de cogner sur le journaliste éberlué :

— T'as une certaine Jeanne Tourville au téléphone… C'est rapport à son fils.

— Il est rentré, je parie ?

— Non, elle vient aux nouvelles, elle veut te parler. C'est rapport au paintball…

— Dis-lui qu'elle me lâche, j'ai autre chose à foutre. Dis-lui qu'ici c'est la guerre. La vraie.

*

* *

Jaja suivit de loin Naïma et son jules, le petit keuf du commissariat. Enfin, Jaja savait que c'était pas un vrai keuf, même s'il portait un revolver, mais un militaire qui faisait son service national dans la police. Il ne comprenait pas, Jaja, qu'on puisse faire un truc pareil. D'ailleurs, quand son tour viendrait, il ne ferait pas une telle connerie. Ni service militaire ni rien. Quoi qu'en dise Sélim, qui prétendait qu'il fallait rester algérien envers et contre tous, lui, Jaja, prendrait la nationalité française à dix-huit ans et s'arrangerait pour se faire réformer. Ça ne devrait pas être trop difficile pour un malin comme lui. D'ailleurs, d'ici là, on aurait peut-être supprimé cette obligation débile, et lui, en plus, serait devenu un grand champion cycliste. Il ferait des courses triomphales, un casque sur la tête, couché sur un vélo ultramoderne. Encore mieux que celui-là, qui était déjà super.

Il lui accorda une petite caresse, se pencha pour vérifier une ombre suspecte, effaça une trace de la manche de son sweat élimé, reprit sa filature.

Le couple marchait lentement, enlacé, s'arrêtait à chaque instant pour se parler, se contempler, s'embrasser. Jaja sentit son estomac se nouer. Jamais Naïma ne l'embrassait comme ça, même si elle lui donnait tous les baisers qu'il réclamait.

Jamais non plus elle ne le regarderait avec ce regard, profond et enflammé, subjugué, soumis et conquérant à la fois. Son cœur battit plus vite. Il ne l'aurait jamais, Naïma, jamais. Cette évidence l'aveugla. À cet instant, il se sentit déchiré entre l'amour qu'il lui portait et la haine d'être celui qu'elle n'aimerait jamais. Il envia le keuf qui la tenait dans ses bras, tout en se disant qu'elle prenait et qu'il lui faisait prendre un risque énorme. Il se prit à redouter que Sélim ne débarque à ce moment précis. Sûr, il les tuerait sur place. Son pouls s'accéléra encore. Il regarda derrière lui mais ne vit rien ; juste, un peu plus loin, les silhouettes des policiers et des journalistes qui s'agitaient toujours autour du commissariat.

Il ne savait plus que penser, Jaja, c'était toujours comme ça avec lui. Il en voulait à Naïma et à son kisdé de malheur, et pourtant il la protégeait. Il la protégerait coûte que coûte.

Il faut dire qu'elle lui servait, aussi. Grâce à elle, il avait la paix avec les autres, il pouvait s'adonner à sa passion cycliste au lieu d'être obligé d'aller à la mosquée.

Pour le coup, ils exagéraient. Cela faisait bien trois minutes qu'ils étaient arrêtés. Le keuf avait poussé Naïma contre la grille d'un pavillon désert, il l'embrassait avec passion et voilà maintenant que sa main s'égarait sur la poitrine de la jeune fille et que cette gourde, loin de se défendre, se collait à lui.

Il décida d'intervenir.

Il n'allait pas laisser mettre en péril son fonds de commerce.

13

Antony regarda l'heure à la pendule de bord.

— Démarre ! dit-il à Fleur, de l'excitation dans la voix. Ça ne devrait plus tarder.

Il ouvrit la portière. Il devait descendre du véhicule, aller jusqu'au coffre récupérer le RPG 7, revenir, l'air de rien, se réinstaller à l'avant. Tout cela avait été répété, mais là, d'un seul coup, il se sentait moins confiant. Il constata avec agacement que sa main tremblait légèrement sur la poignée de plastique. Il mit ce fait sur le compte de la tension précédant l'action. Il jeta un coup d'œil à Fleur. Lèvres pincées, un anneau blanc autour de sa bouche serrée, elle gardait les mains sur le volant et les yeux braqués sur le rétroviseur.

Antony sut à ce moment précis qu'elle n'était pas comme lui, que, quoi qu'il arrive, elle n'aurait jamais peur. Il aspira une grande quantité d'air qu'il expira lentement, avec application. Pour chasser la sensation qui venait de prendre possession de lui, amorçant la spirale de l'échec.

Le jeune homme déguisé en flic eut peur de sa propre peur, inattendue et irraisonnée. Il n'avait pas peur de la mort, il savait sans avoir besoin de se le répéter à chaque instant qu'il ne deviendrait jamais un vieillard. Il clamait souvent que la vie est une maladie incurable, que la mort est la seule véritable expression de la démocratie. Il s'en fichait, de la mort, mais ça ne l'empêchait pas d'avoir la trouille et de ne pas savoir de quoi.

Il réfléchit brièvement, songea que son trouble venait peut-être de l'éventualité de l'échec ou de la trahison des autres.

Peu après leur arrivée sur le pont, après la sortie d'Aulnay-Zone industrielle, les communications radio des keufs avaient brutalement changé de ton. Une voix autoritaire avait demandé de passer sur le canal 5 pour tout ce qui concernait l'affaire du commissariat de la Dame-Blanche. Antony avait bricolé le récepteur pour trouver le foutu canal. Sur le 5, il n'entendait plus que des échanges incompréhensibles. Des phrases codées, des chiffres énoncés mécaniquement. Depuis six minutes, il ne savait plus ce que faisaient les flics, et cela ne présageait rien de bon. Les autres n'avaient pas parlé de cette question de radio, mais c'était peut-être leur indic qui ne leur avait pas apporté assez de précisions.

Les autres... Il n'en avait pas vu l'ombre d'un. Ils devaient pourtant faire un passage de reconnaissance, avant l'arrivée de la cible, se faire voir. Lui et Fleur conduiraient l'assaut, eux seraient la force d'appui.

L'angoisse monta d'un cran.

Antony avait ouvert la portière en grand. Sans se presser, il passa une jambe à l'extérieur, respira à fond pour faire le vide dans sa tête.

Se lever. Marcher. Foncer sans réfléchir.

— Attends ! s'écria Fleur d'une voix étouffée, les yeux toujours rivés sur le rétroviseur.

— Quoi ?

— Y a des keufs derrière, à cinquante mètres. Ils sont sûrement là depuis un moment, y en a un qui jacte dans le micro. Ils doivent vérifier le numéro de la bagnole.

— Merde…

Antony sentit son cœur s'emballer sous une poussée d'adrénaline. Dans une minute, il devait être prêt. Si ces connards restaient là, tout était foutu.

— Ils arrivent, murmura Fleur.

Un break identique au leur s'était mis en branle lentement, s'approchait sans hâte, roulait à côté d'eux. Le passager les dévisagea d'un air indifférent avec un léger signe de tête, le conducteur ne tourna même pas la sienne. Ils avaient tout d'une patrouille anodine, pourtant Antony se sentit mal. Il eut toutes les peines du monde à esquisser un sourire crispé tandis que Fleur levait la main avec nonchalance. Comme si elle avait fait ça toute sa vie.

Les flics passèrent leur chemin doucement, ralentirent encore en abordant le rond-point, disparurent derrière les panneaux qui masquaient les bâtiments d'un entrepôt de la SNCF.

Au même moment, le fourgon de la Brink's entra dans le champ de vision d'Antony, de l'autre côté du rond-point. Il avançait avec lenteur et précaution, tel un animal trapu et court sur pattes. Le jeune homme s'affola. Il n'avait plus le temps d'aller récupérer le RPG 7.

— Les voilà ! s'exclama-t-il. Merde, merde, merde. Enfoirés de condés !

— On y va quand même. On fait comme prévu.

La voix de Fleur était froide, dénuée d'émotion. Antony voulut protester, mais il était trop tard et il savait que rien ne la dissuaderait de faire ce qui avait été décidé.

Fleur fit vrombir le moteur, arracha le break du trottoir. L'endroit, désert quelques instants plus tôt, se mit soudain à grouiller de tous les employés du dépôt SNCF qui sortaient du boulot. Il était midi pile.

Le break de police volé s'avança à l'entrée du rond-point dans lequel il s'engagea à contresens, déclenchant des réactions d'humeur de quelques automobilistes surpris. Quand il se trouva nez à nez avec le fourgon de la Brink's, il ne fit rien pour éviter le choc.

Le conducteur du fourgon et son passager virent une jeune fliquette s'avancer vers eux d'un pas décidé, un fusil à pompe au bout du bras, le canon tourné vers eux. Bien que les flics fussent en tort, les convoyeurs s'attendaient à se faire engueuler. La fille avait un air mauvais, le visage pâle et tendu. Ils se préparèrent à protester, sans prêter attention au deuxième flic qui se dirigeait vers l'arrière du break en courant puis en revenait avec un drôle d'engin cylindrique sur l'épaule.

La jeune femme arracha de son crâne son bonnet de police, le jeta au sol derrière elle, ouvrit la portière côté passager et intima aux deux hommes l'ordre de descendre. L'idée de discuter les effleura mais la lueur dans le regard de la fille les en dissuada. Ils s'exécutèrent, les mains sur la tête, ainsi qu'elle le leur demandait. Une explosion provenant de l'arrière du fourgon leur arracha les tympans. La fille ne broncha pas, comme si elle trouvait la chose parfaitement naturelle.

Tétanisés, les automobilistes témoins de la scène se jetèrent sous leurs volants tandis que quelques cheminots intrépides et curieux qui avaient pointé leur nez reculaient précipitamment. L'un d'eux se coucha à plat ventre en poussant un cri étranglé.

C'est en se dirigeant vers l'arrière du véhicule blindé, le fusil à pompe braqué sur les deux convoyeurs, que Fleur perçut une agitation inquiétante sur le flanc droit. Elle vit revenir le break de la police qui les avait dépassés un instant plus tôt, suivi d'une autre voiture identique. Les rampes lumineuses jetaient à la ronde leurs flashes menaçants, les sirènes hurlantes paraissaient se multiplier à l'infini.

Antony se mit à courir vers le fourgon dont il venait de pulvériser le blindage. Normalement, il aurait dû prendre plus de recul. Il s'était précipité parmi les éclats brûlants qui avaient giclé tout autour, et il en avait reçu un sur le crâne, heureusement protégé par la casquette de flic. Ainsi qu'il le craignait, l'intérieur du fourgon brûlait, dégageant une épaisse fumée bleue. Le troisième convoyeur de la Brink's, qui se trouvait à l'intérieur du véhicule, brûlait aussi, mais comme il venait d'être déchiqueté par le projectile, ça n'avait plus beaucoup d'importance pour lui.

Antony réalisa en même temps qu'il avait encore le RPG 7 sur l'épaule et que ce pour quoi ils avaient fait tout ce travail était en train de partir en fumée. Il jeta le lance-roquettes à terre et s'avança au milieu des émanations âcres qui lui piquaient les yeux. Il perçut les cris de Fleur et presque aussitôt après, les détonations. Il se retourna, au ralenti, vit un Brink's, l'arme levée dans sa direction, et Fleur en train d'actionner la pompe du fusil comme une folle dans le dos de l'homme. Une folle froide et déterminée, une vraie guerrière. Il ressentit au même moment dans la poitrine un coup violent qui lui coupa le souffle et une horrible brûlure dans le bas-ventre.

Le convoyeur tomba, l'arme à la main, sous les Brennek de Fleur, tandis que des uniformes semblaient surgir de partout, progressant à l'abri des véhicules désertés par leurs occupants. Le rond-point paraissait soudain hors du temps, livré à des hordes en bleu marine.

Fleur avait abandonné le fusil et, un Manurhin dans chaque main, faisait le ménage. Trois policiers mal protégés tombèrent à leur tour. Antony, malgré la douleur qui lui ankylosait le bras gauche, réussit à se saisir d'un des 357 magnum coincés dans sa ceinture. Il le retira, rouge du sang qui dégoulinait le long du canon. Au même moment, il prit conscience que son pantalon était mouillé, qu'un liquide coulait le long de ses jambes. Puis la douleur survint, fulgurante, immonde. Une silhouette en bleu s'inscrivit dans son champ de vision. Elle bougeait et se mouvait de manière désordonnée, la vision d'Antony se troublait à toute allure. Il tendit le bras et tira. Ou plutôt, il crut tirer, car ses forces l'abandonnaient déjà. En retour, il reçut une balle dans la jambe, une autre dans le cou et se laissa choir, épuisé soudain, sans force. Une détonation proche de son oreille, et la forme floue s'effaça pour de bon. Le visage de Fleur prit sa place, livide.

Un grand froid l'envahit, il sentait la vie s'échapper par tous ces trous qu'on venait de lui faire. Il se coucha sur le bitume, sentit que des mains l'agrippaient, essayaient de le tirer en arrière, de le traîner. La voix de Fleur, lente et lourde, crevait la surface de sa conscience mais les mots ne s'y imprimaient pas.

Parle plus fort, Fleur, articule !

L'image de la jeune fille se déformait devant ses yeux déjà vitreux. Elle hurlait pourtant, ça il le voyait, il le sentait, même s'il n'entendait plus rien.

Des mots lui vinrent, qu'il n'avait jamais prononcés, qu'il ne se serait jamais cru capable d'inventer :

Fleur, petite Fleur, mon enfant chérie...

Je suis couché sur la terre, la vie sort de moi à gros bouillons, je l'entends gronder, elle se retire comme la vague.

Au-dessus de moi, le ciel est criblé d'étoiles comme ta peau, Fleur. Ta peau chaude et ambrée de ces milliers de taches rousses que je n'ai jamais su compter...

Il lui dit aussi : « Tire-toi, vite... Je ne veux pas qu'ils te tuent... Fleur, je t'aime... » Mais elle ne l'entendit pas. Comment aurait-elle pu l'entendre ? Il y avait tant de bruit autour d'eux.

Fleur ne vit que quelques bulles rosâtres sortir des lèvres de son homme, puis il eut un hoquet et un flot de sang gicla sur la vareuse, déguisement dérisoire d'apprenti guerrier.

Fleur sentit le dernier signe de vie d'Antony sous ses doigts. Il mourut contre elle. Loin de la douleur, claire et lucide, Fleur ne songea plus qu'à s'enfuir, à sauver sa peau. Partir loin de là, se barrer.

D'abord, recharger le revolver. Elle se servit pour cela de l'abri précaire du fourgon qui brûlait toujours et profita de la confusion générale et de la fumée pour refluer vers le pont, en tirant sur tout ce qui bougeait. Ses yeux étaient secs et son pouls battait à un rythme lent et régulier comme un jour normal où elle se serait promenée dans la rue. Des balles lui sifflèrent aux oreilles, elle n'y prit pas garde et parvint à l'entrée du pont.

Il fallait qu'elle fuie par là, c'était sa seule chance. Le rond-point bloqué freinerait l'avancée des flics. Elle entendit des pas pesants derrière elle et se pencha au-dessus du vide où, sur trois files, grondaient des voitures et des camions en un incessant ballet.

Alors qu'elle enjambait le parapet, elle vit, en dessous, un homme près d'une voiture noire arrêtée sur la bande d'arrêt d'urgence de l'autoroute. Un 4 × 4 Peugeot haut sur pattes. Elle crut un instant que c'était Sélim enfin venu à la rescousse mais l'homme en bas portait un treillis comme les militaires et elle n'avait jamais vu Sélim ainsi fringué. Elle faillit reculer, pensant que les flics avaient déjà investi l'autoroute, mais l'homme à présent lui faisait des signes qui ne semblaient pas hostiles. Et puis, de toute façon, elle n'avait plus le choix ni le temps. En jetant un coup d'œil derrière elle, elle vit les hordes accourir dans son dos. Des pas lourds se rapprochaient, un flic à moustache, à quinze mètres, s'accroupit comme au stand, un genou à terre, le revolver bien calé dans ses deux mains réunies.

Il lui cria de jeter ses armes, hésita une fraction de seconde avant de l'allumer. Elle non. Bras tendu, elle tira trois fois, sans réarmer, en double action, une rage glacée dans le regard. La tête de l'homme sembla projetée sur le côté tandis que de sa bouche grande ouverte fusait un ultime cri inutile.

Fleur eut comme un sanglot, un rire ou un gloussement de triomphe soulagé.

— Prends ça, enfoiré ! murmura-t-elle, pour elle et son amour couché là-bas sur l'asphalte.

Elle tourna la tête vers le bas et vit l'homme en treillis ouvrir sa portière et faire un geste dans sa direction. Geste de dépit ou d'adieu, comment savoir ? En tout cas, il foutait le camp.

Sans hésiter, elle passa la deuxième jambe par-dessus le parapet et sauta dans le vide sans lâcher ses revolvers.

*

* *

Le Guénec vit revenir Loïc vers le commissariat. Il était seul et semblait épuisé.

— Viens par ici ! gronda Le Guénec en l'entraînant dans son bureau.

Il en fit sortir l'équipe de la DRPJ de Versailles qui s'y était installée sans vergogne et sans lui demander son avis. Il prit le temps de s'asseoir, d'allumer une Gitane.

— Elle est où, ta moukère ?

Sa voix était inhabituellement douce. Loïc se sentit soudain menacé. Par Le Guénec ou par des choses qui lui échappaient encore mais qu'il n'allait pas tarder à découvrir.

— Elle est rentrée chez elle, dit-il d'une voix mal assurée. Pourquoi ?

— Il va falloir que je la voie. Mais d'abord on doit parler, toi et moi.

14

Naïma sentit une présence derrière elle et se retourna vivement. Aziz s'encadrait dans la porte qu'il fit claquer brutalement. Ses yeux brillaient dans son visage creusé comme s'il avait eu la fièvre. Il pressait ses bras maigres sur sa djellaba blanche, contracté.

Naïma resta figée le dos à la fenêtre où elle se tenait penchée à l'arrivée d'Aziz. Son cœur se mit à battre vite tandis qu'elle l'observait. Qu'est-ce qu'il lui voulait, celui-là ? Elle ne l'aimait pas, il lui faisait peur, elle l'évitait autant qu'elle pouvait. Elle ne savait pas où il habitait, mais il venait souvent à la cité, toujours fourré à la salle de l'association où il apprenait à lire aux petits et à prier aux plus grands. Le Coran, disait-il, pour leur salut. Il avait bon dos, le Coran !

Aziz était comme cul et chemise avec Sélim, son frère, elle ne savait pas ce qu'ils trafiquaient ensemble, mais ça ne devait pas être joli-joli.

— Tu cherches Sélim ? dit-elle d'une voix basse, un peu rauque, vaguement hostile.

Aziz ne répondit pas. Il regardait Naïma comme s'il ne l'avait encore jamais vue. Avec sa minijupe noire, ses cheveux défaits et son regard profond et fier – lui le trouvait insolent –, elle représentait un monde inconnu et réprouvé. À ses yeux de croyant fervent, pour qui toute femelle ayant cette apparence devait être lapidée sur-le-champ, elle était l'incarnation du Mal. Mais là, en face d'elle, sa colère de l'avoir vue avec le sale flic cédait la place à un sentiment nouveau et confus. Une étrange faiblesse qui lui mettait du coton dans les jambes. Elle était là, à contre-jour, les jambes nues dans la lumière qui avait d'un coup crevé le plafond des nuages. Un petit soleil d'été tardif, ou d'automne précoce, irisait le duvet subtil de ses cuisses brunes. Une légère humidité avait envahi sa lèvre supérieure et elle avait le souffle un peu court, comme si elle avait couru longtemps ou venait de faire l'amour.

Enfin, c'est ce que supposait Aziz car, à vingt-sept ans, il n'avait encore jamais connu charnellement de femme. Il était né aux Eucalyptus, une banlieue d'Alger aussi moche que celle-là, sauf qu'il y avait du soleil presque tout le temps et que le soleil, s'il ne remplit pas le ventre, met un peu de bonheur dans la tête. Dès son enfance orpheline, il avait été pris en main par les combattants de Dieu. La religion lui avait tenu lieu de tout. De famille, d'école, de vie sexuelle. Non qu'il n'ait pu baiser comme tout le monde, mais il considérait ces gesticulations comme une pratique impie et se les interdisait. Du moins jusqu'à ce qu'il décide de prendre femme, si un jour les combats pour le

« Grand Projet du Grand Jour » lui en laissaient le temps. Les rêves qui lui procuraient parfois des orgasmes nocturnes furtifs lui suffisaient. Et ne généraient pas de remords puisqu'il n'y pouvait rien.

Il s'avouait aujourd'hui que jamais il n'avait ressenti pour une femme ce qu'il éprouvait là. Il en était révulsé et terrorisé en même temps.

Naïma se rendit compte de l'effet que son corps produisait sur Aziz. Elle débordait de vie et de sensualité, inconsciemment elle cambra la taille, tendit en avant ses petits seins. Pas trop, juste assez pour l'affoler. Malgré la répulsion que lui inspirait Aziz, elle était flattée de son air stupide de poisson mort d'amour, de l'expression béate de sa bouche aux lèvres rouges et humides qui crevait la barbe noire coupée court. Elle s'attendait presque à voir sa langue en sortir et se dérouler jusqu'à ses pieds.

Ses lèvres à elle s'entrouvraient en une ébauche de sourire ironique. Elle fit un pas vers lui. Le silence entre eux devint presque palpable. De la cour montaient des cris d'enfants, mais Aziz n'entendait plus rien. Fasciné par le mouvement des hanches de Naïma, par la bande de peau mate et veloutée que dévoilait le gilet trop court à la taille, il sentit qu'il se passait de drôles de choses dans son corps, des choses contre lesquelles il ne pouvait rien, malgré la honte qu'elles lui inspiraient. Un désir douloureux envahissait ses reins tandis qu'il serrait plus fort encore ses bras contre son torse mince.

Naïma vit sous la djellaba blanche la bosse du sexe d'Aziz grossir sans que celui-ci, tétanisé, semblât pouvoir rien faire pour l'empêcher.

Elle aimait Loïc. Depuis quarante-trois jours. Après l'avoir fait attendre juste le temps de s'assurer qu'elle n'était pas pour lui qu'un nouveau jouet, elle était devenue sa femme. Elle le serait longtemps encore, toujours peut-être, si Dieu et Loïc le voulaient.

Mais là, dans le décor de cet appartement médiocre et vide, le désir de cet homme en robe la troublait. Elle savait qu'elle n'en voulait pas, comme elle ne voulait d'aucun de ses semblables, et qu'elle ne devait pas jouer avec lui. Ce fut néanmoins plus fort qu'elle. Cette chose qui remuait sous le tissu blanc exerçait sur elle une attraction irrésistible. Elle s'approcha, les yeux rivés sur elle.

Aziz ne tenta pas un mouvement. D'ailleurs, l'aurait-il voulu qu'il ne pouvait plus bouger. Les pieds vissés au sol, il attendit le contact, ferma les yeux quand Naïma s'empara de lui à travers le tissu avec une sorte de violence contenue. Ce seul geste le foudroya. Le plaisir explosa dans sa tête, irradia ses reins dans un sursaut violent qui faillit le faire tomber. Il retint au fond de sa gorge un cri qui avorta en halètement profond, animal.

Surprise de ce résultat fulgurant, Naïma retira vivement sa main et recula vers la fenêtre, une ombre de triomphe honteux sur le visage.

Sans un mot, Aziz se retourna vers la porte. Il sentait le sperme couler sur sa jambe, une goutte s'écrasa au sol, brillante et blanche. Il eut honte devant Allah mais en même temps il sut qu'il voulait recommencer ça à l'infini. Avec elle. Il eut la certitude que la seule évocation de cette demi-caresse suffirait dorénavant à l'embraser.

Il la voulait pour lui, rien que pour lui.

*

* *

Sur le palier, Aziz croisa Sélim qui revenait, essoufflé, un sac de sport à la main, le visage tendu.

— Aziz ! chuchota-t-il, tu étais là ? Je te cherchais partout.

Le combattant de Dieu le fixa sans répondre.

— T'es au courant ? reprit Sélim en regardant autour de lui. Pour le commissariat ? Une belle connerie ! Ils devaient juste piquer la bagnole… Qu'est-ce que je fais de ça ?

Il désignait le sac d'un air crispé, vaguement foireux.

— Tu te débrouilles, dit Aziz durement. C'était ton idée, pas la mienne. Je ne peux pas être mêlé à une histoire pareille. Je dirige une association qui doit rester au-dessus de ces actes de banditisme.

— Tu es un grand chef religieux et moi un petit voyou, c'est ça ?

— Je méprise ces actes ! martela Aziz avec un regard qui en disait long sur l'estime qu'il portait à son compagnon. Nos frères ont besoin d'aide mais pas à n'importe quel prix. Tu devais trouver de l'argent pour acheter des armes, pas déclencher la guerre. Je ne peux pas m'exposer.

— Je n'y suis pas allé, dit Sélim. Quand j'ai vu comment ça tournait au commissariat, j'ai récupéré le matériel au garage et je me suis barré...

— Lâche, en plus ! cracha Aziz.

— C'est facile, hein, vu comme ça ! Mais tu n'as pas dit non quand on a parlé du fourgon et des millions qu'on devait trouver dedans ! protesta Sélim en haussant la voix malgré lui.

— Ne me parle pas sur ce ton ! Tu n'en as pas le droit. Et laisse-moi tranquille avec tes histoires. J'espère seulement que la police ne s'intéressera pas à moi.

— Écoute, Aziz, tout va s'arranger. Les deux barjots qui ont fait le coup, personne peut les raccrocher à nous... à moi, quoi !

Mais Sélim savait qu'il se cachait la vérité, que les keufs remonteraient jusqu'à lui, inévitablement. À cause de la cité et de Fresnes. Il revint à la charge :

— Écoute, mon frère, tu peux pas me laisser tomber... Mais Aziz n'écoutait plus. Lointain, déconnecté, le regard perdu dans le plafond craquelé et crasseux, il paraissait subitement absent, comme si les mots ne parvenaient plus à sa conscience. Il garda le silence un long moment puis, se tournant vers la porte de l'appartement, pointa dessus un doigt brun à l'ongle rongé :

— Naïma, ordonna-t-il d'une voix rauque. Je la veux. Enferme-la !

15

Philippe Tourville rappela Mike à quinze heures, puis tous les quarts d'heure jusqu'à dix-huit heures. La première fois, il laissa un message sur le répondeur, les autres fois, il se contenta de dire que c'était encore lui. À la dernière tentative, l'appareil n'acceptait plus ses appels. Le seul écho qu'il en reçut fut un sifflement désagréable.

— À qui tu téléphones comme ça ? s'inquiéta sa mère.

Elle était rentrée une heure plus tôt et avait observé la nervosité de son fils aîné qui augmentait à chaque nouvelle tentative infructueuse.

— Lâche-moi ! répliqua Fil, aimable.

Elle était assise sur une chaise dans le salon, les mains posées sur les genoux, désœuvrée, malade d'angoisse au point qu'elle avait dû quitter sa classe et rentrer. Et là, à la maison, c'était pire.

Elle se dressa pourtant, piquée :

— Dis donc, toi ! Tu as beau être grand, je pourrais encore t'en coller une !

— C'est ça, dit-il entre ses dents, tue-moi aussi, tant que tu y es, comme ça t'auras plus de mômes...

Jeanne Tourville se figea. Son fils aîné était de plus en plus agressif avec elle, et pas seulement depuis la disparition d'Olivier. Elle se disait souvent qu'elle gâtait trop ses garçons, qu'ils devenaient insupportables à cause d'elle, que Charles avait raison de le lui reprocher. Ses yeux se remplirent de larmes, elle se tassa sur sa chaise et parut tout à coup vieille et démunie. Fil eut un début de remords, fit un pas vers elle. Mais elle se mit à pleurer pour de bon, et Fil détestait cela par-dessus tout.

— M'man ! s'écria-t-il, agacé. Ça sert à rien de pleurer !

— Ça sert à rien ! Ça sert à rien ! J'en ai assez d'entendre ça ! Assez d'attendre, aussi ! Tu comprends ? Et pourquoi personne ne veut me parler, hein ? Pourquoi tu ne me dis pas ce que tu sais, pourquoi ce flic, là, ce Grélec ou Brejnec, je ne sais même plus, tiens, pourquoi il refuse de me parler, même au téléphone ? Hein ? Et ton père qui n'est pas là ! Où est-il ton père, tu le sais, toi ? Dis-moi la vérité, Fil, dis-moi ce qui s'est passé, j'ai le droit de savoir. Je suis ta mère, je suis *sa* mère. Oh ! mon Dieu, je vous en supplie, je veux mon petit...

Ses pleurs redoublèrent, ruisselant sur ses joues pâles, mouillant son cou et ses traits tirés. Fildefer la considéra d'un air hésitant.

Soit il la consolait, la rassurait, mais il ne savait pas faire ce genre de choses, soit...

Il eut une moue dégoûtée, tourna les talons, dévala les quelques marches qui conduisaient au rez-de-chaussée et sortit en claquant la porte.

Jeanne Tourville, noyée dans ses sanglots qui l'isolaient du monde pour de bon, ne l'entendit même pas partir. Sa sensation de solitude lui parut, après quelques minutes, écrasante. Fil était parti, ils l'avaient tous abandonnée, personne ne l'aimait, elle n'était plus qu'un vieux tas de chiffons ridicule.

Son pas était ferme pourtant quand, en reniflant, elle se dirigea vers le téléphone. C'était un engin sophistiqué dont Charles, friand de nouveautés, avait tenté vainement de lui faire assimiler toutes les subtilités et toutes les ressources, du temps où il habitait encore là. Jeanne était réfractaire à la technique et mauvaise élève, pourtant elle se souvenait de la touche *bis*. Elle y posa son index et appuya dessus, le cœur battant. Sur l'écran qui occupait toute la largeur supérieure de l'appareil, un numéro s'afficha tandis que retentissaient les impulsions et la première sonnerie, loin d'elle, chez un inconnu ou une inconnue, qui pouvait savoir avec cet adolescent difficile et secret ? Jeanne Tourville ne connaissait pas le numéro à huit chiffres, mais elle le nota très vite et raccrocha sans laisser au mystérieux correspondant de son fils le temps de répondre.

*
* *

Fleur serrait les dents sur la douleur lancinante qui lui déchirait la jambe droite. Elle s'était mal reçue en sautant du pont de l'autoroute et, après l'horrible craquement qui résonnait encore dans ses oreilles, elle avait traîné cette patte anesthésiée par le choc jusqu'au Peugeot 4 × 4, à l'arrière duquel elle s'était jetée. La nécessité de survivre et d'échapper à ses poursuivants avait différé la prise de conscience de la blessure mais à présent c'était un fait, elle avait la jambe brisée. Une sueur glacée couvrit son visage, s'insinua dans son dos, sous l'uniforme de police et le gilet pare-balles. Elle n'osait plus faire un mouvement, à peine respirer. Toute esquisse de geste pouvait décupler la souffrance et la faire mourir sur place, comme un chien.

Elle se mit à gémir à petits coups, sans pouvoir s'en empêcher. En levant ses yeux fiévreux, elle croisa dans le rétroviseur le regard de l'inconnu au volant. Depuis le pont, ils n'avaient pas échangé un mot. Fleur ne lui avait pas demandé qui il était ni pourquoi il était là. Pourquoi il l'avait ramassée ainsi sur l'autoroute alors qu'elle venait de tuer trois ou quatre personnes, peut-être davantage, elle n'avait pas compté, dont au moins un ou deux flics.

L'homme avait démarré à vive allure. À première vue, elle lui donnait une quarantaine d'années, avec ses cheveux très courts qui dégageaient une nuque courte et large. Des manches roulées du treillis de camouflage aux tons passés dépassaient des avant-bras épais couverts de poils blond-roux. Sortant d'un appareil invisible posé quelque part près de lui, de brefs messages radio incessants et codés ponctuaient le silence relatif de l'habitacle. Un scanner sûrement, évalua Fleur, qui ne songea pas un instant qu'elle pouvait se trouver en présence d'un vrai militaire ou d'un vrai gendarme en tenue de combat.

Ils prirent la première sortie après le pont et dégagèrent très vite sur la droite par une voie calme qui longeait l'autoroute, à contresens de la circulation. Fleur perçut des hurlements de sirènes et des lueurs bleues de gyrophares à travers une ouate douce et immatérielle. Il en arrivait de tous côtés, sur les deux voies de l'autoroute. L'homme au volant ne bronchait pas. Il conduisait avec assurance et gardait les yeux braqués droit devant lui, mais, à intervalles réguliers, il croisait ceux de Fleur dans le rétroviseur.

Il avait un regard bleu, dur et glacé, qui se mit à danser devant les yeux de la jeune fille tandis qu'une soudaine mollesse la gagnait. Elle eut soudain peur de cet homme inconnu auquel elle avait stupidement confié son sort et serra les mains autour des revolvers qu'elle tenait toujours, crispés contre elle. Comme s'il avait senti le danger, l'homme donna un léger coup de frein, juste ce qu'il fallait pour déséquilibrer la jeune femme. Elle partit en avant et bascula sur le côté, sentit dans sa jambe cassée une atroce fulgurance. Une nausée lui retourna l'estomac, des spasmes violents la secouèrent. De guerre lasse, elle s'évanouit.

16

Ce fut un étrange après-midi pour le commissariat de la Dame-Blanche. La PJ entendit les policiers les uns après les autres, puis les libéra pour les confier à l'IGPN[1], saisie de l'enquête administrative.

La relève de l'après-midi était arrivée et, bien que s'associant à la consternation générale, avait pris le service en main. Sans les barrières de police et autres cônes de Lübeck, les véhicules des stations de radio et des chaînes de télévision, toujours aussi mal garés, plus quelques renforts policiers encore visibles aux abords du commissariat, on aurait presque pu croire que rien n'était arrivé. Pourtant, le brigadier Ravout avait craqué pour de bon et un médecin avait dû lui administrer une piqûre de calmant. Max, le radio rouquin, faisait une crise d'amnésie et le chef de poste refusait toute boisson et toute nourriture.

Le commissaire avait fait une apparition, arraché à son lit par la catastrophe, titubant de

1. Inspection générale de la Police nationale.

fièvre à cause de la grippe espagnole, à moins qu'elle ne fût asiatique, un sale virus en tout cas. Le Guénec l'avait prestement invité, avec sa bonhomie habituelle, à regagner ses pénates, ce qu'il avait fait en protestant mollement. La salle de trafic radio leur avait appris le carnage du rond-point d'Aulnay-Zone industrielle. Deux convoyeurs de fonds – un pulvérisé au lance-roquettes, un autre tué par balles –, trois policiers et un des deux agresseurs y avaient succombé. Le braqueur portait l'uniforme et la casquette de Ravout – équipement de rechange que le brigadier gardait dans son vestiaire au cas où – et les revolvers piqués à Max et à Lise. Son complice – une fille ! – avait réussi à s'enfuir.

Comme l'affaire s'était produite dans une zone qui relevait aussi de la compétence de Martin, le commissaire de la PJ était parti sur les chapeaux de roues, laissant à la Dame-Blanche une équipe légère de procéduriers.

— Je le savais ! hurlait Le Guénec à la cantonade. Une fille ! Voilà par qui vous vous êtes fait dépouiller ! Par une gonzesse ! Y a pas de quoi pavoiser, les gars...

C'est à ce moment-là que Ravout avait craqué.

Rongeant son frein, Le Guénec était resté à la Dame-Blanche pour tenter d'y remettre de l'ordre et de comprendre ce qui était arrivé. Le braqueur n'était pas encore identifié, Martin avait promis de le tenir au courant, mais le divisionnaire aurait mis sa tête à couper que c'était un loubard du secteur. Quelqu'un de la cité qu'il avait eu entre les pognes, un jour. Mais pourquoi ce cinéma, cette attaque qui n'avait réussi que grâce à une fantastique accumulation de coïncidences ?

Le commissariat était mal protégé, et ce n'était pas faute de le dire et de l'écrire. Le commissaire avait rédigé plusieurs rapports à ce sujet. Ce site ne faisait pas partie des priorités, il est vrai qu'il n'y avait encore jamais eu de troubles graves dans le coin, comme à Sartrouville ou Argenteuil, Les Mureaux, les Minguettes et tant d'autres... Jamais jusqu'à aujourd'hui. Et un coup pareil en plein jour, à deux, n'avait aucune chance de réussir. En principe.

Maintenu sur place par un Le Guénec maintes fois dérangé, Loïc attendait son tour, ravagé d'inquiétude.

Enfin, le divisionnaire vint se rasseoir en face de lui, alluma une Gitane, jeta l'emballage vide à terre, à côté de la corbeille à papier.

— Bon Dieu de Bon Dieu, s'exclama-t-il, *elle* s'est tirée, ils ont réussi à la laisser filer, je le crois pas !...

Loïc leva sur lui ses yeux clairs, cernés de sombre, chargés d'angoisse et de questions.

— La pétasse qui nous a braqués, précisa Le Guénec, elle s'est barrée. Une bagnole l'attendait sur l'autoroute, un complice sûrement. Ils avaient au moins deux mille flics au cul et ils se sont volatilisés. Pfftt... Évanouis dans la nature. Qu'est-ce que tu en penses, petit ?

Pris de court par la question, Loïc remua sur sa chaise, ouvrit la bouche pour émettre un drôle de *couac* étranglé.

— Tu dis ? demanda Le Guénec en levant un de ses sourcils broussailleux.

— Rien, monsieur, murmura Loïc, que voulez-vous que je dise ?

Le silence s'installa entre eux. Le Guénec fixait Loïc avec attention. Il retrouvait sur son visage la crispation inquiète qu'avait Cyril parfois quand son père le « convoquait » pour répondre d'une bêtise ou d'une mauvaise note. Il avait beau faire assaut d'imagination, Le Guénec ne parvenait pas à créer dans sa tête une image de Cyril jeune homme. Tout ce qui lui venait quand il essayait, c'était celle d'un enfant au visage exsangue et froid, allongé sur une paillasse. Il avait eu de son père les traits réguliers et une épaisse tignasse blonde coupée court, sa tête n'avait pas souffert dans l'accident mais, sous le drap blanc, son corps martyrisé semblait avoir allongé et fondu. Puis se superposaient les images de deux cercueils identiques et de même taille. Claire avait brûlé dans la voiture : après, elle n'était pas plus grande qu'une enfant de dix ans.

La gorge de Le Guénec se serra, il sentit une lame de fond remonter des profondeurs de son cerveau. Il pensa « Attention, danger » et fut sauvé par Lubet qui entrait dans le bureau, l'air excité, un papier à la main.

— Martin a appelé, dit-il, le mec est identifié.

Le Guénec se redressa en écrasant sa Gitane dans une assiette en arcopal qui lui tenait lieu de cendrier :

— Vas-y !

— Antony Guerrero, né le 25/10/72 à Aubervilliers...

— OK, OK ! le coupa le divisionnaire. Guerrero, on connaît. C'est un de la cité, c'est bien ce que je pensais...

— C'est drôle, objecta Lubet, c'est pas son style, ce genre de connerie ! La fauche, les bagnoles, la came, à la limite, mais ça ! J'aurais jamais pensé à lui, tu vois...

— Ben, tu te serais gouré, tu vois, le singea Le Guénec. Quand est-ce qu'il a plongé, la dernière fois ?

Lubet fixa le sol devant ses pieds pour mieux se concentrer. Il agita la main droite :

— Ça doit faire deux ans, un peu plus ou un peu moins... Attends, ouais, deux ans et demi, on l'a sauté avec Durieux, il venait de tirer une Mercedes. Y avait Rozier et Mimoun dans le coup et ils avaient désossé la bagnole dans la cité pour vendre les pièces à ce taré de Berthet...

— Berthet ?

— Le garagiste de la rue Paul-Verlaine, tu sais bien. Un vrai foutoir, son garage. Ils avaient monté un trafic de voitures de luxe. Ça partait en Afrique du Nord...

— Hon, hon...

Le Guénec s'en souvenait très bien. L'affaire avait failli faire des vagues car le bouclard de

Berthet tenait plus de la casse que d'un vrai garage et servait de magasin de pièces détachées à tout le commissariat. Parfois même pour les voitures de service. Le Guénec devait être le seul à ne jamais recourir aux services de Berthet, mais c'était pour la seule et unique raison qu'il n'avait pas de voiture. La dernière qu'il avait eue avait brûlé sur l'autoroute avec Claire et Cyril dedans.

— Guerrero a pris un an, reprit Lubet, c'était la première fois qu'il partait au trou. Quand même, il a drôlement évolué...

— Cherche pas, c'est au trou qu'il a évolué. Tu vas te mettre là-dessus avec Durieux. Quand on saura avec qui il a cohabité en taule, on saura le reste. Va faire un tour chez le garagiste aussi... Il est sorti quand, Guerrero ?

— Ben ça doit faire un an, à peu près. Mais il a dû se tenir peinard, ou alors il a changé de crémerie, on ne l'a plus revu par ici.

— Fais les fichiers, ordonna Le Guénec, il n'a pas raccroché comme ça. Ou alors il préparait le grand jour.

Lubet acquiesça, songeur :

— Par contre, dit-il, la gonzesse c'est un vrai mystère. Personne ne la connaît.

— Si elle était la copine de Guerrero, y en a forcément qui la connaissent, répliqua Le Guénec. Il faut voir les gosses de la cité : si Guerrero est revenu dans les parages, ils le savent. T'en penses quoi, petit ?

Interpellé pour la seconde fois par le divisionnaire, Loïc se sentit encore plus mal. Pourquoi lui demandait-il son avis ? Et avec cette insistance ? Au quotidien, il buvait les paroles de Le Guénec, il voulait être comme lui, un grand flic, mais pas dans une banlieue, dans une grande brigade, plus tard, quand il aurait passé les concours. Enfin, c'était ce qu'il voulait quelques heures plus tôt, avant le cataclysme, avant la mort de Lise, avant que Le Guénec le regarde ainsi, comme un chat embusqué devant le trou de la souris. Il se sentit tout petit et tout fragile.

— Vous avez raison, monsieur, balbutia Loïc, enfin je crois…

— Comment tu l'as connue, ta moukère ? attaqua Le Guénec, abrupt, en allumant une nouvelle cigarette.

— Naïma ?

— Pourquoi, t'en as connu d'autres ?

Loïc rougit, s'empressa :

— Non, non. C'est la première fois que… que je… enfin oui, la première fois…

— Que tu sautes une beurette, c'est ça ? compléta Le Guénec. Alors, comment ça s'est fait, la rencontre ?

— Elle est venue ici. Elle avait perdu ses papiers… C'est une fille sérieuse, vous savez !

— Bien sûr, bien sûr. Tu la vois souvent ?

— Tous les jours, enfin presque. Elle vient m'attendre le soir, enfin, elle venait, mais vous m'avez demandé de la voir ailleurs…

— Quelque chose me dit que j'ai eu raison.

— Pourquoi ?

La voix de Loïc était enrouée. Il croisait et décroisait les mains, incapable de décider de ce qu'il allait en faire. Il les posa finalement à plat sur ses cuisses, tandis que Le Guénec continuait à l'observer à travers la fumée de sa Gitane.

— Pourquoi ? Je ne sais pas encore, mais tu vas sûrement me le dire. Sa rencontre avec toi n'était peut-être pas innocente.

— Je ne comprends pas...

— Elle est venue, tu l'as vue, elle t'a plu, martela Le Guénec. Jusque-là, rien à dire, c'est une belle fille. Mais tu es sûr qu'elle est amoureuse de toi comme toi tu l'es d'elle ?

Loïc ouvrit et referma la bouche. Il n'avait jamais envisagé les choses sous cet angle. Naïma et lui c'était la folie, l'amour comme il ne l'avait jamais ressenti, et pour elle c'était pareil, il en était sûr. Sa voix chevrota :

— Mais oui, je suis sûr. Elle peut pas jouer la comédie, elle veut se marier avec moi et...

Le Guénec soupira, il avait sur le petit vert quelques années d'avance, et des siècles pour tout ce qui touchait aux femmes, leur rouerie, leur capacité au mensonge et à la comédie de l'amour, surtout quand c'est pour celui d'un autre qu'elles vous la jouent. Dans ce domaine on vieillit très vite, les années comptent triple tant elles sont fortes à vous faire avaler des paniers de couleuvres.

— Elle restait longtemps dans le poste, quand elle venait ?

— Non, un quart d'heure, pas plus. Sauf quand je restais plus tard pour le boulot... Mais...

— Ensemble, vous parliez de quoi ?

— On parlait de tout et de rien, de sa vie, de la mienne, de ses études, elle veut être avocate, de ce qu'on aimerait faire plus tard ensemble...

— De sa famille ?

— Oui, elle a perdu son père, ils sont cinq enfants, elle aide beaucoup sa mère et elle sort peu. Elle a un grand frère qui est devenu une sorte de chef de famille.

— C'est Naïma comment, au fait ? C'est quoi, son nom de famille ?

— Laci.

— Quoi ? Ta môme est une Laci ?

— Oui, bredouilla Loïc, qu'est-ce que... ?

— Son grand frère, le chef de famille comme tu dis, c'est une crapule, tu le sais ? Il est allé au ballon plusieurs fois. Et les petits frères en sont pas loin, quant aux cousins je sais même pas s'il en reste un dehors à l'heure qu'il est. Tu piges mieux le tableau ?

De pâle, Loïc devint livide, les larmes embuèrent ses yeux, il vit soudain son avenir s'assombrir, sa vie glisser vers le néant. Il aurait voulu disparaître, ne jamais avoir mis les pieds dans ce métier, dans ce quartier, dans cette vie même. Il tenta de mesurer l'ampleur de ce que Naïma lui avait caché.

— Petit, dit Le Guénec posément, c'est peut-être encore trop tôt pour le dire, mais j'ai l'impression que tu as été manipulé. Sélim Laci, c'est un voyou, un vrai, et depuis qu'il est allé en prison, il ne jure plus que par le

Coran. Il veut bouffer de l'infidèle, de l'impie. Du Français, pour faire plus court. Je ne crois pas un instant que, en tant que chef de famille, il n'exerce pas sur sa sœur, belle comme le péché, une surveillance étroite. Qu'il la laisse fréquenter un sale Français sans rien dire, qu'elle vienne tous les soirs ici sans qu'il t'ait cassé la gueule au moins une fois et ait expédié ta poulette de l'autre côté de la Méditerranée pour la marier avec un autre de son acabit... Ou alors, il faut m'expliquer...

— Il n'est pas au courant, assura Loïc. C'est son cousin qui est chargé de la surveiller, mais elle s'entend bien avec lui et il l'aide, il cache la vérité à Sélim...

— En échange de quoi ?

Cette question, Loïc ne se l'était jamais posée ainsi. À vrai dire, il ne se la posait pas du tout. Naïma gérait sa vie dans un monde et une culture qu'il effleurait à peine, dans lesquels il n'était pas encore admis. S'il l'était un jour, au train où allaient les événements...

— De deux choses l'une, reprit Le Guénec. Excuse-moi d'être franc, mais ou bien le cousin la saute aussi ou espère la sauter bientôt, ou bien il a un intérêt quelconque à la protéger, sinon il ne le ferait pas, ne serait-ce que par solidarité de mâle musulman, car je suppose qu'il est de la grande famille ?

Loïc asquiesça.

Le Guénec réfléchit. Le silence s'installa entre eux, le jour déclinait, l'ombre envahissait doucement le bureau étroit et poussiéreux, meublé de rebuts hérités du passé. Hors de cette pièce banale à souhait, le commissariat retrouvait ses marques, claquements de porte, cris et rouspétances des interpellés, sonneries de téléphone. Un véhicule s'arrêta devant la fenêtre grillagée, son gyrophare éclaira brièvement le visage de Loïc avant de s'éteindre. Le jeune homme sursauta quand le divisionnaire reprit la parole :

— Bon, petit, le pire n'est jamais sûr, tu vas pas te mettre la tête à l'envers, même si c'est ce que je crains, tout le monde a droit à l'erreur. À mon avis, ils se sont servis de toi et de ta chérie pour se rencarder sur le Ciat, ça expliquerait pas mal de choses. J'espère qu'elle était sincère avec toi, bien qu'avec les femmes on ne puisse jamais être sûr, et j'espère aussi pour toi que tu n'es pour rien dans ce coup tordu… (Loïc ouvrait la bouche pour protester mais Le Guénec l'arrêta d'un geste brusque.) Ça fait vingt ans que je n'arrête que des innocents, petit. Alors, épargne-moi le couplet : « Je vous jure que je n'ai rien fait », car tu vas avoir besoin de toutes tes forces.

— Qu'est-ce que je dois faire ?

— Rien, tu ne fais surtout rien. Quand ta Naïma se pointera, tu feras comme si de rien n'était. Tu la bécotes, vous parlez, tu attends que je te dise quoi faire. Pigé ?

Loïc baissa la tête, accablé. Comment allait-il pouvoir avoir l'air de rien ? Faire comme d'habitude ?

— Et tu vas creuser ta mémoire, reprit Le Guénec, et noter noir sur blanc tout ce qu'elle a pu te dire, sur la cité, sur les gens, les noms de ses copains et copines. Tout ce qui te revient. Tu as toute la nuit devant toi. Des noms, essaie de te rappeler des noms, OK, petit ?

Le Guénec poussa devant Loïc un bloc de papier quadrillé et lui tendit un stylo. Puis il se leva et quitta la pièce sans un mot de plus. Sa grande carcasse se découpa un instant dans la lumière blafarde du couloir, il tira la porte derrière lui sans songer à actionner l'interrupteur. Dans la pénombre, Loïc se pencha sur le bloc, fronça les sourcils, se concentra. Le premier nom qu'il inscrivit fut celui de Jamal Laci. Jaja.

Puis il pensa à Naïma très fort, essayant de se rappeler les choses dont ils parlaient ensemble. Il aimait raconter ce qu'il faisait, les petites et les grandes histoires du commissariat, les manies des uns et des autres. Mais de là à penser que Naïma... Non, impossible. Elle l'aimait du fin fond de ses tripes, cette certitude le submergeait. Et alors, *elle* était en danger, elle avait été manipulée ou elle avait accepté un jeu dangereux pour pouvoir le voir. Lui, Loïc.

Il se sentait au bord des larmes. Il devait faire quelque chose, il ne pouvait pas rester planté là, inactif, à attendre qu'on fasse du mal à Naïma. Il se souvint de l'intervention de Jaja, l'après-midi, intimant à Naïma l'ordre de rentrer, soi-disant parce que sa mère avait besoin d'elle. Loïc aurait dû se douter que c'était un prétexte. Est-ce que Naïma avait quelque chose à voir dans l'attaque du commissariat, grâce à des informations que Loïc lui aurait données ? L'idée lui parut grotesque, risible même. Qui alors ? Jaja ?

Loïc ne connaissait pas bien Jaja mais il semblait dégourdi, il avait dû manigancer un plan dans leur dos. Avec d'autres que Loïc ne connaissait pas.

Il lui fallait savoir ce qui se cachait derrière tous ces événements qui lui tombaient dessus avec une telle brutalité. Hier, il était un presque policier enthousiaste et plein d'avenir, un homme heureux au-delà de l'imaginable, et voilà qu'il se retrouvait dans la peau d'un suspect, complice de la femme qui jurait, depuis quarante-trois jours, être capable de l'aimer pour la vie.

La liste pour Le Guénec était prête. Elle était bien maigre et Loïc se rendit compte qu'il ne connaissait rien de l'environnement de Naïma.

La seule chose à faire, c'était d'aller là-bas, trouver Jaja et lui dire ce qu'il avait sur le cœur.

17

Mike sortit de chez Jouvence contrarié et inquiet.

Contrarié parce qu'il n'avait pas obtenu la quantité de dope qu'il espérait. Jouvence, fourgue en tout genre, se faisait tirer l'oreille, prétendant que Mike n'avait plus de crédit, que lui-même avait de grosses commandes à honorer, etc. Des conneries, de la merde, oui…

Du coup, Mike serait contraint de sortir encore quelques pièces de son stock. Des automatiques, des fusils, des munitions et des faux papiers. Ou plus gros encore, comme pour cette fille qui venait voir Jouvence le soir et avec qui il parlait de guerre et de révolution. Mike se maudit d'avoir balancé qu'il avait plus gros, le coup était risqué, surtout avec Jouvence, qu'il soupçonnait de n'être pas très franc du collier. Il était bien placé pour savoir, Mike, qu'un fourgue est aussi un indic, la plupart du temps. Mais il lui fallait cette putain de dope.

Bien sûr, il pouvait en trouver ailleurs, mais en échange de quoi ? À part ce cadeau providentiel tombé du ciel, Mike n'avait plus rien à échanger, il ne valait plus un coup de cidre, plus un kopeck, plus rien. Sauf par le pactole qu'il avait débusqué. Mais il devait y aller mollo, le faire durer, et de toute façon il n'y avait que Jouvence pour négocier ce type de camelote.

Contrarié aussi par le coup de fil de Philippe Tourville, le fils de ce bon vieux Charles. L'histoire du Nain le dérangeait, elle ne sentait pas bon et, chaque fois que Mike y pensait, il ressentait des picotements désagréables sur les mains, sa peau devenait moite, signe chez lui, qui avait perdu l'habitude des émotions, d'un grand désordre intérieur.

Il savait qu'en arrivant il trouverait des messages sur le répondeur. Il reculait le moment de rentrer pour les écouter. Il aurait préféré traîner dans les bars, se piquer dans les chiottes et cuver sa dope dans un coin plutôt que d'entendre toutes ces salades. Pourtant, Mike ne pouvait laisser le jeune Tourville aller balancer aux condés sinon lui, Mike, était bon pour replonger. Cette seule pensée lui était insupportable. La première fois, juste avant qu'on le vire de la police, il avait eu du mal à tenir. La deuxième fois, il avait cru crever. À cause de la dope. Il ne pouvait pas vivre sans.

Inquiet, surtout, car il avait senti Jouvence mal dans ses pompes. Ils avaient un peu picolé ensemble dans le fond de sa boutique de numismate. Les clients ne se bousculaient pas, mais Jouvence s'en fichait : ce n'étaient pas les pièces et monnaies qui le faisaient vivre. En tout cas, pas celles qui s'étalaient dans la vitrine, bien rangées dans leurs petites boîtes tendues de velours grenat ou vert.

Le soir, Jouvence écoutait France Info en continu. C'était agaçant car il s'y disait toujours la même chose, mot pour mot ; à la longue, Mike, malgré son cerveau rongé par l'alcool et la drogue, aurait pu répéter les messages sans se tromper. Aujourd'hui, il n'y en avait que pour le *couple infernal* qui avait attaqué un commissariat de banlieue à onze heures, un fourgon blindé à midi et envoyé au tapis une demi-douzaine de flics. Un couple composé d'un jeune mec mort pendant l'action et d'une gonzesse en cavale qui avait sûrement plus de couilles à elle toute seule qu'un régiment au grand complet. Ça lui rappelait quelque chose, à Mike, et pas seulement l'histoire de Bonnie and Clyde...

Il avait remarqué l'air soucieux de Jouvence quand la radio avait mentionné que le type avait utilisé un lance-roquettes pour pulvériser le fourgon comme certains beaux voyous que Mike avait connus. Mais Jouvence était resté sourd à ses questions, il l'avait même envoyé au bain en prétendant que les lance-roquettes, ça courait le marché de l'armement clandestin de Paris et d'ailleurs. « Mon cul, oui », pensa Mike, qui savait mieux que personne qu'on ne trouvait pas ces armes de guerre dans les paluches du premier petit malfrat venu.

En montant les deux étages de l'immeuble où il habitait, un deux pièces acheté par son père quinze ans plus tôt, un logement pouilleux comme il en existait dans n'importe quel autre immeuble tout aussi naze, bruyant et malodorant, Mike finit par admettre l'évidence : ce qui l'inquiétait, lui, Mike, c'était ce lance-roquettes abandonné au pied d'un fourgon de transport de fonds et cette fille en cavale dont il avait bien compris, sans qu'il eût été besoin de lui faire un dessin, que Jouvence la connaissait.

Le mot DANGER se mit à clignoter dans le cerveau déglingué de Mike.

18

Fleur respira une odeur bizarre qui lui chatouilla désagréablement les narines. Elle reprit conscience tout à fait et ouvrit les yeux. Sans rien voir d'autre qu'une obscurité dense, tandis que le sang qui se ruait dans ses oreilles lui donnait l'impression de se trouver sur une plage, sans les cocotiers ni le ciel bleu. Elle écarquilla plus grands les yeux, sans augmenter d'un poil sa perception visuelle. Elle constata qu'elle était allongée sur une sorte de lit d'où provenait l'odeur nauséabonde de moisi, de vieux matos qui avait dû abriter des colonies de souris ou de chats avec leurs excréments. Elle tenta de s'asseoir mais sa jambe droite, raide et comme anesthésiée, lui refusa tout service. Elle voulut la toucher mais s'aperçut que ses mains étaient attachées ensemble par des menottes qu'un système invisible fixait au mur.

— Putain, dit-elle, mais où je suis ? Y a quelqu'un ? Répondez, merde !

Sa voix, pourtant forte, ne portait pas très loin, comme étouffée par un capiton qui absorbait les sons.

Elle hurla plus fort :

— Ho ! Je suis réveillée, maintenant, ça suffit, on a assez joué !

— Chut ! intima une voix, si près d'elle que Fleur sursauta violemment. Ferme-la !

— Mais, mais... qui êtes-vous ? bredouilla Fleur, paniquée soudain dans tout ce noir. Où on est, ici ?

— Dans une cave. Tu sens pas l'humidité, le moisi, les rats ? Y a des rats aussi.

— Non, cria Fleur, pas les rats ! J'ai peur des rats, je hais les rats...

— Moi aussi, mais on s'y fait...

— Qui tu es ? répéta Fleur en frissonnant. Qu'est-ce que tu fais là ?

— Je croyais que tu allais me le dire...

La voix, instable, était celle d'un jeune homme qui n'avait pas encore fini de muer. Malgré le ton bravache, Fleur sentit qu'il était mort de trouille, ses accents tremblotants montraient qu'il était sur le point de craquer.

— Quel jour on est ? demanda-t-il, de l'anxiété dans la voix.

— Mardi, pourquoi ? s'étonna Fleur.

— Ça fait deux jours que je suis là, alors ! J'ai l'impression que ça fait six mois, au moins...

— T'es attaché aussi ?

— Ouais. On me détache pour les repas.

— Qui ça, « on » ?

— Si je le savais ! gémit le garçon. Je jouais dans le bois avec mes copains, j'ai pris une bastos dans l'épaule, j'ai perdu connaissance et je me suis réveillé là, c'est tout. Pour l'instant j'ai vu deux mecs, un qui m'a fait les pansements et qui doit être toubib, et un petit rouquin habillé en treillis qui me porte la bouffe et me fait pisser.

— C'est celui qui m'a ramassée. Qui c'est qui t'a tiré dessus ?

— J'en sais rien, j'ai rien vu, dans le bois. Je commence à avoir sérieusement les j'tons...

— Qu'est-ce qu'ils veulent ?

Le garçon ne répondit pas. Les yeux grands ouverts dans le noir, Fleur essayait de comprendre quel lien l'unissait à ce garçon qui avait atterri dans une cave après qu'on lui eut tiré dessus dans un bois. Sa voix lui rappelait vaguement quelque chose. Elle se fit soupçonneuse :

— Tu jouais à quoi, dans le bois ?

— Au paintball.

— Quoi, ce jeu débile ! Je connais des petits cons qui y jouent...

— Merci.

Fleur modéra son jugement en songeant à ce qui lui était arrivé à elle :

— Remarque, y a plus con comme jeu ! Ceux que je connais, c'est des petits bourges des Acacias.

Olivier s'agita dans le noir :

— Tu connais les Acacias, toi ? C'est mon quartier...

— Sans déc ? T'es qui ?

— Olivier Tourville.

— Non ? Le petit frère de Fil ? Le Nain ?

— J'ai dix-sept ans maintenant ! protesta Olive. Et toi ?

— Vingt !

— Non, je veux dire, je te connais ?

— J'en sais rien. Qu'est-ce que ça peut te foutre ?

Le ton autoritaire, cassant, avec un fond de mépris, Olive le reconnaissait, de même que l'intonation à la fois fluette et rauque.

— T'as raison, dit-il. J'en ai rien à foutre. Mais je connais ta voix. T'as la même voix que ta mère et t'es sûrement aussi chiante qu'elle. Fleur Dorlac. Je me trompe ?

Fleur grimaça dans la nuit. Olive remua sur la couche sale et fit cliqueter ses menottes.

— C'est le petit en treillis qui t'a amenée, dit-il après un silence, il te portait, t'étais dans les vapes. Le grand est arrivé avec sa trousse. Il a examiné ta jambe et il a fait une attelle avec des bouts de cagette et une bande. Il a dit que la blessure est moche, qu'il aurait fallu t'opérer pour réduire la fracture. Le petit prétend que t'es une dure et qu'il a dû t'assommer pour te faire tenir tranquille. Qu'est-ce qui t'est arrivé ?

Fleur garda le silence. Elle sentait encore à la base de son crâne les craquements provoqués par le coup sec que lui avait infligé l'espèce de nabot trapu. Il avait arrêté le 4 × 4 dans une petite rue tranquille pour changer de véhicule car la meute se rapprochait. Il la portait dans ses bras. Fleur était revenue à elle le temps de hurler de terreur à la vue de ce visage sanguin aux traits épais si près du sien. Une gueule de brute qui voulait la faire monter dans une ambulance. Fleur se souvenait de la blouse blanche qui sentait la lessive et l'assouplissant puis elle avait replongé dans le trou noir.

En même temps que les élancements de sa tête, le reste lui revint brusquement. Le commissariat, le fourgon, les coups de feu, la poudre et la fumée qui lui brûlaient la gorge et les yeux.

Antony.

Elle sentit les larmes piquer le bord de ses paupières puis déborder sur ses joues. Elle se mit à pleurer bruyamment, comme un enfant.

Olive se méprit, il crut qu'elle avait peur, il ne pouvait pas deviner :

— Si au moins on savait ce qu'ils veulent...

Aucun des hommes ne lui avait adressé la parole depuis le dimanche soir où il s'était retrouvé dans ce trou. En dehors de quelques mots de première nécessité, les deux hommes qu'il avait vus ne lui avaient pas révélé le but du jeu. Au début, il avait bien eu une petite idée de la raison qui l'avait conduit, lui, Olive, le chef des Red Dragons, dans cette cave, mais l'arrivée de Fleur au milieu de cette histoire le désarçonnait complètement.

Il ne voyait pas du tout ce qu'elle venait faire dans tout ça. Fleur Dorlac, la fille de sa prof de français !

19

Quand Loïc aborda la première barre de la cité, la nuit était tombée depuis longtemps et un petit vent frisquet faisait voleter quelques papiers et des sacs en plastique de toutes les couleurs en provenance directe des grandes surfaces voisines. La plupart étaient bleus ou à pois verts et bleus ; avec un peu d'imagination et de la chaleur en plus, on se serait cru dans n'importe quel faubourg de n'importe quelle grande ville d'Afrique. Des grappes d'enfants dépenaillés se disputaient des ballons à bout de souffle en slalomant autour de quelques carcasses de voitures sans roues posées sur des cales de fortune. Il y avait même un camion, un vieux Berliet désossé, dans lequel les mômes rejouaient inlassablement la guerre du Golfe avec des fusils en plastique. Bientôt, ils en auraient de vrais et ils iraient faire la guerre dans la capitale. Pas la guerre des nains, celle qui tue pour de vrai.

Loïc avança sans s'attirer la moindre réaction. Pourtant, il savait qu'il était repéré. Jamais un étranger ne pouvait s'aventurer dans la cité sans être aussitôt « chouffé » par les centaines d'espions en herbe qui quadrillaient la zone et se précipitaient auprès des grands pour rendre compte de tout mouvement inhabituel ou de toute présence insolite.

Loïc n'était pas connu comme « poulet », il n'était pas à la Dame-Blanche depuis assez longtemps et, de toute façon, les petits « verts » n'y venaient pas en patrouille avec les « bleus », mais sa dégaine de jeune homme comme il faut et son air tendu suscitèrent aussitôt une grande curiosité.

Naïma habitait dans la seconde barre, qui formait un L avec la première. Il n'y était jamais venu mais elle lui en avait si souvent parlé qu'il pensait pouvoir y aller les yeux fermés. Le spectacle que lui offrait l'immeuble de douze étages avec ses centaines de fenêtres éclairées, parfois parées de rideaux informes, lui parut glauque et hostile. Il marqua un temps d'arrêt devant la première cage d'escalier, essayant de rameuter ses souvenirs. Il devait bien y avoir dix entrées, il ne savait plus laquelle était la bonne.

Des enfants s'approchèrent, tournant autour de lui, de plus en plus près. Il héla un petit Noir qui le fixait avec de grands yeux d'un brun liquide :

— Tu connais la famille Laci, tu sais où ils habitent ?

L'enfant recula d'un pas, l'air effrayé. Loïc avait parlé fort, sans s'en rendre compte. Il répéta sa question un ton en dessous, mais l'enfant s'enfuit en courant. Une gamine à l'air effronté, sa tête crépue hérissée de mèches tirebouchonnées et raides, s'avança à son tour, les mains en avant, de l'animosité dans ses yeux sombres :

— Toi donner le blouson ! dit-elle en le tirant par la manche.

Loïc se dégagea mais d'autres enfants s'étaient déjà agglutinés autour de lui. Il en arrivait de partout.

— Je vous donnerai des bonbons, dit-il très vite.

Les enfants se mirent à rire. La fillette revint à la charge, le regard lourd de sous-entendus. Elle aboya :

— Le blouson !

Loïc prit peur. Il tenta de faire demi-tour, se maudissant de son initiative, mais les mômes formaient une barrière serrée autour de lui. Il sentit d'autres petites mains l'agripper, fouiller ses poches. Il porta la main à sa poitrine pour protéger son portefeuille. Ses clefs cliquetèrent entre les mains de la jeune Africaine qui ne cessait de répéter « Le blouson » comme une litanie sur laquelle elle aurait pu danser.

— Laissez-moi, cria Loïc, allez-vous-en ! Arrêtez !

Il sentit que son blouson de cuir était tiré irrésistiblement vers l'arrière, il se dit qu'il allait être dépouillé, comme ces voyageurs dans le métro ou le RER qui se retrouvaient en chaussettes et en slip, et encore, parce qu'ils n'étaient pas au goût des dépouilleurs.

Un mouvement se fit soudain dans la grappe de gosses, les mains avides le lâchèrent aussi vite qu'elles l'avaient attrapé. Les enfants s'égaillèrent, sauf la gamine noire, qui resta accrochée à la manche du blouson comme un fox-terrier à son os. Elle était sur le point de parvenir à ses fins et Loïc se sentait dans l'incapacité de lui résister tant elle mettait de rage à obtenir ce blouson quand, brusquement, elle se retrouva arrachée à sa proie, les quatre fers en l'air dans le gravier pelé qui entourait l'entrée cimentée du HLM.

— Saleté de négresse ! gronda Jamal. Casse-toi ou je te fais la peau !

Il ponctua sa phrase de quelques coups de pied pas vraiment appuyés et d'une calotte sur la tête ronde comme une mine hérissée d'antennes de la fille qui se releva en couinant.

— Allez, dégage ! répéta Jaja en repoussant Loïc qui tentait de s'interposer. Va jouer ailleurs, et que je t'y reprenne pas, *nardine moc*... (Il ajouta, à l'adresse de Loïc qui se rajustait, les joues en feu :) T'inquiète pas, je lui ai pas fait mal. Mais les petits, faut leur apprendre, ils doivent pas faire de conneries dans la cité. Sauf cas de force majeure... (Il se renfrogna.) T'es peut-être un cas de force majeure, remarque... Qu'est-ce t'es venu foutre ici ?

Il regarda autour de lui, vit le cercle de mômes reformé un peu plus loin, attentifs à ce qu'il faisait, à ce qu'il disait au Français. Il savait que Sélim était sûrement déjà au courant de cette visite. Un mouvement se créa, quelques grands approchaient à leur tour, Loïc distingua nettement la tache claire d'une djellaba.

— Viens, haleta Jaja, qui l'avait vue aussi, on se casse.

Il récupéra son vélo qu'il avait appuyé contre le mur de l'immeuble et entraîna Loïc dans son sillage aussi vite qu'il put.

Ils s'arrêtèrent, hors d'haleine, loin de la cité, près de la masse sombre d'une vieille bâtisse que Loïc n'avait encore jamais remarquée, tapie au fond d'un terrain en friche, tellement délabrée que seules les chauves-souris pouvaient encore y accéder. Les ouvertures du rez-de-chaussée avaient été murées, celles du premier étage barrées par des planches de bois. Ils contournèrent le bâtiment. En levant la tête, Loïc vit que le toit était effondré sur l'arrière, laissant apparaître la charpente noircie par les intempéries.

— On est où, ici ? souffla Loïc.

— Un coin à moi, personne connaît. On peut entrer, si tu veux.

Le grondement de l'autoroute proche les forçait à élever la voix. Loïc contempla la masse hostile et froide de la maison qui avait dû être superbe autrefois avec son parc et ses grands arbres à présent noyés dans la friche et les ronces et dont les occupants avaient été chassés par la construction de l'autoroute. Il hésita, cherchant à repérer une ouverture ou une source de lumière.

— Je rentre le premier, tu me suis ! décida Jaja sans lui laisser le temps de réfléchir davantage. Y a des bougies à l'intérieur. T'en fais pas, personne nous trouvera, c'est mon coin, ici. Y a que moi qui viens.

— T'es dingue, ça peut être dangereux, souffla Loïc, si ça s'effondre…

— On verra bien, ricana Jaja.

Tout à coup, Loïc se sentit mal. Pourquoi Jamal, le cousin de Naïma, l'amenait-il ici ? Pourquoi grillait-il cette cachette dont il semblait jusqu'alors avoir jalousement protégé l'existence ? Et si le divisionnaire Le Guénec avait raison ? Si Jamal et Naïma étaient mêlés aux événements, ils devaient avoir des complices, des méchants embusqués dans la masure pour lui faire la peau. Il frissonna, voulut faire demi-tour et s'enfuir loin, le plus loin possible. Mais un doute et un remords l'assaillirent. Et si Naïma n'y était pour rien, pas plus que son cousin ?

Après tout, il pouvait y avoir un autre espion dans le commissariat, ou quelqu'un qui parlait trop tout simplement. Et pourquoi pas Le Guénec lui-même ? Loïc savait qu'il buvait parfois démesurément jusqu'à être imbibé comme une vieille éponge, et qu'il traînait dans les bars des nuits entières pour oublier son foutu secret dont tout le monde parlait d'ailleurs. Et puis Naïma était trop importante désormais dans sa vie, il devait être courageux pour elle. À plus forte raison s'il voulait être policier un jour. Un vrai « couillu », comme disait Le Guénec. S'il se dégonflait maintenant, sa carrière commençait mal.

— Ho ! tu t'amènes ? le héla Jaja.

Il se mit en marche, résolu mais pas fier.

Un moment plus tard, Jaja, les poings sur les hanches, fronçait les sourcils, perplexe. Une des ouvertures derrière la maison avait été démurée et refermée grossièrement avec des planches. Quand il venait, son gabarit fluet lui permettait de se glisser à l'intérieur par une ouverture étroite, non murée, au ras du sol. Il n'était pas revenu depuis plusieurs semaines, et c'était la première fois qu'il remarquait cette anomalie. Il repoussa les planches avec facilité et se faufila dans l'ombre, Loïc sur ses talons.

Un moment plus tard, à la lueur de quelques morceaux de bougie, il contemplait, médusé, les reliefs d'une scène dont il n'avait rien su. Les restes moisis de nourriture, les vêtements en vrac, le vieux matelas mité et taché, les cartouches éparses, d'autres dans des boîtes pas encore déballées...

— Merde, croassa Loïc, qu'est-ce que c'est que ça ?

— Si je le savais, putain !

À travers la flamme mouvante des bougies, Jaja lut de la suspicion dans les yeux de Loïc. Il ne l'aimait pas plus que cela, il était le jules de sa chère cousine et il était aussi un keuf, un petit keuf, mais un keuf quand même.

— Je te jure que je sais rien, se récria-t-il par réflexe. Je venais tout seul ici et y avait rien, sauf la table. Tu me crois pas ?

— C'est à qui tout ça, alors ? Et pourquoi tu m'as amené ici si t'y amènes jamais personne ?

Loïc sentait la situation lui échapper, il avait froid, la maison puait l'humidité et la pourriture.

— Je sais pas, répéta Jaja, l'air complètement ahuri, je te jure que je sais pas. C'est le seul endroit où on pouvait causer tranquillement parce que les autres, là-bas…

Il pointait le pouce en direction de la Dame-Blanche.

— Quoi les autres ? s'énerva Loïc. De qui tu parles ?

— Les autres, s'entêta Jaja, décidé à ne pas être plus précis. Je sais pas ce qui se passe, mais Naïma n'est pas sortie ce soir, je l'ai pas vue et son frère m'a dit qu'elle sortirait pas. Il avait un drôle d'air en disant ça.

— Comment ça ? s'étrangla Loïc dont la gorge venait de se serrer brutalement.

Jaja haussa les épaules. Une double ride verticale barrait son front étroit surmonté d'une épaisse tignasse frisée.

— J'sais pas. Je pense qu'il vous a cramés, il faut dire que vous avez fait fort cet après-midi, Naïma et toi, après l'histoire du commissariat. Tout le monde vous a vus vous bécoter… Comment vous avez déconné, j'te dis pas !

Loïc perdait pied de nouveau. Tout se bousculait dans sa tête, il ne savait plus par quel bout attraper cette histoire. L'attaque du commissariat, Naïma, les cartouches dans la masure, le frère qui les avait surpris. Jaja qui l'avait amené là.

Il marcha sur l'adolescent, menaçant. Il le dépassait d'une bonne tête, lui rendait au moins vingt kilos. L'autre recula vivement, rencontra le mur qui résonna sous le choc de sa tête avec un bruit creux qui fit tomber de la poussière et quelques gravats.

— Eh, déconne pas ! supplia Jaja. On va la prendre sur la gueule, la baraque !

— Dis-moi où est Naïma ! intima Loïc en attrapant le gamin par le col de son faux Lacoste fabriqué en Chine.

— Y a que ça qui t'intéresse, toi ! s'égosilla Jaja. Baiser ma cousine ! Tu crois que t'es le seul, peut-être !

Loïc le lâcha, interloqué :

— Quoi ?

— Je dis que t'es pas le seul que ça peut intéresser, rectifia Jaja, l'air mauvais. Et chez nous, les filles, elles filent droit, tu peux me croire. Et elles sont pas pour vous. Jamais.

— Qui est au courant qu'on sort ensemble, à part toi ? interrogea Loïc, la voix blanche.

— Personne et tout le monde, ricana Jaja, qu'est-ce que tu crois ? Tout se sait dans la cité.

— Mais...

— Mais quoi ? *Ils* avaient besoin de toi, *ils* ont laissé faire, maintenant ils ont eu ce qu'ils voulaient, tu la reverras plus.

Les murs de la vieille maison craquèrent lugubrement, du moins c'est ce que Loïc crut entendre. En tout cas, ils se mirent à vaciller autour de lui, le sol se déroba sous ses jambes et il se souvint qu'il n'avait rien avalé de la journée.

— Eh, mec, s'inquiéta Jaja en agitant devant ses yeux une main brune aux ongles en deuil, reste avec nous ! T'y peux rien de toute façon, mais il fallait que je te le dise parce que si tu refous les pieds dans la cité t'es foutu, ils te mettront une tête, ma parole...

— Je peux pas le croire, murmura Loïc, accablé, elle était pas dans ce coup-là, Naïma, c'est pas possible...

Jamal ricana de nouveau :

— Crois ce que tu veux. N'empêche qu'elle est pas pour toi, ça c'est sûr.

— Qu'est-ce qui va lui arriver ?

— J'en sais rien, dit Jaja en retournant vers l'escalier à moitié défoncé, mais t'en mêle pas, c'est un conseil que je te donne. Allez, moi je me barre.

Loïc bondit derrière lui, le prit par la ceinture de son jean, le jeta au sol. Un éclat nouveau éclairait son regard bleu, de colère, de haine aussi. Il s'écria, hors de lui, en enfonçant un genou dans l'estomac de Jaja :

— Dis donc, petit merdeux, c'est un peu facile ! Tu crois qu'on va rentrer comme ça gentiment chacun chez soi, après ce que tu viens de me dire ? Moi, Naïma, je l'aime et je sais qu'elle m'aime aussi. Je foutrai le feu à votre putain de cité mais je la laisserai pas au milieu de tous ces tarés, tes frères, tes cousins, ces... débiles ! J'm'en fous, moi, de vos lois, de votre Coran. Ça vous donne pas le droit de la traiter comme du bétail. Elle a le droit de choisir sa vie, merde ! Et toutes ces conneries, c'est votre faute. Si elle était pas forcée de se cacher pour respirer, elle aurait pas été obligée de raconter ce qu'elle voyait ou ce que je lui disais pour avoir la paix ! Bande d'enfoirés !

De cela, Jamal était convaincu. Il ne pouvait pas dire que tout était sa faute, que lui aussi il était coincé, à cause de ceux qui lui avaient offert ce vélo auquel il n'avait pas su résister et à cause des autres, les combattants de Dieu qui voulaient l'embrigader.

D'ailleurs, il ne pouvait rien dire du tout, il suffoquait, le souffle coupé par la poigne et le genou de Loïc qui lui bloquait le diaphragme. Il émit un gargouillis, Loïc relâcha légèrement la pression mais ne le laissa pas reprendre la parole. Il enchaîna, hargneux :

— Et l'attaque du commissariat, hein ? C'est toi aussi bien sûr, enfin tes potes, là, ceux qui exploitaient les tuyaux de Naïma... Me prends pas pour un con, ajouta-t-il alors que Jaja tentait de protester, tout le monde a compris. Et tu sais la suite, j'espère : Lise, vingt-cinq ans, gardien de la paix, elle y a laissé sa peau...

Il souleva Jamal du sol, lui cogna à plusieurs reprises la tête contre les tomettes en miettes en martelant : « Lise, elle est morte, morte, morte... »

Il se rendit compte que sa vue se brouillait. Jaja avait saisi ses mains, auxquelles il s'agrippait pour amortir les chocs.

Loïc le lâcha brusquement, bredouilla :

— Tue-moi aussi, c'est une manie chez vous de faire place nette. C'est pour me buter que tu m'as amené ici ? T'as un calibre caché dans un coin ? Ben oui, quoi, faut bien un calibre pour tirer toutes ces cartouches !

Sidéré par le flot de bile que déversait le petit « vert », Jaja se redressa péniblement, s'assit sur les vieux carreaux de terre cuite, regarda Loïc debout devant lui, le dos rond, l'air abattu, les bras ballants. Il articula à contrecœur :

— Je savais pas pour le commissariat, j'te jure. Je... *ils* m'avaient dit que c'était juste des tuyaux comme ça pour savoir ce qui se passait chez les condés. C'est con pour la fille qu'est morte, je reconnais. Mais je suis sûr que c'est pas eux qui ont fait ça...

— C'est qui, *eux ?* demanda Loïc presque à regret.

— Sélim, Aziz, Toufik, les autres. C'est pour le jihad, tu comprends ?

Loïc hocha la tête. Non, il ne comprenait pas, il ne pourrait jamais comprendre qu'au nom d'une cause, si juste fût-elle, il doive vivre sans Naïma, rejoindre son poste demain sans y retrouver le sourire de Lise, accepter sans broncher toutes les saloperies qu'il voyait se commettre toute la journée au nom d'une prétendue liberté, impossible et dérisoire.

— La maison, elle va être démolie la semaine prochaine, reprit Jaja (sans attendre d'autre commentaire de Loïc sur le jihad, dont il ne savait pas trop lui-même ce qu'il fallait penser, vu que ça ne l'intéressait pas vraiment, lui, c'était le vélo qui l'intéressait). J'ai vu une affiche sur le portail au bord de la route, c'est pour ça que je t'ai amené là ce soir. J'ai jamais tué personne, moi, je veux tuer personne.

Il marqua une courte pause, massa son estomac en grimaçant, murmura :

— Il l'a enfermée.

— Quoi ?

— Naïma, il l'a enfermée. Sélim. Tu peux rien faire. Il te tuera.

Loïc tendit la main à Jaja qui la prit et se redressa, courbatu et poussiéreux.

— Je peux peut-être rien faire, répéta Loïc, mais toi, si. Aide-moi à la faire sortir, tu nous dois bien ça.

20

La soirée de Le Guénec fut aussi agitée que sa journée, bien qu'il ait longtemps caressé l'espoir, ne pouvant faire plus qu'il n'avait fait, de mettre les pouces pour aller s'envoyer deux ou trois whiskies bien tassés.

De plus, il sentait une étrange torpeur le gagner, lui qui ne trouvait le sommeil que de façon épisodique depuis des années. C'était la décharge émotionnelle. Il avait connu cela durant trois jours après la mort de Claire et de Cyril. Après, il n'avait plus dormi pendant des mois.

Vers vingt et une heures, il retrouva le commissaire Martin et ses hommes pour faire le point de la situation autour de sandwiches et de bières que Lubet et Durieux étaient allés chercher au centre commercial.

Le Guénec était soucieux ; l'attaque du commissariat ne laissait rien présager de bon, elle signifiait que le quartier s'enflammait : comme tous les clignotants des derniers mois (l'agressivité montante des gosses, le stress résigné des parents et l'invasion d'une nouvelle race de travailleurs sociaux, pas tous vêtus de djellabas ni tous barbus mais tous animés de la même flamme, colons-nettoyeurs d'un genre nouveau qui venaient faire la morale aux mômes pour mieux les embrigader) l'indiquaient, la marmite allait péter.

Martin, en homme de la PJ, moins attaché aux troubles du microcosme social sur lequel Le Guénec devait veiller jour et nuit, donnait les dernières nouvelles en mastiquant son jambon-beurre.

— Guerrero a attaqué le fourgon au lance-roquettes, c'est pas un armement de premier communiant. Au vu des antécédents, il n'apparaît pourtant pas comme un beau mec, t'en penses quoi, Le Guénec ?

L'interpellé haussa les épaules. Il avait déjà donné son avis ; Guerrero était un minable, comme tous les petits cons de la cité, mais il l'avait perdu de vue pendant deux ans, et tout avait pu arriver.

— C'est la fille qu'il faut identifier, trancha-t-il, elle est sûrement la clef de cette histoire. Les gars sont allés rôder autour de la cité, mais c'est encore trop chaud ce soir, il faut attendre que ça retombe un peu, les gosses parleront. Enfin j'espère, parce que, pour tout dire, je suis surpris qu'ils ne profitent pas de l'aubaine pour foutre le feu... Ça donne quoi, les paluches ?

— Celles de Guerrero traînent partout dans les bagnoles, sur le RPG 7, y en a d'autres que les siennes, à foison, mais comme on n'a pas l'identité de la nana, on ne peut pas comparer. Les vérif pour recouper tout ça vont prendre du temps...

Le Guénec réfléchit en regardant Martin attaquer son deuxième casse-croûte. Il envia sa jeunesse et son appétit et, faute de pouvoir avaler quoi que ce soit, alluma une Gitane.

— On aura demain la liste des mecs que Guerrero a connus au trou. À la cité, il avait pas mal de copains, mais il y a longtemps qu'on ne l'a pas vu dans le secteur. Quand il est tombé, il était avec deux petits minables qui ont replongé depuis. En ce moment, ils sont dedans. Ils fourguaient des voitures volées à Berthet, un garagiste. Lui aussi est encore à Fresnes et son garage est fermé. Mais...

Il s'interrompit, aspira une longue bouffée qu'il expira ensuite lentement par le nez.

— Mais ? demanda Martin, la bouche pleine.

Le Guénec fronça les sourcils :

— Ben, tu vois, je me suis demandé comment ces deux connards avaient pu nous échapper alors qu'on a mis les barrages en place très vite, malgré le bordel qu'il y avait ici. Le braquage du fourgon a eu lieu à Aulnay, près de l'autoroute, et on a pensé qu'ils s'y étaient rendus par les petites routes. À mon avis, ils ont pris la bretelle de l'autoroute, à cinq cents mètres d'ici en passant par-derrière. Mais personne ne les a vus. C'est bizarre, non ?

— Je pige pas.

— Le garage de Berthet est pile entre le commissariat et l'autoroute. Supposons qu'en sortant d'ici ils y soient allés tout droit, ça ne leur a pas pris plus de deux minutes, le temps de laisser passer l'orage, de s'habiller en condés, de foutre les fausses plaques. Après ils ressortent, et comme y a des bagnoles de flics partout, ils se noient dans la masse. Ni vu ni connu.

— Gonflé comme plan, non ?

— Tu trouves pas que c'est gonflé, ce qu'ils nous ont fait ? Et en général, plus c'est gros, plus ça passe...

— Ouais, admit Martin, pas vraiment convaincu. Dans ce cas, on doit trouver des traces de leur passage au garage. Ça donne quoi ?

Le Guénec se tourna vers Lubet et Durieux qui sifflaient chacun une Heineken en écoutant les chefs.

— C'est fermé, éluda Lubet en rotant. (Il regarda sa montre.) Et si vous voulez y aller, il est trop tard, il faut attendre demain.

— Y a plus qu'à aller se coucher, en somme, ronchonna Martin, si tout doit attendre demain.

— On y va ! dit Le Guénec. S'il y a des trucs intéressants dans ce garage, ils pourraient s'envoler durant la nuit. Et c'est pas la première fois qu'on mettra nos montres à l'heure pour respecter les heures légales. Allez, en route...

Lubet soupira, Martin, plus soucieux du respect de la légalité que son aîné, n'en admit pas moins qu'il avait raison, en espérant qu'ils trouveraient deux témoins pas trop informés de ce genre de détails...

Un mouvement se fit à l'entrée du bureau de Le Guénec où la petite troupe se restaurait.

Le brigadier Ravout passa une tête pâlotte par la porte. Malgré les émotions de la matinée et la proposition du médecin de quelques jours de repos, il avait tenu à « prendre » sa nuit. Chez lui, hanté par l'image de Lise allongée sur la civière, il n'aurait pas pu dormir.

— Monsieur Le Guénec, une dame vous demande. J'ai essayé de lui expliquer que ce n'était pas le moment mais elle attend depuis une demi-heure et elle ne veut rien savoir...

Le Guénec leva un sourcil interrogateur.

— C'est Mme Tourville, expliqua Ravout. Elle a appelé je ne sais combien de fois aujourd'hui.

Le Guénec faillit lui dire de l'envoyer une fois de plus sur les roses mais il eut un brusque pressentiment. Olivier Tourville ! Il l'avait oublié, celui-là.

— Nom de Dieu, murmura-t-il en écrasant son mégot.

La tête ravagée de Jeanne Tourville lui aurait donné des remords s'il lui en était resté le temps. Elle avait les cheveux collés au front, des cernes noirs sous ses yeux gonflés et il était manifeste qu'elle avait pleuré. Ses deux mains posées sur le comptoir d'accueil étaient rouges et agitées de tremblements. Sans un mot, Le Guénec la prit par le bras et la fit asseoir.

— Toujours rien ? demanda-t-il.

La femme secoua doucement la tête comme si elle n'avait pas la force de parler. Une larme roula sur sa joue et Le Guénec comprit qu'elle était à bout.

— Où est donc votre mari ? demanda-t-il d'une voix un rien trop haute, comme si cette question revêtait une importance particulière.

— Mon *ex*-mari, rectifia-t-elle.

Le Guénec s'étonna. Elle expliqua en quelques mots qu'ils avaient divorcé deux ans plus tôt. Depuis, eux qui s'étaient tant déchirés pendant leurs années de vie commune, surtout les dernières, étaient devenus les meilleurs amis du monde. Elle renifla :

— Il est allé voir les Bad Snakes...

Elle avait murmuré, et Le Guénec n'était pas sûr d'avoir bien compris :

— Qui ?

— Les Bad Snakes.

— Je ne vois pas...

Le regard que Jeanne Tourville posa sur lui était tellement plein de reproche et de douleur mal contenus que Le Guénec en fut interloqué. Ses yeux disaient : « Vous n'avez donc rien fait, sur qui puis-je compter, alors ? » Il se reprit, rameuta ses souvenirs à toute vitesse :

— Oui, bien sûr, dit-il, les Bad Snakes, l'équipe qui jouait dimanche contre les...

— Red Dragons.

Sa voix n'était qu'un murmure. Elle se tassa sur sa chaise, d'autres larmes affluèrent.

— Vous n'avez rien fait. C'était un constat. Accablant.

— Il s'est passé des choses graves ici, aujourd'hui, se justifia Le Guénec, je vous promets que demain...

— Il sera trop tard, demain.

— Mais non, voyons ! Dites-moi où est votre mari, enfin votre ex-mari, je vais le rejoindre ou lui envoyer quelqu'un.

Elle donna une adresse d'une voix raffermie. C'était dans une autre banlieue, à l'autre bout de l'Île-de-France. Le Guénec ne se voyait pas faire toute cette route uniquement pour la rassurer et maudit sa hâte à se débarrasser de cette femme en détresse et de sa propre mauvaise conscience.

— Vous feriez mieux de téléphoner avant d'y aller, affirma Jeanne Tourville avec un sens pratique qui émerveilla le divisionnaire et pour le coup le réjouit. Sinon, il sera reparti quand vous arriverez. C'est au diable vauvert.

*

* *

Martin, son équipe et Lubet passèrent à côté d'eux, déclarant qu'ils se rendaient au garage : le temps défilait, et l'heure légale aussi. Le Guénec leur fit signe de ne pas l'attendre, il les rejoindrait plus tard. La troupe jeta à Jeanne Tourville un regard indifférent et sortit, le dernier claquant la porte. Les voitures démarrèrent bruyamment et le silence revint, troué vaguement et par intermittence par quelques messages radio brefs et secs.

Le Guénec appela chez un certain Rémi Leplomb où une petite voix ensommeillée lui répondit que ledit Rémi, capitaine d'un jour d'une redoutable équipe de guerriers fantoches, était « sorti dehors » pour discuter avec un type, « vu qu'ils habitaient un studio » et qu'elle-même était déjà couchée. Il lui laissa le numéro du commissariat et un message pour Rémi demandant qu'il le rappelle dès son retour de balade.

Jeanne Tourville s'était légèrement redressée. Elle prononça un « Merci » que Le Guénec considéra comme sincère et qui accentua encore son malaise.

— Mon fils Philippe, dit-elle en le regardant bien en face, n'est pas dans son assiette. Il tourne comme un fauve en cage et il a passé l'après-midi à appeler ce numéro.

Elle lui tendit un papier sur lequel des chiffres avaient été griffonnés à la hâte. Le Guénec le prit, attendant la suite.

— Je ne sais pas qui c'est mais ça l'a rendu nerveux, fit Jeanne Tourville. Il est parti furieux quand je lui ai posé des questions et n'est pas rentré à la maison de toute la soirée. Il est chez les Ménage et il m'a téléphoné trois fois pour savoir si on l'avait appelé. Ce n'est pas son genre et... j'ai pensé qu'il valait mieux venir.

— Vous avez bien fait, affirma Le Guénec, sincère.

Il héla le brigadier Ravout, lui demanda d'identifier sur-le-champ le numéro et, reprenant doucement Jeanne Tourville par le bras, l'accompagna jusqu'à la porte.

— Rentrez chez vous, madame Tourville, je vous tiendrai au courant et je reverrai Philippe demain, ainsi que son copain. Je suis de votre avis, ils ont un truc sur la conscience. Je vais faire lancer un avis de recherche et, s'il le faut, nous publierons la photo de votre fils dans les journaux. Cela vous va ?

Sans attendre sa réponse, il ajouta, inquiet de l'air harassé de la femme :

— Voulez-vous que je vous fasse accompagner ?

Elle sourit à peine, plus étonnée que flattée de cette avalanche d'attentions soudaines. Ses yeux flapis retrouvèrent un éclat furtif pour décliner l'offre. Le Guénec la suivit du regard tandis qu'elle descendait les marches pour s'installer dans une Golf bleue. Il se fit la réflexion qu'elle avait de jolies jambes et une silhouette encore fort agréable.

Ravout le ramena sur terre en lui tendant le bout de papier sur lequel il avait noté les renseignements à côté du numéro de téléphone. Le Guénec lut et sursauta en proférant un juron qu'il affectionnait, réaction qui n'échappa pas à Ravout :

— Vous le connaissez ?

Dire que Le Guénec connaissait Michel Lallement était un euphémisme.

— Mike..., murmura-t-il. Qu'est-ce qu'il vient foutre dans cette histoire ?

21

À la même heure que la veille, Fil Tourville se rendit près du cèdre du Liban pour y attendre la seconde visite du petit beur à vélo. Il avait réussi à se débarrasser de Biboul, prétextant que quelqu'un devait rester près du téléphone au cas où Olive, ou toute personne susceptible de livrer des informations à son sujet, se manifesterait. Avec une insistance un rien excessive, il avait expliqué à son copain qu'il fallait bien donner le change pour les parents, qui devaient continuer à rester dans l'ignorance de leurs petits secrets. Comme il ne savait plus à quel saint se vouer ni quel téléphone surveiller, Biboul était resté chez lui. À tout hasard.

Fil tremblait d'appréhension. Son père, supplié par sa mère, était parti chez le chef des Bad Snakes. Il aurait voulu que Fil l'accompagnât et celui-ci avait eu toutes les peines du monde à justifier son refus. Il avait dû dire qu'il attendait un coup de fil important, et Charles Tourville n'avait pas réussi à lui en arracher davantage mais lui avait fait savoir qu'il ne perdait rien pour attendre.

Au moment où son père partait, il avait entendu ses parents chuchoter dans l'entrée. Charles se plaignait de l'attitude de son aîné et Jeanne l'approuvait. À cause de la disparition d'Olive, son père s'était réinstallé à la maison et Fil en était agacé, préférant la seule présence de sa mère qu'il manipulait plus facilement. Il haussa les épaules dans l'ombre : qu'ils aillent se faire voir, il ne fallait pas compter sur lui pour coopérer. Il se débrouillerait tout seul pour retrouver le Nain. Même Biboul l'horripilait, avec sa trouille à fleur de peau.

Une voiture entra dans la rue, ralentit en passant près de lui. Fil n'y prêta pas attention mais il vit l'homme au volant le dévisager et il en éprouva un léger malaise sur lequel il n'eut pas le temps de s'appesantir car le beur arrivait, sur son vélo de course ridicule.

Jaja s'arrêta avant le réverbère, dans une zone sombre. Fil s'avança, sa longue carcasse encore plus voûtée qu'à l'ordinaire.

— Alors ? dit Jaja sans exprimer rien d'autre qu'une plate indifférence, comme un garçon de courses attendant qu'on lui paie sa prestation.

— Je veux voir les gens pour qui tu fais les commissions, répliqua Fil, pas très assuré.

— C'est quoi ce délire ? T'as la réponse ou pas ?

— Ouais, mentit Fil, mais j'te dirai rien à toi, je veux les voir.

— Ça va pas leur plaire, comme réponse..., constata Jaja, les jambes écartées de chaque côté du cadre de la bicyclette. (Il scruta Fil d'un regard aigu.) Après tout, c'est ton frangin qui risque sa peau, pas le mien.

— Je t'ai répondu.

— OK, mec, comme tu voudras.

Jaja fit demi-tour. En danseuse, il commençait à descendre la rue. Fil faillit lui crier de revenir mais il se retint. Il fallait absolument qu'il parle à Mike, c'était leur seule chance. Il savait que le nœud de l'affaire était là, chez ce vieux copain de son père avec lequel il jouait à la guerre autrefois, du temps où Mike était flic. À cette époque, ils se servaient de vraies armes, sans les cartouches, mais s'il y en avait eu, celles-là n'auraient pas fait éclater des gerbes de peinture.

Fil repartit vers sa maison l'angoisse au ventre mais résolu à mettre la main sur Mike coûte que coûte pour savoir ce que le Nain et lui avaient comploté la fameuse nuit du barbecue au fort du ministère de l'Intérieur. Ce soir-là, Olive avait appelé Mike, ça il le savait, pour lui demander conseil. Après, il ignorait ce qui s'était passé, le Nain aussi d'ailleurs, sinon « on » ne serait pas venu lui demander des comptes à lui. Ou alors Olive se taisait et ceux qui l'avaient enlevé, car il ne doutait plus à présent de cette réalité, n'avaient pas réussi à le faire parler. Ou alors… Son estomac se contracta brutalement et ses jambes flageolèrent. Ou alors ils l'avaient tué dans le bois et ils se rabattaient sur lui pour retrouver ce qu'ils avaient perdu. Il prit appui sur un banc, respira profondément, au bord de l'évanouissement. Qui pouvaient bien être ces gens ? Quel rapport avec le jeune beur ? Fil réfléchissait à cette question pour la première fois. Il parvint rapidement à la conclusion qu'il s'agissait sûrement de ces « fous de Dieu » dont la presse parlait beaucoup depuis quelque temps. Qui collectaient de l'argent et des armes pour mener une guerre mystérieuse dans des pays dont il ne connaissait rien d'autre que le nom. Il eut envie de pleurer, de s'apitoyer sur son sort et sur celui du Nain. Il se reprocha, en vrac, d'avoir sous-estimé l'importance de leur découverte, la gravité de la situation et la taille du pétrin dans lequel il s'était fourré en taisant ce qu'il savait et qui avait peut-être coûté la vie à son frère. Il se mit à marcher, la tête basse, songea à la photo, la sortit de sa poche, la contempla longuement à la lumière blafarde d'un réverbère dont la forme rappelait les lanternes d'autrefois. Il se secoua mentalement : avec ce sourire, Olive ne pouvait pas être mort. Fil fut soudain pris d'un horrible soupçon : et si tout cela n'était qu'une farce de son frère, un montage absurde imaginé pour Dieu seul savait quelle raison ?

Fil reprit son chemin, plus convaincu que jamais qu'il n'avait qu'une chance d'y voir clair : Mike.

Il ne vit pas la voiture qu'il avait croisée juste avant l'arrivée du jeune beur, embusquée dans l'ombre un peu plus haut que la place. L'homme qui se trouvait au volant le suivit des yeux et ne bougea pas, même quand il fut rentré chez lui.

Jaja rendit compte quelques minutes plus tard. Son interlocuteur ne fit aucun commentaire mais il n'avait pas l'air très content.

*

* *

Fleur se dressa sur le matelas puant, le cœur en folie. La lumière venait de jaillir brutalement. Elle ferma les yeux de toutes ses forces, gémit de douleur, ses mains attachées lui interdisant de se protéger de l'aveuglement. Des pas résonnèrent au-dessus de sa tête, elle se força à regarder en entrouvrant les yeux. Un escalier de bois les dominait, elle et Olivier qui ouvrait lui aussi un regard de chouette épouvantée. Il s'était endormi comme une masse un moment plus tôt, las de se poser d'inutiles questions. Il avait même ronflé. Fleur n'y pouvait rien, elle avait essayé de siffler, agacée par ce ronronnement sonore, mais n'avait pas obtenu le moindre résultat, et elle avait fini par s'assoupir à son tour. Les pas continuaient à descendre l'escalier. Elle regarda vivement autour d'elle, aperçut un espace réduit dont les murs étaient recouverts d'une sorte de capiton maculé de taches d'humidité.

Sous l'escalier, une toile rayée comme celle du matelas malodorant était tendue devant ce qui pouvait être une porte ou un placard. Dans un coin de la pièce, un seau d'aisance exhalait des effluves écœurants.

En inclinant la tête vers l'avant, elle put constater qu'elle était toujours vêtue du pantalon bleu marine de la fliquette. La jambe droite en avait été déchirée par le milieu pour faire place à l'étrange assemblage qui maintenait en place sa jambe brisée, laquelle se rappelait à elle, à intervalles réguliers, par des élancements violents. Elle avait été débarrassée du blouson et du gilet pare-balles et le haut de son corps n'était vêtu que de la chemise bleu pâle.

Elle tourna la tête vers son voisin avec curiosité et reconnut sans peine Olivier Tourville, bien qu'il lui parût plus vieux que dans son souvenir. Mais c'était sûrement à cause du treillis dont il était vêtu.

Le rouquin qui l'avait récupérée sur l'autoroute s'encadra dans son champ de vision, son treillis kaki barré à la taille d'un épais ceinturon auquel était accroché un étui à revolver. Vide.

Fleur lui décocha un regard haineux tout en hésitant sur la conduite à tenir. Finalement, elle choisit de fermer les yeux et de ne pas se manifester. Elle laissa se calmer son cœur emballé tandis que l'homme contournait la couchette pour démenotter Olive à l'aide d'une petite clef qu'il tenait dans sa grosse pogne couverte de poils blonds.

Il ne prononça pas un mot et Fleur en fut pour ses frais car il ne lui accorda pas un regard. Il mit Olive sur ses pieds. L'adolescent chancela un moment mais l'autre le tenait d'une main ferme en l'entraînant vers l'escalier dans lequel il le poussa sans brusquerie, comme un malade que l'on sort pour la promenade.

Leurs pas firent craquer les marches du haut, la porte grinça, deux détails que Fleur n'avait pas remarqués à l'arrivée du rouquin, preuve qu'elle s'était bien endormie.

La lumière fut éteinte et l'obscurité parut d'un coup plus dure encore à supporter. Fleur se contorsionna pour tenter de trouver une position plus confortable mais ses bras la tiraient, envahis de milliards de fourmis, et dans sa jambe cassée le sang se remit à battre douloureusement. Elle essaya de chasser la douleur en pensant à des choses agréables, gaies, à des gens qu'elle aimait, une méthode que lui avait enseignée son oncle Justin. Ce fut à lui qu'elle pensa, justement, en premier, puis surgit l'image d'Antony. Les deux seuls hommes qui avaient compté pour elle étaient morts, tous les deux. Une vague de détresse la submergea, en même temps que le sentiment d'une immonde solitude. En l'absence d'Olivier, ce petit con dont elle aurait bien aimé savoir ce qu'il fichait dans ce réduit qui avait tout l'air d'être une cave, elle se mit à sangloter tout haut comme un enfant puni.

22

Le Guénec contemplait avec perplexité leurs trouvailles en mordant dans l'un des sandwiches ramollis qui traînaient sur une table, oubliés par les troupes repues. La perquisition lui avait aiguisé l'appétit, pourtant les objets saisis ouvraient un nouveau champ de perplexité et d'hypothèses.

Il mâchouilla sans conviction les tranches de saucisson qui suaient dans la chaleur ambiante en énumérant les trophées découverts chez le garagiste Berthet, absent pour cause de détention prolongée. Un OPJ de l'équipe Martin tapait au fur et à mesure sur une machine à écrire électrique.

— Un jeu de plaques d'immatriculation portant les numéros 75-432345 pouvant se rapporter au véhicule administratif Renault affecté au commissariat de la Dame-Blanche. Deux casquettes dites « américaines » de couleur noire portant l'inscription « Fanfion »...

L'OPJ leva un regard interrogateur sur Le Guénec qui venait d'enfourner une grosse bouchée de pain et de saucisson.

— Tu peux me la refaire ? soupira l'homme d'un air las.

Le Guénec, malgré son teint qui virait au même gris que ses cheveux et ses sourcils fournis, semblait en pleine forme. Comme tous les insomniaques, il pouvait tenir des jours et des nuits en dormant une heure par-ci, par-là, sur son bras replié ou assis dans son fauteuil, les pieds sur le bureau. Il déglutit, jeta le reste du sandwich dans la poubelle avec un commentaire désobligeant sur son goût et sa fraîcheur, alluma une Gitane sans se presser, fourra une des casquettes sous le nez de son collègue.

— Eh, camarade, tu sais lire comme moi, ronchonna-t-il. Champion. C'est le nom d'une chaîne de supermarchés, non ?

L'autre haussa les épaules :

— Une marque de vêtements de sport. Il s'en vend des millions aux États-Unis.

— Ah ? Tu sais ça, toi ? Bon, tu y es ? Les vêtements maintenant…

Le Guénec poursuivit son énumération en écoutant d'une oreille distraite les bruits du commissariat. L'attaque du matin n'avait pas déclenché de réaction dans la cité ni au-delà malgré la tension palpable soulignée par la présence visible des renforts de police. Le Guénec avait reçu des consignes fermes : il fallait mettre la pédale douce, enquêter en souplesse, ne pas réveiller les mauvais instincts. Du coup, le calme qui régnait dans la ville paraissait insolite et artificiel. Chacun savait que cela ne durerait pas, qu'il y aurait du grabuge à cause des flics morts qu'on enterrerait en grande pompe dans deux ou trois jours. Les deux parties s'observaient, prêtes à se sauter à la gorge.

Martin et les autres étaient encore au garage, ils voulaient battre le fer tant qu'il était chaud et exploiter d'autres indices avant que ne rappliquent les complices. Car ils étaient sûrs de cela à présent : les deux braqueurs amateurs d'Aulnay ne pouvaient pas avoir monté ce coup-là tout seuls. Deux néophytes, dont une gonzesse, avec des armes de guerre, ça ne tenait pas la route. Le Guénec était convaincu d'autre chose : la bande n'avait pas prévu que le coup foirerait, il était arrivé un événement inattendu, sûrement le lâchage des deux rigolos par le reste de la bande ou l'incapacité de celle-ci à rejoindre le lieu de l'attaque du fourgon. Il était vraisemblable que les braqueurs seraient revenus au garage après leur hold-up. C'était gonflé, mais leur coup l'était, et le fait d'avoir laissé leurs vêtements et quelques effets personnels sans même les dissimuler démontrait, de l'avis de Le Guénec, cette intention de rejoindre ce qu'il estimait être une base opérationnelle.

Mais il y avait sûrement d'autres planques, une au moins, où la fille avait atterri. Le complice qui l'attendait sur l'autoroute avait abandonné un Peugeot tout-terrain, volé trois jours plus tôt et maquillé, un kilomètre après la bretelle d'Aulnay. Le véhicule était aux mains de l'IJ mais Le Guénec aurait parié qu'elle n'y ferait pas de découvertes fracassantes. Dans la rue, un témoin avait signalé la présence d'une ambulance qui était partie juste après. Avec la fille dedans, probablement. Où était-elle à présent ?

— Je la sens pas loin, disait Lubet, inspiré.

Le Guénec maugréait, la Gitane vissée au coin de la bouche. « Tu la sens, tu la sens, tu sens rien, couilles de loup… »

Lui-même n'aurait pas osé dire qu'il la sentait tout près, et pourtant il était *sûr* qu'elle l'était.

Il avisa sur son bureau le bloc de papier quadrillé sur lequel Loïc était censé avoir noté des noms ou des souvenirs de faits ou de gens dont sa belle lui avait parlé.

Le Guénec lut, sourcils froncés, les maigres annotations en se demandant où pouvait bien être passé le petit « vert ». Il sentit une espèce de tristesse le gagner. C'était un bon môme, s'il avait été emmené dans une galère, ce n'était sûrement pas délibéré de sa part, et le divisionnaire constata qu'il était, contrairement à ses habitudes, prêt à lui trouver des excuses.

À part quelques gribouillis, le seul nom inscrit sur la feuille à petits carreaux qui évoquât quelque chose à Le Guénec était celui de Jamal Laci.

*

* *

À la troisième sonnerie, Mike se résigna à décrocher. Fil commença par l'engueuler puis raconta de nouveau son histoire et, au fur et à mesure, Mike se sentait partagé. Fil, visiblement, ignorait le rôle que le Nain lui avait fait jouer et ne soupçonnait pas la part qu'il avait réellement prise dans cette histoire. Pourtant, l'acharnement des types d'en face à récupérer leur bien lui donnait la chair de poule.

— T'as une idée pour le Nain ? demanda Mike d'une voix presque ferme.

S'il voulait comprendre où le menait cette foutue salade, il fallait qu'il inspire confiance, qu'il fasse croire au jeune Tourville qu'il pouvait encore servir à quelque chose. La première fois, il s'y était pris comme un manche en lui disant qu'il était fini. De plus, et bien qu'il en eût perdu l'habitude depuis longtemps, il sentait un vague remords l'effleurer.

Comme Fil ne semblait pas comprendre la question, il précisa :

— Je veux dire, t'as une idée sur les mecs qui ont pu le dessouder ? Enfin l'enlever, je veux dire. Hein ?

— D'abord, j'ai pensé que ça avait un rapport avec le paintball. Ça s'est passé pendant une partie et je pensais que les Bad Snakes n'étaient pas clairs. Ils avaient l'air un peu chelous, quoi. Mais mon père est allé voir leur chef ; c'est des zombies, pas le genre terroristes, tu vois. Le mec, quand il a su qu'il était convoqué au commissariat, il a chialé, paraît-il.

— Au commissariat ? s'inquiéta Mike.

— Ouais, c'est un grand flic avec un nom en « ec » qui l'a convoqué. Pas commode, et mariole. J'ai la trouille. Je me demande si je devrais pas aller tout lui dire…

— Surtout pas ! s'exclama Mike, qui sentait une sueur glacée lui glisser dans le dos. On va régler cette affaire en douceur, tu verras.

— Faut faire vite. J'ai été contacté par quelqu'un, ils m'ont posé un ultimatum.

— Quoi ? s'enroua Mike. Et c'est maintenant que tu le dis ?

— J'ai essayé toute la journée...

— OK... Qui t'as vu ?

— Un rebeu. Un mouflet de la cité. Il m'a porté une photo d'Olive hier, et ce soir il est venu chercher la réponse. Il voulait que je lui dise...

— Un Arabe, tu dis ? Ça veut dire quoi, ça ?

— Je sais pas, mais avec tout ce qui se dit sur les Arabes, si ça se trouve, c'est des intégristes... (Le souffle de Fil s'accéléra soudain.) J'entends ma mère qui rentre et mon père va pas tarder à se ramener. Je descends, je te rappelle de la cabine. Tu bouges pas, hein ?

Mike raccrocha et se renversa en arrière, trempé d'une sueur âcre et nauséabonde. Pour sûr qu'il n'allait pas bouger après avoir entendu ce qu'il avait entendu. Des intégristes ! Mike connaissait les Arabes, il en avait serré des années durant pour toutes sortes de délits, mais cette nouvelle race qu'on appelait les fondamentalistes ou les intégristes – qu'importait le nom, c'étaient tous que des barjots – n'entrait pas dans son champ de compétence. Voyous, braqueurs, escrocs, proxos, dealers, il connaissait par cœur. Mais les don quichottes qui exterminaient les foules à l'aveugle au nom d'une vague idéologie – « idéologie, mon cul, c'est pour le pouvoir qu'ils se battent » –, il ne connaissait pas, et à vrai dire ne s'y était jamais intéressé, même du temps où il était poulet. Et, comme tout ce que l'on ne connaît pas, cette hypothèse du jeune Tourville le terrorisait.

Il frissonna, se dit qu'il lui fallait une dose au plus vite pour conjurer la panique. Quand Fil le rappela, il était calmé mais plutôt dans les vapes.

23

Naïma perçut les éclats d'une conversation et colla son oreille à la porte. Elle reconnut la voix de Sélim et celle, plus fluette, de Jamal. Une troisième personne – Aziz ? – parlait plus bas, elle ne comprenait pas ce qu'elle disait. Sélim en revanche était plus net. Quant à Jaja, il hurlait presque, et Naïma aurait juré qu'il faisait en sorte qu'elle l'entende.

Le sang bourdonnait dans ses oreilles et sa tête était douloureuse.

— Je te dis qu'ils se doutent de quelque chose, je les ai vus partir vers le garage de Berthet ! disait Jaja. Je crois qu'ils vont pas tarder à rappliquer, faut faire gaffe.

— Eux, venir ici ? se moqua Sélim, pas rassuré pour autant. T'es ouf, mon frère ! On n'a rien fait.

— Ils pensent que si.

— Comment tu le sais ? C'est le feuk qui te l'a dit ? Il est venu ce soir, je le sais. Qu'est-ce qu'il voulait ?

— Quel feuk ?

— Me prends pas pour un déb ! Le blondinet de Naïma était avec toi ce soir, Aziz vous a vus ! C'est pas vrai ?

Le cœur de Naïma bondit : Loïc était venu. Elle ne pouvait douter qu'il la cherchait. Elle espéra de toutes ses forces que Jaja lui avait dit ce que Sélim lui faisait au nom d'une crise subite de mysticisme tellement suspecte que Naïma ne pouvait y croire une seule seconde.

Peu après la scène avec Aziz, Sélim était entré dans l'appartement, l'air préoccupé, vaguement mauvais. Il sifflotait, donc il était mal à l'aise. Quand il avait fait une bêtise ou que quelque chose encombrait sa conscience, Sélim sifflotait. Naïma avait sorti la table à repasser, sa mère était chez une voisine, et elle attendait que ce maudit jour soit fini pour être à demain et retrouver Loïc. Sélim lui avait tourné autour un moment, à la regarder avec un drôle d'air. Elle s'était dit qu'Aziz avait peut-être craché le morceau pour la scène de l'après-midi dans la salle à manger, elle en avait honte encore, vis-à-vis de Loïc. Elle se mordait les lèvres de dégoût pour cette chose qu'elle avait effleurée et qui avait explosé dans sa main comme si elle lui avait envoyé du courant électrique. Et si Sélim l'apprenait, elle s'attendait à passer un mauvais moment.

Mais il n'en avait pas parlé. Lui d'habitude si bavard l'avait emmenée sans un mot dans sa chambre et avait ouvert son placard en grand. Elle était la seule fille de la famille et elle étudiait à la fac, Naïma avait donc une chambre pour elle toute seule.

Il avait sorti les minijupes et tous les vêtements modernes que portait Naïma comme toutes les filles de son âge, en avait fait un paquet qu'il avait jeté dans le couloir.

« Qu'est-ce que tu fais ? avait soufflé Naïma, une soudaine pâleur au front.

— Tu vois bien. Tu vas changer de fringues. Tu es une musulmane.

— T'es dingue ? C'est bon pour toi, ces conneries. Je suis française et la religion ne m'intéresse pas.

— Tu es musulmane. Ne l'oublie plus jamais. À partir de maintenant, tu ne sors plus d'ici sans mon autorisation. Avec une tenue décente et un foulard.

— Mais qu'est-ce qui te prend, tu es devenu fou ? La rentrée à la fac est dans une semaine...

— Plus de fac. »

Naïma avait vacillé, le ciel lui tombait sur la tête. Elle avait eu un sursaut.

« Mais, Sélim !

— Tu fais ce qu'on te dit. C'est Aziz qui décide.

— Je m'en fous d'Aziz, s'était écriée Naïma, hors d'elle. Il n'a pas à décider pour moi, cette espèce de raté, impuissant et...

— Tais-toi !

— Non, je ne me tairai pas ! Quel droit il a sur moi, Aziz ? Il se prend pour Dieu ou quoi ? Même toi, tu n'as aucun droit. Je suis majeure et libre... »

Sélim avait ricané :

« Tu es musulmane. Tu ne sors plus. C'est la volonté de Dieu et d'Aziz.

— Dieu ! Il a bon dos, votre Dieu ! Quel prétexte facile ! La religion est pour les gens comme Aziz un moyen de réduire les autres en esclavage, c'est honteux… dégradant !

— Tais-toi !

— Pourquoi je me tairais ? Vous pensez que le FIS c'est le salut, c'est faux ! FIS, ça veut dire : "Fatima interdit de sortir", c'est ça, hein ? »

Sélim s'agitait, levait la main sur elle :

« Ça suffit ! M'emmerde plus, parce que je t'attache…

— Je me jetterai par la fenêtre !

— Vas-y ! »

Devant l'air décidé de Naïma, qui ouvrait la fenêtre et commençait à se pencher au-dessus du vide, il réagit. Aziz voulait une femme vivante, pas un tas de chair morte au pied de l'immeuble.

Ils se battirent. Finalement, Sélim eut le dessus, surtout à cause d'un violent coup qu'il porta à la tête de sa sœur et qui étourdit la jeune fille le temps qu'il ferme les volets et retire la crémone de la fenêtre afin qu'elle ne puisse plus l'ouvrir.

Elle avait envisagé de se taillader les veines en brisant une vitre pour obliger son imbécile de frère à la sortir de là, mais elle avait manqué de courage, se réservant cette extrémité pour le cas où les choses tourneraient vraiment mal.

Elle n'entendait plus la conversation entre Sélim et Jamal, ils avaient dû sortir. Elle perçut un léger gratouillis derrière la porte, et la voix geignarde de sa mère. Sûrement, elle pleurait. Naïma était sa seule fille, la fierté du père avant l'accident. C'était lui qui avait voulu qu'elle passe son bac pour aller plus tard à l'université. Il voulait qu'elle soit juge, il avait de la justice une idée très haute et Naïma avait obéi. À l'époque, Sélim était trop jeune pour s'y opposer, d'ailleurs il faisait des bêtises, vendait de la drogue et des voitures volées. Et le père Laci savait que l'avenir pour les siens, pour ceux de son origine, c'étaient les filles. Donc, Naïma, *sa* Naïma, la seule qu'il avait. Les garçons, eux, ne songeaient qu'à se bagarrer, provoquer la police. Et à se laisser entraîner dans cette forme stupide et déviationniste de la religion, prétexte à une nouvelle violence dont il savait bien, lui, le vieux, qu'elle ne pouvait les conduire qu'au tombeau. C'est lui qui était mort, trop tôt, et Naïma n'avait plus personne pour la protéger.

— Maman, souffla Naïma, ne les laisse pas faire ! Ils vont tout me prendre, ma vie, tout… Je t'en prie, Maman, dis à Sélim de me laisser tranquille. Je ne suis pas comme eux, tu le sais bien, toi ! Maman…

La mère gémit en arabe derrière la porte. Naïma était bien consciente qu'elle n'était pas de taille à résister puisque Sélim était le chef de famille. La jeune fille comprit aussi qu'elle ne savait même pas où était la clef de la chambre.

— Si tu l'avais, la clef, Maman, tu m'ouvrirais la porte ?

Naïma haletait, sa tête lui faisait terriblement mal. Elle répéta sa question, un sanglot bref déformant sa voix.

Seul le froissement des pas traînants de sa mère s'éloignant dans le couloir lui répondit.

24

Mercredi.

Jaja pédala à toute vitesse jusqu'au commissariat. La nuit avait envahi la cité depuis longtemps. La bâtisse était partiellement plongée dans l'ombre, il n'y avait plus aucun véhicule devant. Jaja fronça ses épais sourcils noirs puis regarda sa montre volée. Il vit qu'il était deux heures du matin.

*

* *

Olive dodelinait de la tête, les mains attachées dans le dos par des menottes. Il était assis depuis des heures sur cette chaise inconfortable, dans une pièce quasiment vide, et il ne comprenait pas ce qui se passait. Il avait tout dit. Dix fois, vingt peut-être. Il était épuisé mais sa blessure à l'épaule ne le faisait pas souffrir. Il aurait même pu croire que tout cela n'avait pas existé, qu'il était dans un de ces mauvais rêves qu'il faisait parfois après un film d'horreur ou un livre de Stephen King. Mais le rêve durait et ce qu'il voyait autour de lui restait bien d'aplomb, la maison en mauvais état dont il était évident qu'elle n'était plus occupée en dépit de l'électricité qui fonctionnait encore, le bruit puissant à l'extérieur, qu'il avait rapidement identifié comme celui d'une voie très encombrée où les véhicules roulent vite. Une autoroute.

Le rouquin s'éloignait parfois pour aller dans une pièce voisine parler dans un talkie-walkie qui ne le quittait pas. Quand il revenait, il lui demandait de recommencer son histoire. Une fois, l'appareil avait crachouillé un message : « Ramsès appelle Toutankhamon. » Le rouquin était de nouveau sorti de la pièce puis y était revenu très contrarié, énervé même. Il avait regardé Olive sous le nez, sorti un revolver de son étui. Sans un mot, il avait armé le chien. Le claquement métallique avait déclenché chez Olive une série de hoquets incoercibles. Le canon de l'arme sur la tempe droite, il avait fermé les yeux, persuadé que sa dernière heure était arrivée. Il avait, en quelques fractions de seconde, eu la vision accélérée de sa courte vie et le regret ridicule de n'avoir pas eu le temps de devenir le chef d'une grande équipe de guerriers.

— Raconte encore ! avait répété le rouquin. Et sans rien oublier, cette fois !

Olive supplia l'autre de retirer l'arme de sa tête, ce que fit le rouquin à contrecœur mais en laissant l'arme braquée sur lui.

Tétanisé par celle-ci, Olive ne pouvait plus dire un mot. L'homme, en face, l'observait comme un joueur d'échecs qui attend le faux pas de son adversaire.

— Je te laisse cinq minutes, je vais pisser.

Le jeune homme dodelinait de la tête, épuisé. Le rouquin revint, une porte claqua, Olive sursauta. L'homme reprit le revolver, s'assit à califourchon sur une chaise, ses avant-bras poilus croisés sur le haut du dossier.

— Ton frère a voulu jouer au plus fin, dit-il d'une voix morne, il est entre nos mains, on vous donne deux heures. Il est trois heures. À cinq, on en bousille un des deux. Alors, tu réfléchis. Vite.

Olive, une nouvelle fois, recommença son histoire.

25

Le Guénec respira plusieurs fois à fond pour chasser la douleur qui assiégeait sa poitrine depuis un bon quart d'heure. Il n'avait pas eu le courage de rentrer chez lui, dans ce foutoir qu'il ne parvenait pas à ranger. Déjà, du temps de Claire, son désordre chronique et son manque d'intérêt manifeste pour les choses de la maison étaient un sujet de discussion inépuisable. À présent, c'était pire, il éprouvait pour les tâches domestiques une aversion totale et irréversible. Quand il y avait trop de bazar, il jetait la vaisselle sale, les vêtements trop froissés, les chaussettes immettables, et rachetait du neuf. Enfin, le minimum vital.

Il avait somnolé un moment dans son bureau, sur son bras replié, alors que les autres étaient rentrés chez eux dormir quelques heures et prendre une douche. Martin, il est vrai, avec une pointe de regret. Regret de laisser là le vieux solitaire dont il sentait la détresse presque palpable sous le caractère de cochon.

Le Guénec grimaça. Était-ce la position, la fatigue, l'âge ? Cet étau lui broyait le thorax, l'empêchant de respirer à fond.

« Bon Dieu, marmonna-t-il, je vais finir comme le vieux. »

Le vieux, son père, était mort d'un seul coup, terrassé par une crise cardiaque, un matin, en enfilant ses chaussettes. Après coup, Le Guénec s'était souvenu qu'il pressait souvent son pouce sous son aisselle gauche avec un rictus de douleur, mais le vieil homme n'avait jamais voulu admettre que son cœur le faisait souffrir, encore moins consulter un de ces charlatans qui ne songeaient qu'à s'enrichir en vous inventant des maladies. Un Le Guénec n'est jamais malade, ne se plaint de rien, ne se sent jamais mal.

Marc, le fils du vieux, se sentait mal. Non qu'il eût peur de mourir, il y avait longtemps qu'il prétendait ne plus attendre autre chose de la vie, mais l'idée de la maladie, de l'invalidité, le révulsait. Il respira encore une fois à fond, mais avec précaution, en y mettant les formes. La douleur fit voleter des papillons devant ses yeux bleus, il se vit allongé sur un lit, un tuyau dans le nez, Jeanne Tourville à son chevet. Il grimaça, s'étonna tout seul. Jeanne Tourville ? Pourquoi Jeanne Tourville ? Pourquoi venait-elle s'installer à la place de Claire ?

Il sursauta, se réveilla tout à fait. Jeanne Tourville ! Il entendit sa voix, vit ses yeux mouillés de larmes : « Vous n'avez rien fait ! »

Il avait encore oublié ! Après le départ de la femme, il avait empoché le renseignement donné par Ravout, le téléphone de Michel Lallement ! Mike, son ancien pote déchu. Et il l'avait oublié au fond de sa poche.

« C'est pas vrai, ronchonna-t-il, je perds la boule... »

Comme pour le rappeler à l'ordre, le téléphone se mit à sonner. Le Guénec sursauta, faillit tomber de sa chaise.

Un instant plus tard, il écarquillait les yeux, bien réveillé. Jeanne Tourville était au bout du fil :

— Dieu merci, s'exclama-t-elle, vous êtes encore là !

— En effet, mais vous avez de la chance, j'allais partir, rétorqua Le Guénec, exagérément bougon. Qu'est-ce que vous croyez, que je dors au bureau ?

Mais Jeanne Tourville n'avait pas envie de plaisanter. Son angoisse avait cédé la place à la peur, que Le Guénec sentait s'infiltrer dans les fils du téléphone et attaquer son oreille collée au combiné. Il fut brusquement en état d'alerte :

— Que se passe-t-il ? reprit-il d'une voix moins rogue, un peu haletante à cause du poinçon qui fouaillait sa poitrine.

— Philippe...

— Eh bien ?

— Il n'est pas rentré. Il n'est nulle part... Ni chez Biboul, ni chez aucun de ses copains. Je suis morte d'angoisse.

— Il est allé faire un tour...

— Non, c'est impossible. Toutes ses affaires sont là, j'ai vérifié.

« Voilà bien ce qu'une femme est capable de faire, songea Le Guénec. Vérifier dans le moindre détail la garde-robe de son fils ou de son mari vagabond... »

— Chez une fille, alors...

— Non, cria Jeanne, il n'a pas de copine ! Enfin, pas en ce moment... Il est rentré vers minuit, il était agité, il ne m'a même pas regardée. Enfin, ça encore, j'ai l'habitude... Il a attendu un moment derrière la fenêtre, puis il est ressorti, en pull, sans autre vêtement. J'ai pensé qu'il allait chez les Ménage, mais ils ne l'ont pas vu.

— Et le fils Ménage, qu'est-ce qu'il dit ?

— Rien, il dort. D'après sa mère, il a pris un somnifère car il était très tendu après avoir passé une partie de la soirée près du téléphone. Elle a essayé de le réveiller, sans succès.

— ...

— Vous ne dites rien ?

— Que voulez-vous que je vous dise ? Vous-même, vous m'avez tout dit ?

— Oui, inspecteur, oui. Je suis affolée, vous savez, il se passe je ne sais pas quoi...

— Vous n'avez rien remarqué quand il est sorti ? Je veux dire, il aurait pu partir en voiture ?

— Il ne conduit pas, bien qu'il ait son permis. Il affirme qu'il ne conduira que sa propre voiture... Il est têtu, vous savez ! Son père n'est pas là ce soir et ma voiture est au garage, j'ai vérifié... Mais maintenant que vous le dites, j'ai entendu un bruit de moteur dans la rue, une voiture qui démarrait, je me suis même dit qu'elle allait bien vite.

— Ne cherchez pas, votre fils est parti avec quelqu'un du quartier.

— Mais où ? Pour quoi faire, avec qui ?

Jeanne Tourville semblait consternée.

— Je ne sais pas, madame, dit Le Guénec, décidément patient. Il va revenir, ne vous affolez pas pour rien, par pitié. C'est déjà assez compliqué, vous ne croyez pas ?

— Vous avez raison, sûrement, je suis tellement à bout. Il s'agit de mes fils... Vous ne pouvez pas savoir ce que c'est...

— Si, je sais, répondit Le Guénec avec une étrange douceur. Je sais.

Jeanne Tourville marqua un silence. Puis, timidement, demanda au divisionnaire s'il savait à qui son fils téléphonait l'après-midi avec autant d'insistance.

— Oui, dit Le Guénec, mais je vais m'en occuper tout à l'heure. Il est deux heures passées...

Elle se fit encore plus timide :

— J'ai peur de rester seule, inspecteur, puisque vous êtes encore au commissariat, je me demandais... Vous allez rentrer chez vous, non ?

— C'est une éventualité, murmura le divisionnaire, sur la défensive. Et alors ?

— Eh bien, vous pourriez vous arrêter en passant, j'ai besoin de parler à quelqu'un. Et vous êtes… enfin, vous me rassurez. Dites oui, je vous en prie !

Le Guénec soupira, un sourire intimidé et ravi fleurit sur sa gueule fatiguée. Il passa une main dans sa tignasse, toute douleur envolée, la poitrine légère comme celle d'un collégien.

— Qu'est-ce que vous avez comme whisky ?

Le Guénec sortit du commissariat quelques minutes plus tard. Il avait pris le temps de se passer un coup d'eau fraîche sur le visage et de peigne dans sa tignasse poivre et sel. En se regardant dans le miroir piqué du lavabo, il se rendit compte qu'il n'avait pas prêté attention à sa gueule depuis dix ans et que ce qu'il allait faire ce soir – rendre visite à une « cliente » au milieu de la nuit et sans raison valable –, il ne l'avait jamais fait de toute sa carrière. Sauf peut-être au tout début, avant Claire, quand les tourments de sa libido le jetaient sur toutes celles qui voulaient bien…

Sur le seuil du commissariat, il se heurta à Loïc.

— Encore toi ? grogna-t-il, de nouveau contrarié. Qu'est-ce que tu fabriques ici à cette heure ? Tu peux pas aller te coucher, comme tout le monde ?

Loïc secoua la tête, l'air accablé :

— Je ne peux pas dormir. C'est vous que je venais voir.

— Mais il est deux plombes passées ! s'exclama Le Guénec. Décidément, c'est une manie, tout le monde pense que j'ai amené mon pieu ici ou quoi ?

Loïc ne répondit pas. Comme il semblait très malheureux, Le Guénec le regarda attentivement.

— Ça ne peut pas attendre demain ? Parce que là, tu vois, je partais en vadrouille...

Loïc comprit ce que « vadrouille » signifiait : le divisionnaire allait se saouler dans un rade quelconque, un bouiboui infect où il se ferait racoler par une « hôtesse » qu'il enverrait sur les roses dès que ses mots ou ses gestes deviendraient plus précis. Par respect pour son supérieur hiérarchique, il aurait dû s'effacer, ne pas insister, le laisser aller s'enfoncer un peu plus sous le poids de son secret morbide. Mais c'était de Naïma qu'il s'agissait, pas d'une vague fille sans importance, de sa vie avec elle, des projets qu'ils faisaient ensemble depuis quarante-cinq jours. Il resta sur le passage de Le Guénec et insista :

— Vous aviez raison, dit-il très vite en baissant les yeux, je crois que Naïma a donné des renseignements à des gens de la cité...

Le Guénec fouilla dans sa poche à la recherche d'une Gitane, songeant furtivement à Jeanne Tourville qui l'attendait. Il eut la vision rapide d'un intérieur chaud, confortable et accueillant, d'un fauteuil profond, d'une femme assise, un chat sur les genoux. Il se sentit envahi par une bizarre mollesse oubliée, soupira :

— Ce n'est pas un scoop ça, petit ! Elle te l'a avoué ?

— Non, se récria Loïc, ce n'est pas ce que vous croyez ! Elle a été utilisée à son corps défendant !

La bouche de Le Guénec se fendit dans une sorte de rictus qui semblait dire au petit « vert » qu'il avait passé l'âge de croire au Père Noël. Tout comme Loïc d'ailleurs, même si celui-ci était à peine sorti de l'âge où l'on est encore autorisé à rêver de fées qui changent les citrouilles en carrosses. Il lui prit le bras, l'entraîna à sa suite, dos tourné à la cité, vers un quartier où Loïc n'était encore jamais allé.

— Viens, dit-il, tu me raconteras ça en route. Sinon, je vais être en retard.

26

Le petit rouquin trapu ramena Olive et le remit sur le matelas à côté de Fleur, qui conserva une immobilité totale malgré les battements anarchiques de son cœur de nouveau affolé par la brutalité de l'irruption dans la cave et l'insoutenable lumière. Elle perçut le cliquetis des menottes et les pas de l'homme qui remontait l'escalier, le claquement de la porte juste après l'extinction des feux. Elle faillit se mettre à crier, demander à manger, à boire, elle avait envie de faire pipi, et le rouquin qui faisait comme si elle n'était pas là ; mais elle s'abstint, convaincue d'instinct que cette indifférence faisait partie d'une mise en condition dont elle connaîtrait bientôt les raisons.

Elle réalisa que son voisin de couche claquait des dents.

— Qu'est-ce qu'ils t'ont fait ?

Pendant de longues minutes, Olive fut incapable de s'exprimer. Il tremblait, hoquetait, le corps secoué de spasmes qu'il ne pouvait contenir. Fleur se mit à lui parler doucement, avec presque de la tendresse dans la voix, et, si elle avait pu, elle l'aurait pris dans ses bras pour le calmer et le consoler comme elle le faisait avec son petit frère Jojo. Un gosse un peu simplet, « pas cuit », comme disait Antony quand elle lui parlait des crises de folie automutilatoires ou d'épilepsie de Jojo. Un gosse dont elle était la seule à pouvoir calmer les fièvres en le tenant contre elle. La seule qui l'aimait aussi, sans arrière-pensée, comme une mère, une sœur et une amie tout à la fois.

Progressivement, pourtant, elle sentit Olive se détendre puis s'apaiser.

— Ils prétendent qu'ils ont aussi mon frère entre les mains, dit-il enfin.

— Philippe ? Qu'est-ce que c'est que cette salade ? Tu l'as vu ?

— Non, gémit Olive, mais je crois que c'est vrai.

— Ils bluffent, affirma Fleur.

Elle réfléchit, revit Fil et son air ténébreux. Elle était sortie avec lui deux ou trois ans plus tôt. C'était après la mort d'oncle Justin, elle s'était mise à collectionner les garçons comme d'autres les cartes postales, et Philippe Tourville s'était trouvé sur la liste, quelques jours ou quelques semaines, elle ne savait plus très bien.

— Je ne crois pas, se buta Olive, je ne sais pas où il est mais ils l'ont attrapé aussi. J'en ai l'intuition.

— Mais qu'est-ce que vous avez fait, merde ? s'étonna Fleur. C'est qui, ces types, tu crois ? Des flics, la DGSE ?

— Des voyous. J'ai entendu le rouquin parler dans un talkie. Je pense que c'est des mecs qui veulent monter un coup et on les en a empêchés.

— Toi et ton rigolo de frère ? ironisa Fleur.

— Toi aussi, je te signale, rétorqua Olive, sinon tu serais pas là. Ils pensent qu'on a quelque chose qui leur appartient.

— Quoi ?

— Des armes.

Fleur sentit sa bouche s'assécher brutalement. Elle revint en un éclair sur les semaines passées : Antony, la préparation de l'attaque du fourgon... Le fusil à pompe, il l'avait déjà puisqu'il était resté planqué chez Berthet, au garage. Les flics ne l'avaient pas trouvé quand ils avaient arrêté la bande, deux ans plus tôt. Les autres armes, les revolvers, ils les avaient piqués aux flics. Quel rapport avec ces cinglés qui les retenaient prisonniers en prenant des risques considérables ?

Soudain, une nausée lui monta dans la gorge : le lance-roquettes ! Voilà ce qui les intéressait ! Ce maudit engin dont Antony prétendait ne pas pouvoir se passer pour percer le blindage du fourgon. Beau résultat, en vérité ! Comment il l'avait eu, Fleur ne le savait que trop bien, elle était allée elle-même le chercher chez le fourgue de la rue de Milan. Jouvence, elle le connaissait depuis presque toujours puisqu'il était un ami de Justin. Un numismate un peu anar tombé dans la délinquance faute de trouver une autre activité lucrative nécessitant le minimum d'efforts. Jusqu'au projet du fourgon de la Brink's, Jouvence lui avait seulement fourni du shit de temps en temps, de la coke parfois, rien d'autre, et, d'après ce qu'elle avait compris, qu'il ait pu obtenir aussi facilement cet engin relevait de circonstances exceptionnelles.

Une question la taraudait : comment le rouquin était-il arrivé près du rond-point d'Aulnay ? Et comment savait-il qu'*elle* serait là ? Elle et Antony d'ailleurs, puisque personne ne pouvait savoir que son homme mourrait sur le rond-point. À part elle, Antony était le seul à connaître l'origine du RPG 7 et le seul qui avait pu en parler. À qui ?

Sélim ? Est-ce qu'il y avait une embrouille dont elle n'était pas informée ? Une chose était sûre : Sélim n'était pas venu au rond-point et elle ne savait pas pourquoi. Mais le rouquin, Fil, le Nain… quel rapport ?

— Qu'est-ce que tu racontes ? souffla-t-elle.

— C'est une histoire de fous, gémit Olive. J'ai dit ce que je savais mais ils pensent que je cache des choses à ton sujet. Ils croient que tu as les armes, à présent. Toi et des potes à toi, et que je les connais puisqu'on habite le même quartier…

— C'est stupide ! dit Fleur avec une pointe de mépris dans la voix.

— Va leur dire ça, toi !

— J'aimerais bien. Mais toi, tu devrais éclairer ma lanterne, je voudrais bien comprendre ce qu'on fiche ensemble dans cette cave.

Pour la vingt-deuxième fois de la nuit, Olive recommença son histoire. La folie du paintball, un jeu qu'ils avaient découvert, lui-même, Fil et quelques copains des Acacias. La difficulté de convaincre les parents de l'innocence de ce sport et de ses bienfaits, le coût des équipements. Leurs premiers essais dans les bois, autour d'un fort en apparence abandonné. L'intervention des gendarmes, qui voulaient les chasser de là, et l'aide inattendue du ministère de l'Intérieur, propriétaire du fort et du terrain, qui avait accepté, en échange de menus travaux d'entretien – ce que les jeunes gens s'étaient empressés d'accepter –, de leur en laisser l'accès libre. Le dévouement subit d'un capitaine de police, un certain Joël, ancien baroudeur d'Afrique, cousu de cicatrices et stratège habile, son empressement à les initier au combat, à se mêler à leurs jeux pour les encadrer, à la réflexion aussi, sûrement, pour les surveiller. Le grand tournoi organisé par Olive sous la haute protection et l'arbitrage de Joël vers la fin du mois d'août. Le barbecue géant après la partie, la reprise du jeu au cours de la nuit, alors que Joël était parti et que les joueurs étaient censés être restés là pour ranger. La découverte par Olive, dans une partie du fort, interdite d'accès par Joël parce que susceptible d'effondrement, de caisses enfouies sous des bâches et des branchages. La mise au jour d'un véritable arsenal et la décision, prise à trois – Olive, Fil et Biboul –, de transporter ces caisses ailleurs.

— Mais vous êtes dingues ! s'exclama Fleur. Je commence à mieux piger. Mais pourquoi vous avez fait ça ?

— On avait compris que c'étaient pas des armes claires. Le ministère de l'Intérieur a sûrement d'autres endroits pour ranger son matos. On s'est dit que si des marioles faisaient du trafic dans ce fort et qu'on le disait aux flics, on allait être soupçonnés, au moins de complicité. Au mieux, on nous retirerait l'autorisation de jouer là. Tu comprends ?

— Je comprends que vous êtes des charlots, des nains qui jouent à la guerre. Après ?

Après, ils avaient décidé de mettre ce chargement à l'abri en attendant de trouver une idée pour s'en débarrasser.

— On a planqué les caisses dans le garage de Biboul, vu que ses vieux étaient partis pour quinze jours. Le lendemain soir, le garage a été cambriolé. Biboul dormait chez moi, personne n'a rien entendu.

Olive se tut.

— C'est tout ? s'étonna Fleur.

Olive se récria : est-ce qu'elle trouvait que ce n'était pas suffisant ?

— Vous en avez parlé à qui, à part vous trois ?

— À personne !

— Pas à quelqu'un de la cité ? Y avait pas un Arabe dans votre plan ?

— Un Arabe ? Sûrement pas ! On se fréquente pas, avec ceux de la cité...

— T'es sûr ?

Olive se concentra.

— Y en a un ou deux qui viennent rôder le dimanche autour du terrain, de temps en temps...

— Tu vois ! Réfléchis bien, tu vas trouver…

Olive se tut, buté. Après quelques secondes, Fleur reprit la parole, un léger mépris dans la voix :

— Ben tu vois, dit-elle, les mecs là-haut, si tu leur vends ta salade comme ça, ils sont sûrement pas près de te croire. Alors, mec, à qui d'autre t'en as parlé ?

— À personne.

Olive ne parla pas de Mike à Fleur. À quoi bon ? Ce souvenir lui donnait mauvaise conscience, et même s'il avait décidé une fois pour toutes que Mike n'était pour rien dans la disparition des caisses d'armes, il en était de moins en moins sûr. Pour sauver la tête de Fil, il avait avoué au rouquin qu'après le transfert des caisses, bien embarrassé par leur encombrante trouvaille, il avait demandé conseil à un policier ami de son père, que l'autre avait promis de venir le voir mais qu'il n'en avait rien fait. Olive prétendait ne connaître l'homme que sous le surnom de Mike et ne plus se souvenir de son numéro de téléphone, ce qui était vrai. Il avait juste omis de dire que Mike était au courant du cambriolage, puisque lui-même l'avait appelé le lendemain pour le lui dire.

Mais il jugea inutile de resservir cette salade à Fleur.

27

Malgré l'interdiction de Le Guénec et les avertissements de Jaja, Loïc alla rôder du côté de la cité. Il perçut les premiers frémissements de ce qu'il pressentit être une explosion en devenir. Les fourgons de police stationnaient à bonne distance des barres grisâtres qui semblaient assoupies dans la nuit. Ils protégeaient l'accès au commissariat. De petits groupes de mômes subsistaient ici et là, des ombres se mouvaient entre les immeubles, s'approchant parfois très près des fourgons, comme pour s'assurer qu'ils étaient toujours là et occupés.

Loïc avait repéré l'entrée du bâtiment où Naïma était retenue prisonnière. Il s'y glissa après avoir enfilé sur sa tête un bonnet de laine marron qui dissimulait ses cheveux blonds, lui offrant un rempart fragile mais momentanément utile.

Il se faufila dans les escaliers sans faire plus de bruit qu'un chat, s'arrêtant à chaque palier pour écouter. Son cœur battait juste un peu trop vite, surtout lorsqu'un chien, dérangé par cette présence insolite, se mit à gronder. Il entendit des sons plus ou moins forts de télés ou d'enfants insomniaques, et même, derrière une porte, le ronflement sonore d'un dormeur, mais rien qui lui indiquât le logement où pouvait se trouver sa belle.

Au cinquième ou au sixième, une porte s'ouvrit brusquement et, une seconde plus tard, la lumière jaillit, brutale et aveuglante.

Loïc se colla contre le mur, une cavalcade se fit entendre au-dessus de sa tête : plusieurs personnes descendaient dans sa direction. Il ne pouvait pas monter, encore moins se cacher. Il se jeta dans les escaliers et descendit à toute allure, avalant les marches par volées de quatre ou cinq, le plus silencieusement possible. Au rez-de-chaussée, il ouvrit une porte au hasard, faillit tomber dans d'autres escaliers, ceux qui menaient aux caves, s'arrêta, au bord de l'asphyxie, comprimant à deux mains son cœur qui bondissait de façon désordonnée. Ses suiveurs lui apparurent à contre-jour par la porte entrebâillée, mais ils continuèrent leur route vers la sortie de l'immeuble, dont ils retinrent la porte vitrée pour éviter de la faire claquer. Malgré l'étroitesse de son champ de vision, il reconnut nettement Sélim Laci, accompagné d'un autre beur vêtu d'un jean large qui plissait sur ses chevilles, de grosses chaussures de basket sans lacets et d'une casquette américaine portée à l'envers, la visière dans le cou. Sélim, un peu penché en avant à cause du sac visiblement lourd qu'il portait sur le dos, passa une tête prudente au-dehors avant de sortir, son compagnon sur ses talons. Loïc attendit qu'ils aient franchi la porte et, pris d'une impulsion, se lança derrière eux.

Il faillit se heurter à une autre ombre, fluette et silencieuse, surgie de nulle part.

Jaja poussa un juron étouffé, de surprise, de peur aussi à la vue de Loïc, qu'à cause du bonnet il ne reconnut pas immédiatement. Le petit « vert », tout aussi paniqué, mit un doigt sur ses lèvres.

— Merde, s'exclama Jaja à mi-voix, t'es vraiment cinglé. J't'avais dit de ne pas revenir ici ! Tu veux mourir ou quoi ?

— Où est-elle ? souffla Loïc, les jambes molles, en retenant Jaja par la manche de son faux Lacoste.

— Tu fais chier ! dit Jaja en se dégageant. T'as pas vu que c'est son frère, là ?

— Où est-ce qu'il va, à cette heure-ci ?

— C'est ce que j'essaie de savoir, figure-toi ! Si tu veux bien me lâcher…

— Jamais de la vie ! Je veux sortir Naïma d'ici !

— Va mourir avec ta Naïma, y a pas qu'elle sur terre !

— Si !

— Connard ! se buta Jaja, qui avait repris sa marche malgré la présence de Loïc. Si tu es sans arrêt dans mes pattes, je pourrai rien pour elle… (Il ajouta, de mauvaise grâce :) J'ai essayé de te voir au commissariat tout à l'heure, y avait personne.

— Pour quoi faire ?

— Sélim, dans son sac, il a des armes et des explosifs. Des bâtons de dynamite et des grenades. Je les ai vus.

Loïc pâlit, s'arrêta, regarda devant lui les deux silhouettes, dont l'une ployait sous le poids d'un gros sac de sport, qui s'amenuisaient. Elles avançaient avec précaution, insensibles aux ombres qui les frôlaient, et allaient bientôt tourner le coin de la première barre.

— Tu allais le balancer ? demanda Loïc, incrédule.

— C'est la seule solution si tu veux récupérer Naïma. Il faut l'éloigner.

— Je comprends pas, murmura Loïc qui s'était remis en route, bien décidé à ne pas perdre Sélim de vue. Y a toujours quelqu'un au commissariat. Il suffit de sonner, la nuit !

— Ouais, ironisa Jaja, et de prendre un tam-tam aussi ! C'est toi que je voulais voir, personne d'autre.

— Et là, qu'est-ce que t'allais faire ?

— Le suivre et balancer un coup de fil anonyme aux flics.

— Je comprends pas, répéta Loïc, t'as viré ta cuti, rapport à la loi, à l'ordre et tout ?

— Je veux pas qu'ils emmènent Naïma.

— Quoi ? bredouilla Loïc, la voix blanche, tandis qu'ils s'accroupissaient à l'abri d'une voiture en stationnement.

Sélim s'était lui-même figé près d'une vieille Fiat dont son acolyte ouvrait le coffre ; tendu, il regardait autour de lui, scrutant l'obscurité du parking au-delà duquel les fourgons de police attendaient, immobiles.

— Ils ont dit qu'ils l'emmenaient aujourd'hui, souffla Jaja. En Algérie. Aziz doit venir la chercher à huit heures.

Loïc entendit, comme dans un cauchemar, le coffre claquer. Il se redressa, prêt à bondir sur Sélim et à le réduire en bouillie. Mais il réalisa qu'il était sans arme et que Jaja, agrippé à ses jambes, pesait sur lui de tout son poids en lui intimant, à voix basse, de ne pas faire le con.

Il jeta un regard haineux à la Fiat dont le moteur toussait lamentablement, lui tourna le dos et s'élança dans la direction opposée. Il courut comme un fou vers les fourgons dont les contours se précisèrent très vite, émergeant d'une brume légère qui mettait un halo autour des lampadaires.

Déjà des hommes en sortaient, leurs fusils braqués sur lui.

28

Le silence était retombé dans la cave, chacun ruminant de son côté des pensées peu réjouissantes.

Au bout d'un moment, Olive demanda d'une voix timide qui était Antony, ce garçon dont le rouquin parlait comme de quelqu'un que lui, Olive, était censé connaître mais qu'il n'avait jamais vu.

Fleur resta muette quelques instants, puis :

— C'était mon mec, dit-elle d'une petite voix brisée.

Et, comme une digue qui se rompt, Fleur, la panthère irréductible, la tueuse sans peur et sans âme, se mit à parler, parler d'une voix hachée à ce gamin auquel elle n'aurait pas accordé un regard dans la rue. Un flot de paroles, comme un fleuve de bile, proférées d'un ton monocorde, en un acte involontaire et à peine conscient.

Elle raconta sa propre naissance, fêtée par ses parents comme une cérémonie funèbre, un événement tragique qui marquait la fin de leur jeunesse et de leur liberté, la venue tout aussi peu désirée, deux ans plus tard, de Jojo, le petit frère « pas cuit », par la faute d'une incompatibilité de sang avec la mère. Le rejet de ce petit qui poussait des cris d'animal en se réfugiant sous le lit de sa sœur devant les parents indifférents, empressés à le coller dans un établissement spécialisé dès que cela avait été possible. L'enfance tourmentée de Fleur, entre un père falot et lâche et une mère autoritaire et froide qui n'embrassait jamais sa fille et ne lui adressait la parole que pour la critiquer ou lui donner un ordre. Puis les vacances chez Oncle Justin, le frère méprisé de sa mère, un anarcho-communiste des mines de Saône-et-Loire qui brandissait *Le Capital* à la sortie de la messe du dimanche en montrant ses fesses aux bigotes scandalisées. Fleur adorait l'accompagner dans ce qu'il appelait ses expéditions punitives, courir avec lui jusqu'à perdre haleine dans les rues alors qu'il leur semblait entendre derrière eux le martèlement des chaussures à clous des gendarmes ameutés par les grenouilles de bénitier. Avec lui, Fleur avait tous les droits, la seule contrainte étant cette astreinte au secret partagé qu'il lui imposait.

« Ne dis rien à ta mère » ponctuait chacun des départs de la petite fille. Cette exigence maniaque de l'oncle Justin ne se démentit jamais, même et surtout quand Fleur commença à devenir autre chose qu'une gamine efflanquée et que Justin, célibataire aussi acharné qu'il était anar convaincu, se mit en tête de l'initier à des jeux moins innocents.

Fleur fut une bonne élève, le secret et l'interdit décuplant le plaisir qu'elle prenait. Il fut son premier amant. Elle avait douze ans, sa taille et ses formes définitives, et elle l'aima comme une femme.

— Tes parents ne se doutaient de rien ? demanda Olive, estomaqué.

Fleur émit un petit rire amer dans le noir :

— Ils ne s'intéressaient pas assez à ma vie. Justin s'occupait de moi, je passais toutes les vacances chez lui, ils n'en demandaient pas plus. La paix, y a rien de plus précieux pour des parents, tu sais.

Olive pensa aux siens avec un serrement de cœur. Il ne douta pas un instant que sa mère ne soit en train de remuer ciel et terre pour savoir où il était passé, que son père n'ait mobilisé le ban et l'arrière-ban de toutes les polices pour les lancer à sa recherche. Et à celle de Fil. Il eut envie de pleurer, tira sur ses menottes avec une brusquerie inutile.

Il réalisa que Fleur avait repris le cours de sa narration, d'une voix cette fois plus assurée, empreinte de sa provocation naturelle.

Des voisins de Justin avaient fini par avoir des soupçons sur la nature des rapports entre l'oncle et la nièce et avaient courageusement alerté la mère par une lettre anonyme. Elle avait débarqué un matin d'août, à l'improviste, et trouvé les oiseaux au nid. Avec une fureur glaciale, elle avait rassemblé les affaires de

Fleur et l'avait emmenée en menaçant Justin des gendarmes s'il tentait de revoir sa fille ne serait-ce qu'une fois.

— À la réflexion, dit Fleur, je suis sûre qu'elle était jalouse. Je me suis demandé si elle et Justin, plus jeunes...

— Quand même, s'insurgea Olive, c'est un drôle de loustic, ton oncle !

— *C'était...*, rectifia Fleur. Il est mort.

— Oh ! excuse-moi !

— Pas grave. C'est arrivé plusieurs années après. Ma mère m'avait interdit de remettre les pieds chez lui, tu penses ! Elle était furieuse contre moi, elle me battait, me punissait sans cesse, en cachette de mon père. Ce connard n'a jamais rien vu. Elle m'a emmenée chez un gynéco. Le mauvais moment que j'ai passé, je te dis pas ! Un pervers qui devait prendre son pied en lui disant : « Mademoiselle n'est plus vierge et ce n'est pas récent... » Elle me détestait.

— Qu'est-ce que t'as fait ?

— Je l'ai emmerdée. Je savais qu'elle ne dirait rien à personne, ni à mon père ni aux flics, elle avait trop peur du qu'en-dira-t-on et aussi je crois qu'elle tenait à Justin, même si elle méprisait ses idées et la vie qu'il menait, elle qui était tellement conventionnelle. Elle n'en revenait pas de ce qu'il avait fait avec moi qu'elle traitait comme une gamine pas finie, à peine mieux que Jojo.

— Je voulais dire, après, qu'est-ce que t'as fait avec ton oncle ? Tu l'as revu ?

— J'ai fugué une première fois, aux vacances de Pâques suivantes. On a recommencé comme avant, mais cette fois, les gendarmes ont débarqué. Ma mère m'a récupérée au poste, mais elle leur a pas dit la vérité, elle m'a ramenée à Paris en m'avertissant que la prochaine fois elle porterait plainte et que Justin irait en prison. Et elle m'a enfermée dans un internat de sœurs en Bourgogne en leur disant qu'il fallait me surveiller car j'étais nymphomane. Satanique, quoi, pour les frangines. Ces vaches m'ont placée sous haute surveillance.

— Tu l'as jamais revu ?

— Justin ? Si, une fois. Grâce à une petite combine avec une fille de l'internat avec qui je devais passer un week-end, mais il avait changé. Il était déjà malade et son cancer lui faisait craindre le pire pour après sa mort. Il n'était plus du tout sûr que Dieu n'existait pas et il avait peur, à cause de tous les péchés qu'il avait commis. Il est mort et personne n'est allé à son enterrement. Ma mère ne lui a jamais pardonné.

— Et toi ?

Fleur tarda à répondre, comme si elle cherchait la réponse juste.

— Moi, si je sors d'ici un jour, j'irai sur sa tombe, j'irai revoir sa maison. Il me l'a léguée par testament. Moi, j'm'en fous, je suis contre la propriété privée, Justin aussi était contre, mais la maison lui venait de ses parents et ça lui faisait plaisir que je l'aie. Il me disait toujours qu'il fallait que je la garde en souvenir de lui… C'était mon premier homme, je n'ai jamais pensé à lui comme à un parent. Et si tu veux tout savoir, ce que j'ai surtout aimé de lui, c'était sa façon de baiser. C'était… génial. Tu peux pas savoir… Un vrai délire. Après, pour emmerder ma mère et pour retrouver ces sensations fabuleuses, j'ai baisé avec des tas de mecs, cent, peut-être plus. Ça n'a jamais été pareil.

— Et t'avais pas peur de tomber enceinte ou d'attraper le sida ?

— T'es barge ! Y a des trucs efficaces, quand même.

— Je pige pas pourquoi c'était pas pareil avec les autres. Même avec Fil ?

— Tu veux que je te dise que ton frère est un coup génial ? railla Fleur. C'est raté, mon pote, il est nul.

— J'te crois pas !

— T'as raison. Mais c'est pas le coup du siècle, quand même. Le coup du siècle c'était… Enfin bref ! Tu vois, chaque fois qu'un mec me fait bander, il lui arrive des bricoles. C'est con, hein ?

— Pourquoi tu me racontes ça ? demanda Olive, subitement soupçonneux.

— J'sais pas. C'est pas dans mes habitudes et c'est la première fois que j'en parle à quelqu'un. C'est un signe.

— Quel signe ? Un signe de quoi ?

— Qu'on va crever. Ou aller en taule pour le reste de nos jours.

— Parle pour toi ! s'écria Olive. J'ai rien fait, moi !

— Que tu dis ! Et tu crois que les mecs là-haut vont te laisser repartir comme ça ? Si c'est vraiment des voyous, ils peuvent pas prendre ce risque.

— On peut essayer de se sauver, gémit Olive.

— T'as une idée ?

— Non, mais...

— Alors, écrase ! Laisse-moi réfléchir...

Olive se tut, vexé. Fleur respira à fond plusieurs fois, annonçant qu'elle allait faire sous elle si quelqu'un ne venait pas rapidement. Olive protesta.

— On va se mettre à gueuler tous les deux très fort, dit Fleur, ça va les faire venir. Quand il m'aura détachée, le rouquin, il aura intérêt à faire gaffe à son cul...

— Tu vas faire quoi ? demanda Olive, anxieux.

— Tu verras. Après, j'me barre.

— Et moi ?

— Écoute, le Nain, c'est chacun sa merde. Moi, je veux pas crever ici, et encore moins tomber dans les pattes des flics, ce qui reviendrait à crever, de toute façon.

Olive observa un court silence en réfléchissant très vite :

— C'est si grave, ce que t'as fait ?

Le ton de Fleur se fit abrupt, métallique, tranchant comme une lame :

— Ça, c'est personnel. Je dirai rien, ni à toi ni à personne.

Olive s'étonna. Elle lui avait raconté des choses intimes qu'il n'avait pas à connaître, dont il ne voulait rien savoir, et là...

— Le cul, c'est pas pareil, trancha Fleur, je m'en tape, c'est sans importance. La guerre, c'est autre chose...

— Quelle guerre ? fit Olive, ébranlé.

— Tu peux pas comprendre. Toi, tu t'amuses avec des armes en plastique, tu te bats contre des nains dans ton genre. *Nous*, c'est différent. On va nettoyer le monde...

Elle avait appuyé sur le « nous », comme si le fait d'être associée avec d'autres dans une entreprise de cette envergure lui conférait un statut nouveau.

— Tu te prends pour Hercule ? ricana Olive. Fais gaffe quand même, le monde c'est pas les écuries d'Augias et t'es pas un demi-dieu...

— Qu'est-ce que tu en sais, petit con ? Les trouducs comme toi, ce qui les fait bander, c'est de tenir une arme, mais dès que ça chauffe ils appellent leur mère.

— Tu sais, moi, je suis pacifiste. Les mecs qui se font trouer la peau pour des grandes causes, j'y crois pas. Y a toujours quelque chose derrière, du fric, du pouvoir, en tout cas d'autres mecs plus marioles qui les manipulent, bien au chaud dans leur pieu. Mais vas-y, raconte-la, ta guerre...

Fleur se buta, refusa d'en dire plus, prétendant qu'Olive n'était qu'un fils de bourges qui seraient de toute façon sur la liste du Grand Ménage.

— Et si y a personne, là-haut ? s'énerva Olive.

— Eh ben on le saura, comme ça, dit-elle.

Face à cet argument irréfutable, Olive ne put rien objecter. Dans l'effort qu'il fit pour remplir d'air ses poumons, il tira une fois de plus sur ses menottes. Un son métallique, différent des précédents, retentit dans la cave et, aussitôt après, un des bras d'Olive se libéra, retombant au sol avec un bruit mat, presque inerte à force d'ankylose.

— Je suis détaché, bredouilla-t-il, incrédule.

29

Quand Le Guénec sortit de chez Jeanne Tourville, la première chose qu'il vit fut Loïc, assis sur un banc en face de la maison. Il en ressentit de la contrariété et un vague ressentiment, comme si le petit « vert » venait lui voler quelque chose. Le moment passé avec Jeanne Tourville, deux heures de temps suspendu. Il n'y avait pas de fauteuil profond ni de chat chez la mère du Nain, mais un ameublement moderne et confortable, une cheminée où brûlait un feu odorant et un Glenlivet parfait. Malgré le tourment qui creusait d'heure en heure le visage de Jeanne, l'inquiétude qui la jetait sur le téléphone pour appeler au milieu de la nuit des voisins ou des amis éberlués, elle avait communiqué à Le Guénec un apaisement inattendu. Il la regardait aller et venir, les mains tordues d'angoisse, et il avait retrouvé des mots enfouis depuis des années, des mots qu'il avait oubliés ou qu'il avait crus morts. Progressivement, elle s'était détendue, elle était même restée assise un bon quart d'heure sans s'agiter ou jaillir de son fauteuil comme un ressort. Elle avait bu un doigt de whisky pour sceller avec le vieil ours blessé par la vie un pacte d'amitié – plus si affinités, disaient ses yeux brillants – et, la fatigue aidant, Le Guénec l'avait vue s'affaisser subrepticement dans son fauteuil, gagnée par un début de somnolence. En lui promettant de tout mettre en branle dès l'aube, de se précipiter à la recherche de ses poussins disparus, il l'avait convaincue d'aller s'étendre une heure ou deux. Après l'avoir accompagnée sur le seuil de sa chambre, il était allé attendre dans le salon qu'elle se fût endormie. Un dernier whisky tassé l'aida à résister à l'envie folle, quasi irrésistible, d'aller s'allonger près d'elle dans les draps brodés qu'il avait entr'aperçus à la lumière bleutée de la lampe. Il se sentait ramollir, fondre, au contact de cette femme plus très jeune ni vraiment belle mais qui irradiait une tendresse lumineuse, une bonté que Le Guénec avait enfouie au fond de son cœur sans l'oublier tout à fait.

— Tu peux pas aller te pieuter, bordel de merde ? gronda-t-il en allumant une Gitane.

Il s'était privé de fumer pendant les deux heures passées en compagnie de Jeanne Tourville, et il avala la première bouffée de fumée avec délices, les yeux mi-clos.

Il ajouta, coupant la parole à Loïc qui ouvrait la bouche pour répondre :

— Je vais engueuler ton brigadier demain, il ne doit pas te laisser sortir du foyer en pleine nuit.

— Monsieur, dit Loïc avec une drôle de solennité dans la voix, faites ce que vous voulez, faites-moi virer de la police si vous voulez, mais là, tout de suite, si vous ne faites pas quelque chose, je fous le feu.

— À quoi ? demanda Le Guénec, stupéfait.

Loïc écarta les bras :

— J'sais pas ! À la cité, au commissariat.

— Ça, c'est déjà fait !

— Je vous promets que ça sera pire !

— Mais, bordel de Dieu, il est quatre heures du matin, qu'est-ce que tu veux que je fasse ? Tu m'as dit que ta moukère avait affranchi des voyous, OK, et tu les as retapissés, encore OK. Eh bien, on va organiser les choses. Mais à six heures, et avec des précautions. Tu crois pas qu'on va aller sauter des beurs, et peut-être des islamistes dangereux qui n'attendent qu'un signe pour faire tout péter, la bouche en cœur et les doigts dans le...

— Y en a un qui vous attend au commissariat. C'est ce que je suis venu vous dire puisque personne n'a pu vous joindre et que j'étais le seul à savoir où vous étiez...

Il y avait de la rancœur, des reproches, dans la voix du jeune homme. Le Guénec, qui s'était mis en marche lourdement, le dos droit, enroulé dans la fumée de sa Gitane vissée entre ses dents, s'arrêta si brusquement que Loïc le heurta. Le petit « vert » frissonna dans la nuit fraîche et brumeuse qui noyait le quartier des Acacias désert.

— Qui ?

— Ravout…

— Mais non, petit, s'impatienta le divisionnaire, qui m'attend au Ciat ?

— Sélim Laci.

— Et qu'est-ce qu'il veut ?

— Lui, rien. C'est moi qui l'ai arrêté.

Le Guénec ouvrit la bouche. Son mégot s'échappa, tombant sur son vieux cuir fané qu'il se mit à épousseter d'une main nerveuse.

— Enfin, je l'ai fait arrêter, rectifia Loïc. Deux Uzi, deux kilos de dynamite, six grenades quadrillées…

— Tu déconnes ?

— Venez voir vous-même…

Le Guénec accéléra soudain le rythme, obligeant Loïc, à cause de ses grandes enjambées, à trottiner à ses côtés. Ce fut d'une voix de plus en plus essoufflée que le jeune homme raconta le reste de l'histoire, sa planque dans l'immeuble pour retrouver Naïma, Sélim et son comparse, un certain Toufik, Jamal survenu à point nommé.

— Ce que tu as fait mérite une sanction, proféra Le Guénec, sérieux comme un curé, et si tu étais mon fils, je te flanquerais une raclée sur-le-champ.

— Mais pourquoi ? protesta Loïc, interloqué. Je ne pouvais pas les laisser faire du mal à Naïma…

— D'abord, tu ne sais pas de quel côté elle est, du nôtre ou du leur. Ensuite, ces types sont des sauvages, et s'ils t'avaient chopé là-bas, on n'aurait pas une, mais deux victimes sur les bras…

— Elle n'est pas de leur côté ! se défendit Loïc, qui courait presque pour se maintenir à la hauteur du colosse. Jaja me l'a confirmé. Elle lui donnait des tuyaux sans savoir ce qu'il en faisait.

— Tu parles ! Elle n'est pas stupide, quand même ! Et lui, le Jaja, il en faisait quoi, des tuyaux de Naïma ?

— Je suppose qu'il les donnait à Sélim Laci et à ses copains...

— Et à ceux qui nous ont bousillé Lise... Tu es de leur côté, toi aussi ?

— Non, non, bredouilla Loïc, désarçonné. Je ne veux pas prendre sa défense mais je crois que Jamal n'est pas mauvais. Je suis sûr qu'il n'a pas mesuré les conséquences... En tout cas, il aime bien Naïma. À propos, monsieur Le Guénec, il faut vraiment faire quelque chose. Avant huit heures, parce que après ce sera fini, je ne la reverrai plus jamais...

Ils parvenaient en vue du commissariat, qui avait retrouvé son animation habituelle. De loin, ils virent le commissaire Martin sortir au vol de sa voiture, Lubet et Durieux en haut des marches, qui l'attendaient déjà. Le Guénec prit le bras de Loïc, le serra très fort.

— On va s'en occuper, murmura-t-il, avant que ça soit le bordel là-bas.

Il désignait la cité dont les barres émergeaient d'un brouillard qui s'effilochait déjà en larges bandeaux laiteux sur fond de grondement d'autoroute. Un grondement languissant encore, mais qui allait exploser d'ici une heure. Comme la cité.

Sur les marches du commissariat, Le Guénec fit soudain face à Loïc :

— Ce Jamal Laci, tu me l'as fait livrer aussi ?

Loïc fit un geste de dénégation :

— Il nous attend chez Naïma.

Le Guénec haussa les épaules, excédé par l'entêtement du jeune flic. Il grinça entre ses dents, où il venait de planter une nouvelle cigarette :

— Tu serais pas un peu breton, toi ? Hein, Loïc !

— Non, m'sieur, mon nom c'est Dupont, et je suis auvergnat.

*

* *

Le crépitement des machines à écrire parut rassurant à Le Guénec, néanmoins contrarié de constater que Martin avait de nouveau squatté son bureau, où s'étalaient les armes et les explosifs saisis sur Sélim Laci.

— T'emmerde pas surtout, fais comme chez toi ! bougonna-t-il en suspendant son blouson au portemanteau.

Il examina rapidement les prises de guerre autour desquelles s'affairaient deux hommes qu'il ne connaissait pas.

— Des spécialistes des explosifs, dit Martin sobrement. Mèche lente. Fil électrique. Piles. Détonateurs pyrotechniques et électriques. C'était pas monté mais il y avait de quoi faire un joli feu d'artifice...

Il désignait les objets l'un après l'autre, en pointant l'index dessus.

— Il fait trop chaud ici, décréta un des artificiers.

— Et alors ? fit Le Guénec.

— Un explosif est une matière instable qui ne supporte pas la chaleur, répliqua l'homme.

— Il ne nous manquait plus que ça, murmura Le Guénec. Je sais pas où on va, là.

Le silence pesait entre eux, consternant, juste troublé par les bruits menus et les onomatopées des artificiers. Le Guénec regarda autour de lui.

— Il est où ?

Martin désigna d'un signe de tête le fond du couloir, où se trouvait la geôle surveillée par une caméra reliée au poste et à la salle radio. Le Guénec s'avança, les mains dans les poches, s'arrêta devant la cage, considérant, l'air pensif, le grand Sélim Laci penché en avant, les poignets encore menottés, les coudes sur ses genoux, la tête basse.

— Salut, Laci, dit doucement le divisionnaire, ça fait plaisir de te revoir !

Sélim releva lentement la tête, darda sur Le Guénec un regard où se mélangeaient le défi et la haine. Le dépit, aussi, de s'être fait capturer lors de ce qu'il avait tout d'abord pris pour un contrôle de routine. Jusqu'à ce qu'il ait vu, parmi les policiers en tenue d'intervention et casqués, le keuf qui baisait sa sœur et compris qu'il s'était fait avoir comme un débutant par ce sale petit Blanc.

Sa bouche se crispa dans un rictus dégoûté. Il aurait dû le tuer, l'abattre comme un chien, le premier jour où il avait jeté les yeux sur Naïma. Et elle, cette sale petite pute, elle allait comprendre sa douleur. Avec son mari, en Algérie ! L'évocation d'Aziz lui arracha un imperceptible frémissement d'angoisse. Qu'est-ce qu'il dirait, qu'est-ce qu'il ferait ? Sélim en avait une vague idée, qui le contrariait fortement.

Il s'était vraiment fait choper comme un con. Aziz et les autres ne lui pardonneraient pas cette erreur, après le faux pas du commissariat et l'attaque du fourgon qui avait fini dans un bain de sang. C'est vrai qu'eux n'y étaient pour rien et ce jobard d'Antony ne pouvait plus la ramener. Quant à sa petite pute, elle n'en savait pas assez pour les compromettre, juste de quoi leur créer quelques ennuis.

Mais il y avait les Uzi et les explos, là-bas, dans le bureau de Le Guénec qui l'observait à travers la grille comme un zoologiste examine un singe avant de lui planter des électrodes.

Et dehors, il y avait Jamal. Quel rôle il avait joué, celui-là, avec son air racho et son vélo ? La pensée de son cousin lui fut déplaisante et son estomac se contracta désagréablement.

— Alors, dit Le Guénec avec un demi-sourire suspect, c'est fini les petites conneries ? Tu joues dans la cour des grands, on dirait ? J'espère que t'as bien regardé le soleil aujourd'hui, parce que t'es pas près de le revoir…

30

Olive remua longuement sa main libre, serrant et desserrant les doigts à plusieurs reprises pour retrouver des sensations.

De son bras libéré, il toucha son corps, l'endroit où, sous le bandage, sa blessure se rappela discrètement à son souvenir. Une petite ankylose, à peine une douleur. Puis il étendit le bras, rencontra une forme chaude qui se rétracta aussitôt en râlant :

— Bas les pattes, le Nain ! Tu t'y crois, ou quoi ? Tu ferais mieux de me détacher.

— Tu rêves ! J'ai encore une main attachée et j'ai pas la clef.

— Débrouille-toi, il faut qu'on se tire d'ici… Si t'as réussi pour une main, tu dois pouvoir libérer l'autre…

— Eh, j'y suis pour rien, je présume que le rouquin avait mal remis une des menottes, je suis pas serrurier, moi…

— T'as rien dans tes poches ?

— Tu parles, le rouquin m'a fouillé. J'ai même plus mon briquet.

— Cherche dans les miennes, on ne sait jamais !

— Il t'a fouillée aussi, je l'ai vu, le toubib lui a demandé de le faire…

— Cherche quand même !

Fleur avait retrouvé son ton glacial et autoritaire. Elle pressentait une action possible, ses neurones se remettaient à tourner et son naturel de panthère revenait au grand galop.

Olive tâtonna à la recherche des fameuses poches, se contorsionnant pour y parvenir, dirigeant Fleur dans ses mouvements pour l'aider. Ce qui, de l'extérieur, aurait pu être pris pour le dialogue de deux amoureux pressés ou maladroits.

— Plus haut, j'te sens pas, là !

— Remonte un peu, voilà, tourne-toi !

— Aïe, tu m'as fait mal !

— Arrête de gigoter, je sais plus où tu es !

— Hé, t'es pas obligé de me griffer !

Finalement, Olive parvint à glisser sa main libre dans la poche droite du pantalon qui se révéla aussi vide qu'un champ de blé après les moissons. Ils recommencèrent le même sketch, avec quelques variantes, pour l'autre poche, avec la même déception à l'arrivée.

— Merde ! jura Fleur. Les gonzesses, d'habitude, elles ont toujours une épingle à nourrice dans la poche, et les flics, ils ont toujours un trombone qui traîne.

— Tu crois ? rigola Olive, qui retrouvait le sens de l'humour depuis qu'il avait retrouvé l'usage d'une main. Ils ont plutôt un violon, non ?

— Très drôle, grimaça la jeune fille.

— J'ai une idée ! s'exclama Olive d'une voix prudente. T'as une ceinture ?

— Ouais ! Génial, le Nain ! Putain, j'y pensais même pas ! Vas-y ! Attrape la boucle, mais fais gaffe, hein, pas de gestes inutiles...

Quelques nouvelles contorsions plus tard, Olive tenait la ceinture bien en main.

— Qu'est-ce que j'en fais ?

— Putain, t'es lourd comme mec ! T'as rien appris à l'école ?

— Si, mais j'y vais rarement menotté, tu vois...

Fleur expliqua avec patience et à voix basse comment faire pour libérer le deuxième bracelet des menottes en introduisant la pointe métallique de la boucle de la ceinture dans la serrure. Olive s'attela à la tâche, d'une seule main et dans le noir. Bien que courageux et obstiné, il faillit renoncer plusieurs fois. Il transpirait abondamment dans l'atmosphère lourde et confinée de la cave, et il fallut que Fleur le menace de faire pipi sous elle, et le reste aussi s'il n'y mettait pas du sien, pour décupler son énergie.

Le *clic* qui libéra sa seconde main faillit le faire hurler de joie.

31

Loïc regarda sa montre pour la dixième fois en moins de trente secondes. Six heures !

« Mais qu'est-ce qu'il attend ? » s'insurgea-t-il en silence, le regard braqué sur la porte derrière laquelle Le Guénec s'était enfermé depuis un bon quart d'heure. Le divisionnaire avait fait la causette avec Sélim Laci, mais Loïc n'avait pas entendu ce qu'ils se disaient. Puis il était venu lui tapoter amicalement l'épaule plusieurs fois, comme pour s'aider à réfléchir. Et en marmonnant à cause de la fumée de la Gitane qui lui piquait les yeux, il était allé se barricader, seul, dans le bureau du patron absent.

Pour aller aux toilettes, Loïc avait dû passer devant la cage où Sélim digérait sa rage. Le majeur de la main droite levé bien haut devant le visage au passage du jeune vert avait édifié celui-ci sur le sort qui lui serait réservé si toutefois leurs chemins venaient à se croiser encore.

Loïc, l'estomac serré, sentit la sueur envahir son dos. Une sueur d'énervement, d'angoisse et d'impatience. Il releva une nouvelle fois sa manche. Six heures cinq.

« Je lui laisse encore cinq minutes, murmura-t-il entre ses dents serrées, après, j'entre. »

Le Guénec, assis derrière le bureau du commissaire, resta longuement immobile, contemplant sans les voir les objets qui peuplaient la pièce impersonnelle : un sous-main en cuir maculé de taches d'encre, deux cadres avec des photos d'une femme blonde ordinaire et de trois enfants tout aussi anodins, et, sur les murs, des photos de football, la passion du jeune commissaire grippé.

Ses yeux se posèrent sur le téléphone et il frotta l'une contre l'autre ses grandes mains, moites subitement. Il hésita : « Je ne peux pas faire ça, c'est con, elle va me raccrocher au nez... »

Il ferma les yeux, rejeta la tête en arrière, imagina Loïc assis sur son banc dans le hall, croisant et décroisant nerveusement les jambes, son regard anxieux, si clair. Le regard de Cyril quand son père partait le dimanche sur une planque ou une filoche, en plein milieu d'une partie de ballon : « Ne me laisse pas, papa. »

Il capta le regard de haine de Sélim, soudain agité à la vue du petit vert. « Il va le tuer, songea Le Guénec, je peux pas laisser faire ça. »

Il revit le regard ardent de la jolie Naïma, sagement assise dans le hall du commissariat. Il se demanda à quoi ressembleraient leurs enfants, s'ils en avaient un jour. Il les imagina magnifiques, des petits blonds frisés aux yeux clairs et au teint café au lait, avec plus de lait que de café…

Le Guénec se décida brusquement, saisit le combiné et composa de mémoire un numéro qu'il n'avait jamais oublié. Il avait omis le fait qu'il n'était que six heures du matin, ne songea pas à s'excuser quand une voix ensommeillée et sur la défensive répondit.

— Louise ? C'est moi, Marc…

La femme au bout du fil haleta légèrement sans répondre. Le Guénec l'imagina les yeux clos, une larme irisée au coin de ses paupières serrées. Il réalisa que, dix ans plus tôt, un autre coup de fil de ce genre l'avait cueillie au petit matin pour la plonger dans l'horreur. Une voix de gendarme, impersonnelle et embarrassée.

— Louise ?

— Oui… Qu'est-ce que… ?

La voix était rauque, mal assurée, c'était une voix de souffrance, avec – du moins Le Guénec crut-il le déceler – un imperceptible souffle d'espoir.

— Louise…, répéta Le Guénec, comme incapable de dire autre chose. J'ai besoin de votre aide, j'ai besoin de vous…

— Oh ! Marc ! Enfin…

La femme se mit à pleurer doucement. Le Guénec sut qu'elle avait pardonné, qu'elle lui avait laissé accomplir son chemin de croix après l'avoir repoussé avec toute la violence de sa propre douleur. À présent elle aussi avait besoin de lui et des problèmes qu'à n'en pas douter il lui apportait.

— Louise, fit Le Guénec avec une infinie douceur, j'ai un immense service à vous demander…

Lorsqu'il eut raccroché, il resta un moment debout, la tête levée vers le plafond où de longues fissures formaient des arabesques compliquées, pour que reflue l'émotion qui lui embuait les yeux, que s'estompent les souvenirs qui envahissaient sa conscience, le débordant comme un torrent avide de quitter son lit trop étroit.

Deux coups furent frappés à la porte, qui s'ouvrit instantanément après. Loïc, statufié, vit que son vieux divisionnaire avait pleuré.

Le travail fut rapidement distribué. Le Guénec, avec l'approbation de Martin, décida que Sélim Laci ne devait pas rester à la Dame-Blanche. La nouvelle de son arrestation n'allait pas tarder à soulever la cité : déjà, le jour à peine levé, des groupes se formaient, mélange de jeunes en jeans ou en djellabas. Les femmes ne se montraient pas, c'était mauvais signe.

Martin rassembla l'ensemble des éléments de la procédure, les armes, les grenades et les explosifs, et emmena le tout, avec Sélim, à Versailles, au siège de la DRPJ. Avec l'affaire du fourgon d'Aulnay et l'attaque du commissariat, Martin avait fait le plein. Encore un coup comme ça, et il faudrait renforcer les effectifs. Il fut convenu qu'il laisserait à la Dame-Blanche deux inspecteurs pour continuer les investigations sur place. Lubet et Durieux seraient rejoints dans la matinée par les deux autres civils du commissariat, de retour de congés.

Le Guénec fit appeler le DDSP[1] pour rendre compte de la situation et indiquer que, vraisemblablement, les choses allaient se gâter et qu'il serait prudent d'envoyer des renforts. Il lui fut répondu par le commissaire de permanence que les effectifs n'étaient pas comme les petits pains de la parabole et que lui-même n'était pas le Christ. « Pas la peine de crier avant d'avoir mal... Vous avez déjà une section sur place, surveillez et rendez compte... »

Tandis que Martin avisait le procureur de la République de l'arrestation de Sélim Laci, Le Guénec réveillait son patron qui, ayant observé un léger recul de sa grippe, lui fit savoir qu'il rejoindrait le commissariat dès sa douche prise. Le Guénec le convainquit facilement que toutes les affaires qui agitaient la ville depuis la veille étaient liées entre elles, même s'il ne savait pas encore par quel bout. Il lui recommanda de prendre un café serré et de la vitamine C, car il n'était pas près de retrouver son lit, étant donné que lui, Le Guénec, avait quelques bricoles à régler et qu'il serait absent une partie de la journée. Il n'avait pas oublié la promesse faite à Jeanne

1. Directeur départemental de la sécurité publique.

Tourville, même si, dans l'immédiat, il ne voyait pas encore très bien où il allait devoir chercher ses maudits gosses.

*
* *

Olive parvint en haut des marches après les avoir grimpées une à une avec d'infinies précautions. Les mains tendues en avant, le bout de ses doigts rencontra la porte, remonta jusqu'à la poignée, un truc moderne en métal froid.

— Ça va ? chuchota Fleur d'en bas.

La voix de la jeune fille lui parut lointaine et assourdie, bien qu'elle fût pourtant très près de lui, encore allongée sur le matelas crasseux. Olive lui avait retiré les menottes, mais elle n'avait pas pu se mettre debout. Son attelle de fortune ne la préservait que faiblement d'une douleur qui lui arracha un cri quand elle essaya de poser le pied par terre.

Pour toute réponse, Olive se contenta d'un « Chut ! » bref. Il s'assit sur la dernière marche, le temps que se calment les battements de son cœur, et tenta de percevoir les bruits de la maison à travers la porte. Il eut beau s'écorcher les oreilles, il n'entendit aucun mouvement, seulement, encore lointain mais bien présent, le grondement de l'autoroute.

Avant de se lancer à l'assaut de l'escalier, Olive et Fleur avaient élaboré leur plan. Ils n'étaient pas tout à fait d'accord sur la stratégie, mais ils n'avaient pas un choix infini. Fleur voulait attendre le rouquin, qui ne manquerait pas de revenir tôt ou tard, et le prendre par surprise. Olive objectait que l'homme était armé et qu'il avait l'avantage du terrain. Fleur reconnut chez Olive une disposition certaine pour la stratégie militaire mais le jeune homme, indifférent à l'ironie du ton, persista dans son idée de sortir le plus vite possible de ce trou où il n'en pouvait plus de mariner dans le noir. En définitive, il avait eu le dernier mot, Fleur elle-même n'en pouvait plus. Elle avait mal, envie d'uriner, faim. Et peur, malgré son air crâne et une assurance feinte.

Olive se leva, ses genoux émirent un craquement sinistre qui lui arracha une grimace. Les yeux rivés sur le rai lumineux qui encadrait la porte, il assura solidement dans une main la ceinture de Fleur et tendit l'autre vers la poignée qu'il abaissa doucement. Le pêne joua, avec un crissement métallique qui cessa en bout de course. Avec précaution, Olive poussa la porte, monta la dernière marche et passa le buste dans un couloir dallé de carreaux gris moucheté et tapissé d'un papier jaune et vert dans le style des années cinquante. Le sang rugissant dans ses oreilles, il cligna des yeux en s'avançant prudemment de quelques pas, la porte de la cave maintenue grande ouverte. Comme il l'avait remarqué au milieu de la nuit, au cours de son « interrogatoire », la maison n'était que très sommairement meublée et visiblement vide d'occupants. Il visita successivement le salon où il avait été attaché, sur une chaise qui trônait encore au milieu de la pièce, une cuisine dévastée, des chambres sans lits et une salle de bains sans lavabo et sans savon. Il ouvrit chaque placard, ne trouva rien qui laissât supposer que quelqu'un pouvait vivre là. Il avait espéré un moment que son frère serait dans une de ces pièces vides. Son absence lui procurait un sentiment entre la déception et le soulagement. Les persiennes étaient fermées, comme la porte d'entrée, qu'une grille protégeait de l'extérieur. Il se hissa sur la cuvette des toilettes pour regarder dehors par un fenestron également grillagé. Il aperçut un bout de jardin mal entretenu, séparé par une murette de béton surmontée d'un grillage à moutons de ce qui lui sembla un terrain vague. À deux cents mètres de là, l'autoroute grondait inlassablement. De gros camions passaient en mugissant de toute leur ferraille, ainsi que des cars bondés et des voitures pressées. La circulation était encore fluide et Olive ne reconnut pas l'endroit.

Un grognement venu de la cave l'arracha à sa contemplation. Fleur s'impatientait.

32

Le Guénec et Loïc laissèrent le véhicule de service, une Renault banalisée, à proximité des fourgons où la relève venait de s'accomplir. Ils pénétrèrent à pied dans ce que certains journalistes n'hésitent pas à baptiser « zone de non-droit », cette cité interdite dont le divisionnaire s'était toujours fichu comme d'une guigne car il y allait, lui, sans crainte et sans haine. N'ayant pas peur de la mort, il pensait n'avoir peur de rien. Il avait hésité à emmener Loïc, mais il ne se souvenait plus dans quelle barre Naïma était prisonnière. En revanche, il avait repoussé toute idée de coup de force mais à présent, au pied de la première tour, il se sentait bizarrement fragile. À cause de Jeanne, de Louise… des espoirs que ces deux femmes faisaient renaître, du sang que Le Guénec sentait rouler dans ses veines comme un torrent impétueux qui lui commandait de vivre pour elles. Il remonta le col de son blouson autour de son cou, lorgna Loïc qui marchait, tendu, son bonnet de laine marron dissimulant une blondeur suspecte dans le quartier.

Ceux qui formaient de petits groupes les dévisagèrent, plus intrigués qu'hostiles. Les deux hommes passèrent sans tourner la tête. En affichant une nonchalance de composition, Le Guénec demanda, les dents serrées, pourquoi ces gens n'allaient pas au boulot, ou chez eux, dormir ou baiser, comme tout le monde. Loïc répondit, un léger tremblement dû à l'excitation et à la peur dans la voix, qu'ils étaient tous chômeurs et qu'ils se regroupaient ainsi pour fuir leur condition.

— Tu le crois, toi ? C'est le boulot qu'ils fuient, l'effort, la condition du pauvre type rivé à sa chaîne, plutôt...

Ils entrèrent dans l'immeuble des Laci en se frayant un passage au milieu des gosses qui se chamaillaient déjà malgré l'heure matinale et parmi lesquels Loïc reconnut la fillette à la tête hérissée d'antennes de télé. Elle cracha par terre en le dévisageant de son regard mauvais. Loïc, en se retournant pour s'assurer qu'elle ne les suivait pas, distingua, près d'un vieux Berliet, la forme mouvante d'une djellaba blanche. Il en fut contrarié, mais n'en dit rien à Le Guénec.

*

* *

Olive laissa retomber ses bras le long de son corps, consterné. Il courut jusqu'aux toilettes, inspecta le fenestron, vit la grille qui le barricadait et constata qu'à sa première visite, tout entier occupé par l'extérieur, il ne l'avait pas vraiment regardée.

— Merde, murmura-t-il en sentant monter une forte envie de pleurer.

Il redescendit dans la cave, où une lumière vague venue du rez-de-chaussée sculptait quelques formes incertaines. Il se laissa tomber près de Fleur, toujours allongée sur le vieux matelas, les mâchoires crochées sur la douleur de sa jambe qui irradiait jusque dans ses reins.

— Qu'est-ce qu'il y a ? demanda Fleur, agacée. Tu me fais sortir de cette putain de baraque, oui ou non ?

— Impossible, dit Olive, tout est barricadé. Les fenêtres sont murées, il y a une grille derrière la porte, on ne peut pas sortir.

— Tu déconnes ! Il faut démolir ce bordel.

— Impossible, répéta Olive, accablé. Il n'y a pas un outil dans cette turne, et de toute façon ce serait trop long. *Ils* risquent de rappliquer avant peu, je le sens…

— Mais c'est pas vrai, je rêve !

Fleur avait oublié sa jambe cassée et la douleur qui lui laminait le bas du corps. Elle se dressa, poussa un petit cri :

— Aide-moi, le Nain, s'écria-t-elle, je veux voir ça moi-même !

— Qu'est-ce que tu crois ? Que je veux rester là, peut-être ? Je te dis qu'on peut pas sortir !

Fleur lui jeta un regard méprisant, se mit debout péniblement, réprima un rictus en claudiquant sur un pied jusqu'à l'escalier. Un éblouissement la saisit, elle vacilla, s'effondra en arrière dans les bras d'Olive, survenu de justesse pour la rattraper. Il rouspéta :

— C'est ça, fais ta maligne, on est déjà pas dans la merde...

— J'veux pas crever là ! gémit Fleur en pesant sur le jeune homme de tout son poids. Allume !

Olive protesta que ce n'était pas prudent, mais Fleur le rabroua : au point où ils en étaient, quelle importance ?

Il remonta les marches, actionna l'interrupteur. Fleur cilla sous la lumière trop vive puis examina la cave et son capiton humide, le seau d'aisances où elle avait, avec l'aide d'Olivier et une indicible répulsion, soulagé une envie qui ne pouvait plus attendre. Ses yeux se posèrent sur le pan de tissu rayé qui évoquait celui du vieux matelas, tendu contre le mur.

— Y a quoi, là-derrière ? demanda-t-elle en se rasseyant avec précaution sur le matelas.

Olive souleva le bout de tissu, découvrant une sorte de réduit, genre placard ou cave à vin, jonché de vieux bocaux et de pots à confiture vides. Au fond, une fenêtre carrée de cinquante centimètres de côté arracha à Fleur un cri de triomphe. La vitre noire de crasse ne laissait filtrer aucune lumière.

Olive se précipita, actionna la targette rouillée qui finit par coulisser. Il tira dessus de toutes ses forces sans faire bouger le bois d'un millimètre. Il s'arc-bouta, frappant du poing pour dégager le montant de l'encadrement. Après des efforts acharnés, il parvint, essoufflé et épuisé, à un début de résultat, qui se confirma quelques secondes plus tard.

La fenêtre céda enfin, libérant dans la cave un demi-mètre cube de terre. Fleur et Olive échangèrent un regard désespéré : la fenêtre n'était ni murée ni grillagée, seulement enfouie sous le jardin. Sous un remblai de terre d'une hauteur qu'ils ne pouvaient apprécier, une terre qui leur sembla aussi froide et hostile que celle d'une tombe.

33

Au cinquième étage, Loïc frappa quelques coups prudents à la porte de gauche. Curieusement, l'immeuble était plus silencieux qu'en plein milieu de la nuit. Le Guénec ironisait parfois : « Ceux de la cité, ils sont comme les hiboux, ils dorment le jour et volent la nuit… », mais là il n'avait pas envie de plaisanter. Son visage accusait la fatigue d'une nuit blanche et sa haute taille se voûtait, cependant il n'aurait avoué pour rien au monde qu'il n'en menait pas large.

Jaja ouvrit aussitôt, s'aplatit derrière la porte pour les laisser entrer tout en jetant derrière eux un regard inquiet. Quand la porte fut refermée, il laissa son inquiétude s'exprimer :

— Je me demandais si tu allais venir, dit-il en s'adressant à Loïc et en feignant de ne pas voir Le Guénec. Comment vous allez faire ?

Loïc regardait autour de lui, curieux de voir où vivait sa belle. Il l'avait tant de fois rêvée dans son décor, autour d'une table avec sa famille ou en train de travailler dans sa chambre. Une fois dans la place, il se rendit compte que ce logement était bien loin de tout ce qu'il avait pu imaginer, avec sa tapisserie aux tons criards ravagée à mi-hauteur par le frottement des meubles et des chaises, son canapé avachi recouvert d'une sorte de peluche orange lustrée et noircie par le temps, ses fenêtres hautes qui semblaient emprisonner les occupants derrière des rideaux de voile, rehaussés de fils argentés, qui partaient en lambeaux vers le bas. Imprégnés, comme tout l'appartement, de relents de graisse de mouton.

— Où elle est ? questionna Le Guénec, agacé par l'attitude du jeune beur à son égard.

Il ne l'avait encore jamais eu entre les mains, celui-là, mais quelque chose lui disait qu'il avait eu de la chance ou qu'il était particulièrement malin pour lui avoir échappé.

Jaja désigna du menton le fond de l'appartement. Loïc s'y rua. Naïma dormait tout habillée sur son lit de jeune fille, enroulée dans le couvre-lit de cretonne rose passé, son abondante chevelure noire emmêlée devant son visage. Dans la pièce minuscule, où les livres de la jeune fille s'empilaient sur une table de bois blanc, Loïc retrouva le parfum si particulier de Naïma et le respira très fort en se penchant sur elle.

— Il l'a droguée, dit Jaja en croisant ses bras minces. Sélim. Il voulait qu'elle soit cool quand l'autre viendrait la chercher.

— Quel autre ?

— Aziz.

— Aziz comment ?

Jaja leva les yeux au ciel, Loïc adressa à Le Guénec un regard suppliant tout en essayant de réveiller Naïma.

— Ça ne peut pas attendre ? demanda-t-il.

Le Guénec eut envie de riposter mais se tut. Le petit avait raison, l'interrogatoire attendrait. Il se dirigea vers le lit, prit Naïma dans ses bras, la chargea sur son épaule comme un sac de plumes.

Quand il se retourna, une ombre barrait la porte. Surpris, Le Guénec détailla la femme enveloppée de voiles noirs qui les contemplait, statue muette, entre réprobation et frayeur. Pas encore âgée mais déjà vieille, le regard éteint et humide, cassé par la vie, mais qui avait dû, des lustres avant ces mauvais jours, flamboyer comme celui de Naïma. La femme tendit un bout de chiffon sombre fait d'une matière lourde et soyeuse et prononça quelques mots en arabe. Loïc interrogea Jaja du regard.

— Elle dit que vous pourrez pas la sortir de la cité comme ça. Il faut lui mettre un voile, c'est plus prudent, on la reconnaîtra moins vite…

— Elle est d'accord pour qu'on l'emmène ?

La femme hocha la tête, murmura quelques mots tandis qu'une larme roulait sur sa joue fripée.

— Elle dit qu'elle est pas d'accord pour le Blanc. Elle voulait qu'elle se marie avec un Arabe. Mais elle veut pas perdre tous ses enfants…

— Elle est au courant pour Sélim ?

Jaja haussa les épaules :

— Tout le monde est au courant, je me demande même pourquoi Aziz est pas venu avant vous... Il doit flipper comme un malade.

Cette pensée sembla le réjouir.

Quand ils sortirent, Naïma, enroulée dans son voile noir, pouvait à peine se tenir debout. La mère les laissa passer devant elle, les yeux baissés, les lèvres agitées d'un tremblement léger, celui d'une prière ou d'une envie de pleurer. Elle tendit la main vers sa fille, qui ne la vit pas, et s'en retourna, silhouette lourde et silencieuse, vers le fond de l'appartement.

Soutenue par les deux hommes et suivie de loin par Jaja, qui avait récupéré son vélo, Naïma se laissa porter, ses pieds raclant le sol, proférant parfois une onomatopée incompréhensible.

La djellaba blanche était toujours là, près du camion Berliet. Aziz s'avança, les sourcils froncés, aboya un ordre en arabe.

Les enfants s'agitèrent, des jeunes beurs et blacks accoururent, s'approchèrent du groupe qui progressait de plus en plus vite vers la voiture de police banalisée et les fourgons. Le Guénec agita la main haut levée en direction du premier véhicule, sans obtenir la moindre réaction. Malgré ses consignes, « on » ne regardait pas vers eux !

Loïc se retourna vivement pour apprécier la progression des jeunes, qui à présent couraient derrière eux. Il vit la fillette ébouriffée se baisser pour ramasser un objet et s'aperçut que le divisionnaire avait encore accéléré le rythme. La pierre atteignit Naïma dans le dos avec une violence surprenante. La jeune fille poussa un petit cri de souris et trébucha, malgré les poignes résolues qui la soutenaient.

Sourcils froncés, concentré sur l'effort, Le Guénec sentit des picotements désagréables s'emparer de sa carcasse tandis qu'une autre pierre arrachait à la jeune fille un cri sauvage. Il mit deux doigts dans sa bouche, siffla un coup bref, un coup long, signal de détresse qui fit enfin réagir les hommes du premier fourgon. Une barrière bleu marine s'avança à leur rencontre et se referma sur le petit groupe pour l'escorter jusqu'à la Renault.

D'autres pierres atteignirent un des fourgons au moment même où ils amorçaient un mouvement tournant pour se rapprocher du commissariat, comme Le Guénec venait de leur en donner l'ordre.

Jaja s'était très vite dissocié du trio pour échapper à la meute lancée aux trousses de sa chère Naïma, dont il se prit à regretter les baisers avec une nostalgie inhabituelle chez lui. Il pédala de toutes ses forces, parvint au carrefour des Martyrs-de-la-Résistance, juste avant le commissariat.

La Renault, lancée à vive allure, freina brutalement à sa hauteur.

— Tu peux venir avec nous, fit Loïc, avec un regard ému pour le jeune beur maigrichon qui lui donnait une stupéfiante leçon de courage.

Jaja secoua la tête négativement, montra son vélo :

— T'inquiète pas, ils m'auront pas, je pédale plus vite qu'eux.

Les fourgons approchaient, ralentissaient dans l'avenue qui séparait la cité du commissariat, prenaient position en travers. Le Guénec, au volant, s'activait à la radio, donnant informations et instructions d'un ton bref, tendu.

— Prends soin d'elle, dit Jaja en désignant sa cousine couchée sur la banquette arrière, endormie de nouveau.

Un break du commissariat arriva à leur hauteur, stoppa derrière la Renault. Lubet en descendit et, suivi de deux gardiens, se dirigea vers Jamal Laci.

Loïc interrogea le divisionnaire du regard.

— Il me faut son témoignage, répondit celui-ci avec une mimique contrite. S'il n'a rien fait que donner des informations aux autres, il ne lui arrivera rien. Mais je ne peux pas fermer les yeux, tu comprends ?

Bien sûr, Loïc comprenait, il n'était pas idiot, mais il eut de la peine pour Jaja. Le Guénec assena l'argument décisif :

— Et après ce qu'il a fait pour sa cousine et toi, il faut le protéger, crois-moi.

Lubet et les gardiens mirent le vélo gris dans le coffre du break et Jaja à l'arrière. Il ne protesta pas, le regard au loin.

— Il faut y aller, dit Le Guénec à Lubet, je vous rejoins dans la matinée.

— Et nous, on ne va pas au commissariat ? s'étonna Loïc.

— Non, fit le divisionnaire en prenant la direction opposée.

*

* *

Aziz sut dans les minutes qui suivirent que Jamal Laci avait été interpellé à son tour et on lui confirma le rôle qu'il avait joué dans l'escamotage de Naïma. Naïma, partie sous escorte policière à son nez et à sa barbe. Il avait sous-estimé les flics, ne s'était pas préparé à cette intrusion dans la cité, rendue possible, il est vrai, grâce à l'incommensurable culot de ce vieux flic et l'inconscience de ce jeune blondinet, amoureux au point de risquer sa peau. La morsure de la jalousie l'étrangla et il se prit à regretter le temps où il ne vivait, ne respirait que pour Allah. À présent, Allah l'abandonnait, le laissant planté au milieu d'une cité en délire avec son amour charnel, inutile et encombrant, alors que l'objet de celui-ci s'enfuyait avec un autre. Une colère divine l'embrasa. Il retrouverait Naïma, la reprendrait. Elle l'aimerait, coûte que coûte.

Il ordonna qu'on ne lâche pas des yeux le jeune Jaja. Il voulait savoir ce que les keufs allaient en faire. Parce que dès que la police n'en aurait plus besoin, il savait, lui, ce qu'il en ferait.

34

Mike rêvait. Il entrait dans une eau chaude et odorante dans laquelle il se laissait flotter, abandonné au léger courant qui le berçait. Il ne distinguait pas le paysage autour de cette eau divinement douce mais il faisait beau, le soleil l'éclaboussait de ses rayons presque trop forts. Il se sentit merveilleusement bien, si bien qu'il se demanda s'il n'était pas mort. Puis ses sensations se modifièrent, l'eau se fit de plus en plus chaude, un voile obscurcit le soleil et un objet inattendu le frappa violemment au visage. Il ouvrit la bouche, avala une grande goulée d'eau chaude, suffoqua. Il voulut se réveiller, crier, mais l'eau entrait dans ses poumons. Il se débattit avec l'énergie que donne la proximité de la mort, car, il en était sûr, il allait se noyer dans cette eau miraculeuse.

Subitement, l'objet s'écarta de son visage, et ce fut comme si une main invisible le tirait avec force vers le haut. Il ouvrit les yeux, respirant à grandes goulées l'air qui se ruait dans ses poumons. Il cracha, toussa, cracha de nouveau, éternua. Se réveilla tout à fait, éberlué de constater qu'il était dans sa baignoire, un luxe du temps de son père, devenue grisâtre et crasseuse avec les années. L'ampoule nue au-dessus de sa tête fit cligner ses yeux rougis.

« Qu'est-ce que je fous là ? pensa-t-il très vite. Je deviens fou, ou quoi ? »

Il s'était enfoncé dans le sommeil comme une masse, après une deuxième dose pour faire passer le coup de téléphone de Fil, dans une léthargie bienfaisante, loin du monde des vivants. Et là, il se demandait quel cauchemar il avait bien pu faire pour se retrouver dans sa baignoire.

Une main apparut dans son champ de vision, une grosse pogne aux ongles courts, couverte de poils blond-roux. Mike redressa vivement la tête. Vu d'en dessous, l'inconnu en treillis lui parut gigantesque, d'une carrure impressionnante surmontée d'un cou épais et d'une tête aux cheveux ras. Instinctivement, Mike se recroquevilla dans l'eau, qui lui sembla encore plus chaude. Le robinet était resté ouvert et un mince filet fumant en sortait. La pièce sans fenêtre était remplie de buée, de fines gouttelettes commençaient à ruisseler sur la peinture écaillée du mur.

La chaleur devint insoutenable. Il réalisa qu'on était en train de l'ébouillanter et il se dressa comme un fou, dérapant sur le fond visqueux de la baignoire.

Une poigne brutale s'abaissa sur sa tête, le renvoyant sous l'eau brûlante dont il avala une abondante quantité. La même autorité implacable le fit revenir à l'air libre. Il suffoqua désespérément, le visage couvert de plaques rouges et les yeux injectés de sang, comme une langouste en début de cuisson. Affolé, il se mit à faire des gestes désordonnés avec les mains et les jambes, éclaboussant le sol, les murs et même le rouquin, qui reposa la main sur sa tête en lui intimant l'ordre d'arrêter de faire le con. Un déclic caractéristique l'avertit qu'il n'avait pas affaire à des plaisantins en même temps que se posait sous son menton le canon d'un revolver, délicieusement frais en l'occurrence. Il se calma en suppliant qu'on ferme le robinet d'eau chaude mais *on* ne parut pas l'entendre. En revanche, une autre main apparut. Elle tenait un papier déplié dont elle versa, avec une lenteur calculée, le contenu dans l'eau, juste sous le nez de Mike, toujours vêtu du tee-shirt qu'il portait le jour et la nuit, tenue dans laquelle ces hommes l'avaient trouvé et porté de son lit jusqu'à ce bain bouillant. La poudre, légèrement brune, tomba dans l'eau où elle se dilua en longs panaches mouvants, se mêlant aux milliards d'infimes bulles qui irisaient la surface liquide et le corps de Mike tout entier. Un deuxième carré de papier subit le même sort, puis un troisième et encore un autre. Mike fit le compte à toute vitesse. Encore deux et sa réserve de dope y passerait. Il paniqua, ressentant aussitôt et comme par hasard le besoin urgent et absolu d'un fix. La tête lui tourna et son cœur se mit à cogner anarchiquement. Au bord du malaise, il vit se dissoudre le contenu des deux derniers sachets, tandis que le canon de l'arme pénétrait avec plus de force encore dans son cou.

— Tu sais ce qu'on est venus chercher, dit l'homme brun qui venait de détruire ce que Mike avait de plus précieux au monde.

Sa tête disait vaguement quelque chose à Mike mais il était trop épuisé pour réfléchir.

Il savait ce que ces hommes étaient venus chercher. Il l'avait su tout de suite, comme il avait deviné, au premier coup de fil du Nain, que cette affaire le tuerait plus sûrement et plus vite que la dope.

Il avait le choix entre se taire et mourir ou le leur donner et, de toute façon, mourir aussi. Il connaissait les voyous, Mike, il avait souvent négocié avec eux. Un petit cadeau contre une grosse affaire, la liberté contre un tuyau. Ceux-là ne négociaient pas, il le sentait du fond de l'apaisement qui précède la fin. Ces types n'étaient pas des voyous, c'étaient des tueurs. Ils avaient du sang sur les mains, des morts sur la conscience et n'en étaient pas à un cadavre près. Mais il avait encore un tout petit avantage : celui de savoir où se trouvait ce qu'ils cherchaient.

Il couina :

— Sortez-moi de là, je brûle !

La main sur sa tête se fit pesante. Il pensa qu'il allait replonger, la silhouette du type qu'il lui semblait reconnaître se brouilla, il ferma les yeux pour se préparer au plongeon, se sentit ramollir, rétrécir, jusqu'à redevenir un tout petit enfant apeuré. Il entendit, à travers une ouate épaisse, un des deux hommes dire : « Il est en train de carper », et l'autre : « Sors-le ».

Il ne sombra pas tout à fait, juste assez pour les obliger à le sortir de la baignoire. L'air libre lui parut un délice sur sa peau rougie par la brûlure de l'eau. Il s'échoua sur le carrelage froid avec une indicible sensation de bien-être pour se retrouver, dans les secondes qui suivirent, plongé dans une nouvelle horreur. La surface de sa peau sembla s'enflammer. Il hurla. La grosse main aux poils roux s'abattit brutalement sur ses lèvres, faisant s'entrechoquer ses dents avec violence. Du sang inonda sa bouche.

— La ferme ! intima le rouquin.

Le tee-shirt collé sur son torse maigre, le bas du corps nu et rouge écrevisse, Mike eut la force ultime, dans son désarroi, de tourner la chose en dérision. « Faudrait savoir », disaient ses yeux, braqués sur le regard bleu d'où émanait plus d'ennui que de cruauté.

Mike, assailli par la douleur, se mit à se contorsionner puis à faire des bonds désordonnés. Les hommes échangèrent un regard ennuyé. Le brun marmonna qu'il fallait en finir. Il sortit de la salle de bains et revint quelques instants plus tard se pencher sur l'ancien policier. Mike gémissait sans discontinuer sous le poids du rouquin qui lui bâillonnait la bouche d'une main et lui bloquait le plexus avec un genou.

— Regarde, dit l'homme brun en agitant devant le regard déjà trouble de Mike une seringue au piston relevé. C'est de la bonne, tu peux me faire confiance, hein, Mike… J'm'y connais, tu sais !

Mike, au bord de l'évanouissement, sur le point de se laisser sombrer, sursauta. Ça lui revenait d'un coup, le brun costaud à la mâchoire carrée, champion de karaté, musclé comme Rambo… Autrefois, il avait les cheveux plus longs, une boucle d'oreille, des jeans, une moto, c'était le champion de la filoche. Aux Stups, c'était aussi le plus grand arnaqueur que la brigade ait jamais porté dans son sein. Jo le Menteur… On l'avait soupçonné un moment de revendre de la came pour son compte, mais il avait flairé le coup juste à temps et s'était fait muter au SCTIP[1]. Sa trace s'était perdue dans un lointain pays d'Afrique…

— Tu nous dis tout, gentiment, et tu t'en files une bonne giclée… Ça te dirait, Mike ?

« Tu parles ! » songea Mike, qui entendait la voix de Jo le Menteur de plus en plus faiblement.

Il n'était plus qu'un tas de chairs tourmentées, un corps déchiqueté qui renâclait. Il n'eut soudain plus qu'une envie : en finir avec la souffrance, accepter, plutôt deux fois qu'une, la piqûre salvatrice, le shoot libérateur. Pour se défaire de ces milliers d'aiguilles qui fouaillaient son corps, de cet étau qui lui broyait les côtes. Il fit un signe de la main pour que l'autre retire la sienne.

---

1. Service de coopération technique internationale de police.

— Dans la cave, balbutia-t-il en crachouillant du sang et un bout de chair molle qui atterrit sur la main du rouquin.

Jo le Menteur se mit à rire silencieusement :

— Tu nous prends pour des cons ? Elle est grande comment, ta cave ?

Mike aspira un peu d'air qui fit un bruit caverneux en pénétrant dans sa gorge :

— C'est un box fermé. Au sous-sol.

— La clef ?

— Dans mon futal.

— Va voir ! intima Jo le Menteur au rouquin. Ce qui confirma Mike dans son impression que son ancien collègue des Stups était le chef du duo.

Le rouquin libéra la poitrine de Mike et Jo le Menteur s'assit près de lui, sur un tabouret qu'il avait trouvé sous un tas de linge sale.

Mike se recroquevilla sur le carrelage, essayant de trouver une position qui lui permette de respirer en attendant le shoot. Un regain de douleur lui arracha un râle déchirant, il fut pris de tremblements violents sous l'œil indifférent de Jo le Menteur, qui tenait toujours la shooteuse à la main. S'il en avait eu la force, Mike se serait jeté sur lui pour la lui arracher. Il crut entendre le rouquin s'affairer dans la chambre voisine, une porte claqua.

Au bout d'un temps qui lui parut un interminable calvaire, le rouquin réapparut. Mike ne vit pas son visage, mais celui de Jo le Menteur sembla soudain s'éclairer.

— C'est bien, Mike, dit-il. La prochaine fois, ne fous pas tes pattes là-dedans. Ça pourrait mal finir.

Il agita la seringue devant les yeux exorbités de Mike, avança la main vers son visage, écarta d'une main brutale ses mâchoires sanguinolentes, farfouilla dans ses chairs meurtries et, sourd aux cris inarticulés de son ancien copain, planta sous sa langue la seringue dont il enfonça le piston d'un seul coup. Mike fut agité d'un léger soubresaut avant de plonger dans le noir.

Jo rinça sa main dans l'eau encore très chaude de la baignoire avec un rictus de dégoût et la secoua au-dessus de Mike, dont les yeux grands ouverts et déjà vitreux furent éclaboussés de gouttes rosâtres.

Les deux hommes sortirent sans se retourner.

35

— Tu pourrais m'aider ! râla Olive.

Fleur considéra d'un œil torve son compagnon de captivité à moitié enfoui sous quelques mètres cubes de terre qui montaient jusqu'à ses genoux et commençaient à envahir sérieusement l'espace restreint du réduit.

— J'ai trop mal, dit-elle en grimaçant. J'peux pas tenir debout.

Olive laissa retomber son bras armé d'un bocal dont il se servait comme d'un godet pour creuser le tas de terre qui lui parut soudain inépuisable.

— Jamais on y arrivera ! s'exclama-t-il désespéré. J'ai l'impression de labourer la mer !...

— Continue ! lui intima Fleur.

— Tu m'emmerdes ! cria Olive, perdant toute prudence. Je sais pas à quoi ressemble ton mec, mais ça doit être une sacrée lopette pour supporter une pétasse dans ton genre ! Présente-le-moi, je lui dirai ce que j'en pense...

Fleur se leva péniblement, lèvres serrées. L'anneau blanc de la colère cerclait sa bouche. Elle claudiqua jusqu'à Olive, lui arracha le bocal des mains et, avec rage, se mit à frapper dans la terre de toutes ses forces. Le trou commencé par Olive se remplissait sans cesse, le tas semblait sans fin, plein d'un mélange de terre noire et de cailloux, sans doute un remblai récent qui n'avait pas eu le temps de se tasser. Une pierre plus grosse que les autres tomba sur la main de Fleur, fit exploser le bocal. Elle se retourna, de la terre sur le visage, fixa Olive, comme hallucinée :

— Il est mort.

Puis, sans préavis, elle se mit à frapper de sa jambe valide contre le tas qui encombrait la cave, projetant des cailloux un peu partout, répétant : « Il est mort, il est mort, il est mort ! »

La douleur la terrassa, elle s'effondra en travers du monticule de terre en sanglotant. Olive, en piteux état lui aussi, se précipita vers elle, la releva, la serra contre lui en pleurant avec elle. Sur quoi pleurait-il au juste, il n'aurait su le dire. Sur elle, sur lui, sur leur sort, sur leur avenir, dont les contours devenaient d'heure en heure plus imprécis ? Doucement, il la reconduisit jusqu'au matelas, l'y allongea avec précaution, puis, le visage barbouillé par les larmes et la terre, retourna vers la fenêtre et se baissa pour ramasser un autre bocal vide.

Avec rage, il reprit son terrassement.

36

La Renault était déjà engagée sur l'autoroute quand Loïc se décida à poser la question :

— Où est-ce qu'on va ?

Ils étaient passés devant le commissariat sans s'arrêter et sans qu'il obtînt le moindre commentaire du divisionnaire. Loïc s'était dit que Le Guénec l'emmenait au foyer où étaient hébergés les appelés du contingent qui travaillaient dans les commissariats du district. Ou chez lui, peut-être, le temps de trouver une solution.

Le Guénec ne répondit pas tout de suite. Il était resté concentré sur sa conduite, plus tendu et contracté qu'il ne l'avait jamais été, même du temps de la BRI. Ce constat l'agaça, il se dit qu'il avait vraiment vieilli et perdu la maîtrise qui faisait l'admiration de tous. On disait de lui qu'il était une grenouille, un animal à sang froid. À présent, il était redevenu un humain, les yeux rivés sur le rétroviseur pour surveiller ses arrières.

Une sortie s'annonçait. Le Guénec ralentit en mettant en marche le clignotant. Il pénétra sur la bretelle, avança lentement, se retrouva sur une grande avenue peu fréquentée, s'arrêta sur la droite, sans prêter attention au regard interrogateur du petit vert. Mais rien ne se passa, aucun véhicule ne semblait s'intéresser à leur existence. Il redémarra, fit brusquement demi-tour en coupant une ligne blanche continue et repartit en sens inverse en direction de Paris. Sur l'autoroute, où la circulation devenait dense à l'approche de la capitale, il se détendit légèrement, demanda à Loïc de boucler sa ceinture.

— On va à la gare, dit-il.

— À la gare ?

— Oui, Austerlitz. Votre train est à huit heures trente-quatre.

— Notre train ? s'étonna Loïc, éberlué. Mais…

— Je préfère vous éloigner de Paris quelque temps. Vous avez besoin de vacances, la petite et toi, la campagne vous fera du bien.

Il adoptait le ton léger d'un père bienveillant. Il se garda de révéler le fond de sa pensée. Il pressentait, derrière les entreprises de Sélim Laci et de son copain Aziz, un terrorisme en devenir lié aux mouvements islamistes fondamentalistes, l'armement qu'ils avaient découvert le laissait en tout cas fortement craindre. Ils n'avaient pas commencé encore, mais ce n'était pas loin. Leurs liens évidents avec ceux qui avaient attaqué le commissariat et le fourgon de la Brink's, cette mystérieuse fille que personne n'avait encore réussi à identifier, tout cela faisait froid dans le dos de Le Guénec et lui commandait de mettre à l'abri cette autre jeune fille sur laquelle un fou de Dieu avait jeté son dévolu et ce petit soldat sans fusil qui lui rappelait son fils mort.

— La campagne ? demanda Loïc, tourné vers lui. Mais chez qui on va ?

— Chez Louise, répondit Le Guénec en dépassant un gros camion.

Loïc se rencogna dans son siège, dépassé. S'il devait arracher chaque information au compte-gouttes au divisionnaire, il en avait pour la journée. Et Le Guénec ne semblait pas disposé au bavardage.

Sur le périphérique, les voitures avançaient au pas. Le téléphone de voiture se mit à striduler à hauteur de la porte de la Chapelle. Loïc prit le combiné, écouta brièvement et le tendit au divisionnaire.

Le Guénec entendit sans broncher Lubet lui annoncer que le prénommé Aziz avait été identifié grâce à Jamal Laci et le profil du personnage précisé par les Renseignements généraux. Il s'agissait d'Aziz Boualem, président d'une association, « Terre d'islam ». Aide en tout genre aux frères musulmans, scolaire, sociale, insertion. En réalité un embrigadement religieux et idéologique systématique et bien orchestré, un outil de formation et de préparation à l'activisme destiné à venir en aide aux combattants islamistes de tous pays, une sorte d'internationale supposée agir partout où c'était nécessaire, à commencer par l'Algérie, en collectant des armes, des explosifs, de l'argent, des documents administratifs... Pour l'instant, Aziz était introuvable et, si Jaja connaissait quelques membres du réseau, il prétendait en revanche tout ignorer de leurs projets.

— Une autre bonne nouvelle, dit Lubet, Jamal Laci connaît la fille qui a tué Lise, une certaine Fleur, la petite amie d'Antony Guerrero. Genre étudiante sage. On comprend pas ce qui a pu se passer...

— Logée ?

— Elle est d'ici, sa mère est prof à Branly, on devrait l'identifier rapidos...

— Ouais, bon... Il sait où elle est, maintenant ?

— Ah non, tu penses bien que je te l'aurais dit...

— Lubet ?

— Ouais ?

— Insiste un peu avec le gamin. Je suis sûr qu'il en a encore sous la pédale. Mais en douceur, hein ! À part ça, c'est tout ?

— Non. C'est le bordel, ici. Ils ont déjà pété trois vitrines et brûlé une caisse volée. On a obtenu une compagnie en renfort, mais elle est pas encore arrivée. Je pense que ça va chier du côté du centre commercial d'ici peu... Et encore une chose... à propos de Lise...

— Oui ?

— Ses obsèques auront lieu après-demain, en même temps que celles des collègues tués à Aulnay. En grande pompe, dans la cour de Beauvau, en présence du président de la République. Le patron s'occupe de tout. Il va falloir que tu te mettes sur ton trente et un, Marc...

— Tu crois peut-être qu'on va fermer le commissariat, avec le bordel qu'on a sur les bras...

Le Guénec raccrocha, bougon. Il détestait les cérémonies, les tenues de cérémonie, les discours et les trémolos hypocrites. Et les enterrements le terrorisaient.

— Que se passe-t-il ? demanda Loïc en jetant un coup d'œil sur la banquette arrière.

Naïma venait de bouger, dévoilant son ravissant visage paisible dans le sommeil. Il sourit, amusé de la voir ainsi enfouie dans ces voiles sombres.

Le Guénec lui répéta quelques bribes de ce que Lubet lui avait appris mais omit soigneusement de mentionner les obsèques de Lise, convaincu que Loïc voudrait y aller contre vents et marées, inconscient qu'il était des risques qui pesaient sur sa vie et sur celle de Naïma tant qu'Aziz Boualem ne serait pas sous les verrous.

Une voiture déboîta brusquement sous son nez, l'obligeant à freiner sèchement. L'inconscient s'attira une bordée d'injures, mais Le Guénec resta prudemment à distance, ce qu'en d'autres temps il n'aurait pas admis. Loïc l'examina de biais. Le Guénec semblait peiner à refouler une charge émotionnelle aussi violente qu'inattendue.

— J'aurais dû te laisser conduire, marmonna-t-il, chamboulé.

— Pourquoi ?

— C'est une longue histoire…

— Je peux vous poser une question, monsieur Le Guénec ?

Le divisionnaire hocha la tête, fouilla sa poche à la recherche d'une Gitane, la trouva, se la colla entre les lèvres.

— Je sais ce que tu vas me demander : pourquoi je fais tout ça ? C'est aussi une longue histoire… Je doute qu'elle t'intéresse…

Il se tut, le sujet semblait clos, encore une fois. La fumée envahit l'habitacle. Le Guénec baissa légèrement sa vitre.

Puis, tout à trac, il se lança :

— Louise, la femme chez qui tu vas aller avec Naïma, habite près de Poitiers, dans le marais. Un endroit magique, où on se déplace en barque la plupart du temps, plein d'oiseaux… Les maisons sont isolées les unes des autres, c'est un paradis, si on aime la solitude et le silence. Louise est peintre, je l'ai connue à Paris il y a de ça vingt-cinq ans. J'étais jeune flic dans un Ciat de quartier et elle, déjà une dame respectable de quarante balais qui exposait dans une galerie du VIIIe arrondissement. Elle est venue déposer plainte à Saint-Philippe-du-Roule parce qu'on lui avait volé une toile quelques jours avant le vernissage. Je n'ai retrouvé ni le voleur ni le tableau, mais elle m'a invité au vernissage. Nous avons eu une… comment tu dirais, toi ?

— Vous êtes sortis ensemble…

— C'est ça. Pendant son séjour à Paris, deux ou trois semaines. Puis elle est repartie dans son marais, rejoindre son mari et sa fille. Elle me téléphonait souvent, je crois qu'elle était...

— ... amoureuse ? compléta Loïc, qui se prenait au jeu tout en se demandant pourquoi le divisionnaire lui racontait cette histoire.

— Ouais, si tu veux...

— Et vous ?

— Dis donc, gronda Le Guénec en s'engageant dans la sortie porte de Bercy, c'est moi qui parle, hein ! Moi ? J'étais un jeune chien de vingt-cinq ans qui mordillait tous les mollets qu'il pouvait se mettre sous les crocs. Cette femme mûre, belle, intelligente, flattait mon orgueil de mâle. Sans plus. Un jour, elle m'a invité à lui rendre visite chez elle, j'ai accepté. Son mari était en voyage d'affaires, il n'y avait que sa fille. Claire. Vingt ans, splendide, lumineuse. Coup de foudre réciproque. Trois mois après, on était mariés.

— Et Louise ?

— Quoi, Louise ? Ah ! elle a mal vécu la chose, mais Claire n'a jamais su pourquoi. Louise n'est pas venue au mariage, mais quand Cyril est né, l'année suivante, les choses se sont un peu arrangées, sauf avec moi. Elle a toujours fait en sorte de m'éviter. Claire et Cyril allaient la voir seuls, je prétextais le boulot...

— Je ne savais pas que vous aviez un fils...

Le Guénec avala une profonde lampée de fumée, la rejeta lentement, soupira :

— Tais-toi, petit, ne m'interromps pas, sinon je ne suis pas sûr d'aller au bout...

— Pardon, dit Loïc.

— Donc, moi, je ne l'ai revue que de loin en loin. Ça ne me gênait pas trop, j'étais pris par mon boulot et, avec mon fichu sale caractère, je n'allais sûrement pas faire le premier pas. Un jour, Dieu sait pourquoi, elle a rendu les armes et m'a demandé de venir avec Cyril et Claire pour Noël... J'étais passionné de voiture, je faisais des stages de conduite rapide à Montlhéry, j'étais un as du volant à la BRI, le premier à partir sur les filoches les plus tordues. Pour épater Cyril, je m'étais fait prêter une grosse BMW, une Série 7, gonflée comme un dirigeable mais plus rapide... On avait décidé de rouler de nuit, à cause des bouchons. La nuit sur l'autoroute, y avait pas un chat. Deux cents-deux cent vingt, et j'avais pas le pied au plancher. Vers Orléans, un gusse en Porsche m'a dépassé. Il devait bien taper 230-240. Je n'ai jamais pu supporter qu'un type me passe devant, c'est physique, je vois rouge. Cyril dormait derrière, couché sur la banquette, Claire somnolait devant. J'ai appuyé sur le champignon jusqu'à ce que je touche presque le cul de la Porsche. Le type s'est pris au jeu, et on a commencé à jouer. Je te dépasse, tu me dépasses, je te frôle, tu me fais une queue-de-poisson. Attends, tu vas voir, je vais te niquer. Il arrive un moment où on échappe au rationnel. Je connaissais l'ivresse des filoches, j'avais souvent joué à ce jeu idiot, jamais encore avec ma femme et mon fils dans la voiture. Enfin si, mais en général Claire intervenait. Là, elle dormait, elle ne se rendait compte de rien.

Puis Cyril s'est réveillé, il a compris que le jeu n'en était plus un. Il m'a supplié d'arrêter, il a pleuré, crié. J'étais comme envoûté par ce bolide noir qui me narguait. Le type était un as, presque meilleur que moi. J'ai mis la gomme, j'ai réussi à remonter à sa hauteur. J'ai vu la tête du mec, c'était un jeune, il se marrait. Je suis sûr qu'il m'a laissé le dépasser et, au moment où je me rabattais, il a accéléré. J'ai dû accrocher légèrement l'avant de la Porsche, ça a suffi pour déséquilibrer la BMW et la déporter vers la gauche. J'ai vu arriver la glissière sans pouvoir rien empêcher. On a fait au moins vingt tonneaux de l'autre côté. Comme je n'étais pas attaché, j'ai été éjecté tout de suite. Sonné, mais sans un bobo. Cyril a été éjecté aussi, mais en fin de course, et il était déjà mort quand il est sorti. La BMW a pris feu. Claire était attachée dedans, elle ne pouvait pas s'en sortir. La Porsche a disparu dans la nuit, on ne l'a jamais retrouvée, et quand j'ai raconté ça aux gendarmes, ils ne m'ont pas cru. En réponse, ils m'ont fait un alcootest… Voilà, petit, je suis un vieux con et tu as l'âge qu'aurait Cyril aujourd'hui…

Loïc resta muet, abasourdi. Un long moment après, il balbutia :

— Excusez-moi, monsieur Le Guénec, je ne savais pas. Je suis désolé.

Le Guénec ne répondit pas. Ils étaient arrivés dans la cour de la gare d'Austerlitz. Le Guénec se gara en douceur. En jetant un coup d'œil derrière lui, il constata que Naïma était réveillée et qu'elle le regardait d'un drôle d'air. Il était certain qu'elle n'avait pas perdu un seul mot de l'histoire. Elle entoura le cou de Loïc par-dessus la banquette, murmura quelques mots à son oreille, puis, se redressant, planta son regard ardent dans celui du divisionnaire :

— J'aurais été à la place de Louise, je vous aurais tué, dit-elle.

— Tu ne peux pas savoir à quel point tu m'aurais rendu service, répliqua Le Guénec. Je n'ai jamais eu le courage de me flinguer, pourtant je peux te dire que j'y ai pensé plus d'une fois.

Il ouvrit sa portière et s'extirpa de la voiture.

— Allez, les enfants, il est l'heure.

Sur le quai, Le Guénec observa tous les voyageurs l'un après l'autre, arpentant le quai dans tous les sens. Tandis qu'il installait Naïma à sa place, Loïc le vit parler avec les contrôleurs, qui aussitôt regardèrent dans leur direction en hochant la tête. Puis il les rejoignit :

— Si quelque chose ne va pas, dit-il d'une voix contenue, adresse-toi aux contrôleurs. Et appelle-moi au commissariat dès votre arrivée.

— Et Louise, comment on va la reconnaître ?

— Ne t'inquiète pas.

Il vit dans le regard de Loïc que son récit n'était pas complet.

— Elle te racontera la suite de l'histoire, si elle le souhaite...

Louise expliquerait peut-être à deux enfants inconnus comment on survit à la mort de trois êtres chers. Trois, car, dans l'heure qui suivit l'annonce de l'accident, son mari fut foudroyé par un infarctus massif, événement qui serait survenu de toute façon, il est vrai. Leur dirait-elle pourquoi elle avait refusé de voir son gendre et de lui parler, se tenant loin de lui au moment des obsèques, glaciale et hors d'atteinte ? Savait-elle que cette sanction brutale qu'elle lui infligeait sans qu'il en comprît vraiment la raison était pour Le Guénec une condamnation bien pire encore que son propre deuil ? Savait-elle elle-même pourquoi elle faisait peser sur ses seules épaules la responsabilité d'une tragédie dans laquelle, pourtant, elle avait un rôle, même indirect ? Pour nier son propre sentiment de culpabilité ? Par orgueil vis-à-vis d'un homme trop jeune pour elle et qui ne l'avait pas aimée comme elle l'aurait voulu ?

Le Guénec descendit du train tandis que les haut-parleurs annonçaient la fermeture des portes. Il contempla les deux silhouettes enlacées, la brune et le blond, qui lui faisaient un signe d'au revoir. Il attendit que le train eût disparu au bout des voies et s'en alla téléphoner à Jeanne Tourville. Il était grand temps qu'il pense à elle.

37

La porte du camion s'ouvrit à la volée et une lumière blafarde envahit l'habitacle. Philippe Tourville se contorsionna pour essayer de voir lequel des trois hommes venait de grimper à l'intérieur. Couché à plat ventre, les mains liées dans le dos, les pieds entravés et solidement arrimés à un des montants du véhicule, il essayait d'éviter de plonger le nez dans les traces d'huile, de graisse et d'autres matières moins identifiables qui constellaient le sol. Heureusement, la cagoule qui lui couvrait la tête le protégeait du pire. L'homme qui était venu devant chez lui pour l'inviter à se rendre auprès de son frère l'en avait affublé et Fil avait accepté de jouer le jeu, contre la promesse d'une explication et de la libération d'Olive. À cause de l'obscurité, Fil avait mal distingué le physique de son « ravisseur », qui l'avait conduit dans un endroit proche des Acacias, car le trajet avait été très court. Le grondement de l'autoroute avait confirmé sa déduction et il lui avait semblé que la maison où on l'emmenait n'était plus occupée. Les sons y résonnaient d'étrange manière et les accès en étaient très chaotiques.

Fil ne vit que les pieds de l'homme qui venait de se planter à dix centimètres de lui. Dans le camion, il avait frotté son visage contre le sol pour essayer de se débarrasser de la cagoule car, plus encore que d'être attaché, le fait de ne rien y voir l'incommodait. Il n'avait pas réussi mais l'objet avait fini par glisser et un trou bien opportun dans le vêtement offrait à son œil gauche un champ suffisant pour que soudain il se sentît moins aveugle.

Il aperçut les chaussures et eut un haut-le-corps : il connaissait ce genre de rangers que portent les parachutistes, sauf que celles-ci arboraient, en haut de la tige, deux bandes orange fluo parallèles que leur propriétaire lui avait dit un jour avoir cousues lui-même. Aussitôt, un flash-back lui donna le vertige : au milieu de la nuit, il avait surpris une conversation à mi-voix entre les hommes présents dans la maison. L'une des voix lui avait semblé familière mais il avait été incapable d'en identifier le propriétaire. À présent, c'était chose faite. Les rangers fluo et la voix appartenaient à un seul et même homme, et cet homme il le connaissait.

Un choc sourd ébranla le sol du camion. Un objet volumineux fut poussé contre ses jambes. Puis un deuxième. Le troisième faillit lui choir sur la tête et il reconnut immédiatement l'une des caisses qu'avec ses copains il avait eu la malencontreuse idée de transporter aux Acacias.

Ainsi, ces hommes avaient récupéré leur bien ! Et Mike, qu'en avaient-ils fait ? Il frémit, de plus en plus mal à l'aise. *On* lui avait promis de ne pas lui faire de mal, il avait feint de le croire. Ce qui comptait, c'était que son frère soit libéré, que personne n'ait jamais connaissance de cet épisode malheureux de leur vie de joueurs de paintball et qu'ils retrouvent le plus vite possible leur terrain. Comme si de rien n'était.

Fil y avait mis le temps mais là, à plat ventre dans ce camion, il réalisait que les choses ne pouvaient plus se passer ainsi. Sa mère avait déjà dû ameuter le grand flic avec son nom en « ec ». Biboul, qui pétait de trouille depuis le début, avait probablement craché le morceau, mais le pire était ce qu'il venait de voir : la paire de chaussures fluo qui faisait basculer ses derniers espoirs. Il prit conscience, avec une extrême brutalité, qu'on ne joue pas aux petits soldats avec des vrais et que ceux auxquels il s'était imprudemment mesuré ne commettraient sûrement pas la bêtise de laisser des témoins derrière eux.

Après de nombreux autres chocs sur le sol du camion, Fil se retrouva prisonnier derrière une muraille de caisses. Il aurait pu crier, hurler pour essayer d'ameuter quelqu'un, mais il ne savait même pas où il était et les hommes l'avaient prévenu : s'il faisait le con, son frère y passait. Il les avait crus.

Les portes claquèrent de nouveau sans qu'aucun d'eux ait prononcé le moindre mot.

38

— Où êtes-vous ? demanda Jeanne Tourville. J'ai cru que vous n'appelleriez jamais.

Sa voix était tendue, presque agressive. Le Guénec ferma la vitre de la Renault car il entendait mal, à cause des mouvements autour de la gare et des masses hostiles de béton et de ferraille qui faisaient grésiller le téléphone de bord.

— Je ne vous avais pas donné d'heure, protesta-t-il. Vous avez des nouvelles ?

— Aucune. Et vous ?

— Rien encore. J'ai fait lancer un avis de recherche pour les deux. Vous avez réussi à parler à Bertrand Ménage ?

— Non, dit Jeanne, il est sonné, je ne sais pas ce qu'il a pris mais c'est diablement efficace, je devrais peut-être essayer.

— Vous n'avez pas dormi ?

Jeanne ricana :

— Dormir ! Vous n'avez rien d'autre à me proposer ?

Le Guénec s'abstint de dire que si, justement. Le moment était mal choisi. Il alluma une Gitane.

— Je vais envoyer un de mes hommes chercher Bertrand Ménage. Il va bien finir par se réveiller, nom d'un chien ! Je dois rendre visite à un vieil ami, ensuite je vous rappelle. Je vous laisse le numéro du téléphone de voiture. N'hésitez pas à vous en servir.

— Oui.

Le Guénec allait raccrocher quand Jeanne poussa un petit cri, comme quelqu'un qui se souvient tout à coup d'un détail très important :

— Oh ! dit-elle, j'oubliais ! Vous écoutez France Info ?

— Non, le ministère n'est pas assez riche pour nous doter d'autoradios. Pourquoi ?

— La fille du massacre d'Aulnay, vous savez, le fourgon de la Brink's ?

— Oui, oui... eh bien ?

— Elle a été identifiée...

— La radio en parle déjà ?

— Oui, j'ai entendu ça à huit heures et demie. Je n'ai pas cours le mercredi... (Elle crut bon de donner cette précision comme un élève pris en défaut.) Et donc, poursuivit-elle, j'en suis tombée à la renverse... Fleur Dorlac, c'est incroyable !

Dès lors, Le Guénec s'attendit au pire.

— Pourquoi, vous la connaissez ?

— C'est une de mes voisines, la fille d'une collègue du lycée Branly. Une fille très sage, le contraire d'une terroriste... Vous ne croyez pas qu'il y a erreur sur la personne ?

— Ça m'étonnerait, commenta Le Guénec, lugubre. Vous dites qu'elle habite les Acacias ?

— Oui, du moins ses parents. Elle, je ne sais plus très bien où elle en est. Je crois qu'elle était partie vivre avec un garçon...

— Vos fils la connaissent ?

Jeanne Tourville eut un petit rire sans joie :

— Plutôt, oui, elle est même sortie avec Philippe. Oh, pas longtemps, mais je la voyais tous les soirs...

Un frisson secoua Le Guénec tandis qu'une coulée de sueur dégoulinait le long de son échine. Il raccrocha sans un mot, murmura plusieurs fois « Nom de Dieu de nom de Dieu... » en composant le numéro du commissariat.

*

* *

Olive creusait comme un damné depuis un quart d'heure. Il ne sentait plus son bras, la terre lui arrivait plus haut que la taille et il savait qu'il faisait tout cela en pure perte. Non seulement ils n'arriveraient pas à sortir, mais les autres allaient revenir et c'en serait fini de tout espoir de fuite. Il était huit heures passées et d'après ses calculs les autres étaient partis depuis deux heures au moins. Sans doute qu'à l'heure de l'ultimatum fixé par le rouquin Fil les avait emmenés quelque part, sur une fausse piste à n'en pas douter, car Olive ne pouvait supporter que son frère eût pu connaître le devenir des caisses sans le lui avoir dit. À moins qu'ils ne soient allés chez Mike, comme Olive l'avait suggéré pour avoir la paix, convaincu qu'il n'y avait rien à trouver là-bas.

Ce qui voulait dire qu'au retour des hommes, bredouilles, ils allaient tous passer un sale quart d'heure.

Fleur somnolait sur le matelas, elle parlait dans son sommeil ou faisait des sauts comme une carpe hors de l'eau.

Soudain, alors qu'Olive venait de détacher une grosse pierre, une énorme quantité de terre s'effondra sur lui. Il tomba à la renverse et fut aussitôt submergé presque en totalité. La terre envahit sa bouche, ses narines, ses yeux. Il toussa, cracha, cria, se pensant enseveli pour de bon. La terre tomba encore un moment en petites quantités résiduelles après l'avalanche, puis Olive parvint à remuer les bras et les mains, à les extirper du tas pour commencer à se débarrasser de ce magma qui l'étouffait.

Quand il eut libéré sa tête, son cou et le haut de son torse, et qu'il put lever les yeux vers la fenêtre, il se mit à crier :

— Fleur, viens voir, viens vite, regarde, ça y est !

Par le trou, à deux mètres au-dessus de lui, la lumière du jour pénétrait à profusion. Olive vit qu'il faisait beau, malgré quelques nuages éparpillés çà et là.

39

Le Guénec monta l'escalier de bois aux marches usées et bruyantes avec lenteur. Dès le premier étage, il soufflait comme une locomotive, les poumons en feu à cause de l'abus de Gitanes, des whiskies, du manque de sommeil et aussi de cette pointe qui irradiait de son sternum jusqu'au creux de son épaule gauche sans discontinuer.

Une radio hurlait au deuxième, des gens faisaient des frites au troisième et, malgré l'heure et sa fatigue, Le Guénec constata qu'il en aurait bien croqué quelques-unes. Il eut beau chercher, il ne trouva pas à quand remontait son dernier vrai repas.

Au quatrième et dernier étage, la porte de gauche était entrouverte et ce fait lui parut suspect. La sonnette ne fonctionnait pas et son toc-toc insistant resta sans écho.

Dans l'appartement régnaient une semi-pénombre glauque et un désordre extraordinaire. En l'absence de meubles, l'occupant des lieux déposait vêtements et objets au hasard. De la vaisselle sale, des restes suspects et moisis jonchaient le sol et l'évier de la cuisine. Le lit, un matelas posé à même le sol, était défait et vide, exhibant des draps tirebouchonnés et sales. Dans un coin de la pièce qui tenait lieu de chambre et de salle de séjour en même temps, une seringue gisait, des traces de sang à l'intérieur.

Le seul luxe de ce logement minable reposait à même le sol. La lampe rouge du téléphone-répondeur clignotait, indiquant que l'appareil était en marche et qu'il avait reçu un message. Le Guénec en conclut que Michel Lallement était déjà sorti, la pauvreté des lieux pouvant expliquer pourquoi il laissait sa porte ouverte.

Par acquit de conscience, il marcha jusqu'au fond d'un petit couloir sur lequel s'ouvrait une porte peinte en bleu ciel, alors que tout le reste de l'appartement était d'une couleur indéfinissable, un marron glacé qui avait fondu avec les années.

« Les chiottes », pensa Le Guénec en poussant la porte.

Il réprima un haut-le-cœur. Le corps recroquevillé de Mike l'accueillit, un tee-shirt collé sur le buste, le bas du corps marbré de traces brunâtres. Sa bouche grande ouverte, maculée de sang séché, laissait apparaître une seringue, fichée sous la langue et pointée vers la porte tel un objet obscène. Ses yeux contemplaient le plafond comme pour y découvrir le sens des craquelures et des écailles de peinture dont il était constellé.

Le Guénec se pencha pour effleurer le corps en un geste machinal de professionnel. Il constata qu'il était encore tiède. Comme l'eau de la baignoire sur laquelle flottaient quelques miasmes peu ragoûtants.

*

* *

Olive et Fleur se laissèrent choir dans la terre où poussaient, ici et là, quelques herbes folles. Couchés sur le dos, ils savourèrent un moment la joie de la réussite, le bonheur de la liberté, en laissant le vent effleurer leurs visages noirs de terre. Olive avait réussi assez facilement à sortir du trou en prenant appui avec précaution sur les pierres les plus grosses qu'il trouvait sur son chemin. L'opération ne lui avait pas pris plus de cinq minutes. Extirper Fleur avait été une tout autre paire de manches. Sa jambe cassée rendait stérile toute velléité d'aide de sa part ; de plus, elle souffrait beaucoup. Olive avait failli céder au découragement, la laisser là et s'enfuir lâchement, égoïstement, tout seul. Après tout, de ce qu'elle avait laissé sous-entendre et de ce qu'elle n'avait pas voulu dire, il concluait qu'elle avait fait des bêtises particulièrement graves, et il n'avait aucune raison de lier son sort au sien.

Mais, pour d'obscurs motifs, il n'avait pas pu la laisser là et, curieusement, l'idée d'aller prévenir la police ne l'avait pas effleuré un instant. Le vrai danger était là, dans ce trou, il fallait s'en éloigner à toute vitesse.

Ce qui, dans le cas de Fleur, aurait constitué un exploit dont elle n'était pas capable.

— On n'est pas loin de l'autoroute, remarqua Olive en redressant le buste.

En tournant la tête vers la droite, il distingua la masse de la centrale électrique, à cinq cents mètres d'eux.

Après être sortis de la cave, ils avaient marché, Fleur s'appuyant sur lui, le long du remblai qui masquait presque entièrement ce côté de la maison, condamnée pour cause de travaux d'importance : une rocade allait être ouverte pour relier deux autoroutes distantes de vingt kilomètres et désenclaver tout ce secteur du département, dont la Dame-Blanche et les Acacias faisaient partie.

— On est où ? demanda Fleur. T'as une idée ?

— Regarde, la centrale est là, on est à un kilomètre des Acacias, à tout casser. Tu crois que tu pourras marcher jusque là-bas ?

Fleur le contempla comme s'il avait une énorme verrue purulente sur le nez. À la fois consternée et dégoûtée.

— Mais t'es vraiment lourd, c'est pas vrai ! s'exclama-t-elle. Il est hors de question que j'aille aux Ac… Et toi aussi ; d'ailleurs, c'est le premier endroit où ces connards iront te chercher. Réfléchis un peu, merde !

Olive admit qu'elle avait raison. Ne pas rentrer chez lui maintenant qu'il était libre, ne pas pouvoir prendre une douche, se laver de cette terre qui s'était infiltrée dans les moindres replis de sa peau et de la vermine qu'il était sûr d'avoir ramassée dans la cave... Il adressa à Fleur un regard malheureux.

— On va où, alors ?

— Je sais où on peut se planquer, on pourra pas y rester longtemps, mais c'est mieux que rien. Je pourrai me changer, je peux pas rester dans cet accoutrement...

Pour la première fois, Olive remarqua la drôle de tenue de Fleur. Il fronça les sourcils dans lesquels des particules de terre restaient accrochées :

— On dirait...

— Ouais, c'est ça, un uniforme de flic !

— Mais...

— J'ai fait un coup, dit-elle avec une incroyable brutalité, et la flique qui portait cette tenue, je l'ai butée. T'es content ? C'est ce que tu voulais savoir ? Tu comprends pourquoi il faut que je me tire loin d'ici ?

— Si tu as fait ça, souffla Olive, épouvanté, tu t'en sortiras pas. Il paraît que les flics se vengent quand on tue un des leurs...

Fleur ricana :

— Tu parles ! Bon, tu m'aides ou pas ?

— Je sais pas, c'est grave, quand même...

— T'es pas obligé mais tu peux dire aussi que je t'ai forcé, sous la menace...

— Je dirai la vérité : je savais rien. Si tu m'avais rien dit, je saurais rien. Alors...

— T'es un chic type, le Nain. Allez, viens ! Faut pas traîner dans le coin trop longtemps.

— C'est où, ta planque ?

— De l'autre côté de l'autoroute, il faut traverser…

40

Dans l'heure qui suivit, Le Guénec fut pris dans le tourbillon des constatations, le défilé des intervenants. Il ne crut pas un instant à l'overdose. Ce ne fut pourtant pas l'avis de l'OPJ du quartier, qui suggéra au Parquet de saisir le nouveau groupe de la préfecture de police chargé d'enquêter sur les décès consécutifs à une surdose ou à l'emploi d'un produit frelaté. Michel Lallement était un toxicomane notoire et le substitut de permanence donna raison à l'OPJ, en dépit des marques brunes sur la peau du cadavre, traces que le médecin légiste attribua à des brûlures consécutives à une immersion prolongée dans un bain bouillant.

— Délire de tox, trancha l'OPJ, qui en était à sa troisième affaire du même genre dans le mois.

Mais Le Guénec avait une bizarre impression. Il imaginait mal Mike se plonger dans un bain bouillant, y rester suffisamment longtemps pour s'infliger autant de brûlures, en ressortir, se piquer sous la langue… Mais après tout, l'OPJ des Stups pouvait avoir raison, il avait vu des choses plus tordues.

Tandis que ses collègues s'affairaient sur la « scène de crime » et en attendant qu'ils soient disposés à recueillir son témoignage, il fureta un moment dans la pièce, s'arrêta sur le téléphone-répondeur, qui clignotait toujours. Machinalement, il enclencha la touche *play*.

« Salut, disait la voix basse d'un homme plus très jeune ou pas très sobre, c'est moi, Jouvence. Tu devrais écouter les infos, ce matin. Et tu rappliques dès que t'es en descente. Urgent. »

Ensuite, défilèrent une série interminable de messages d'un certain Philippe Tourville, le fils de Charles, le frère du Nain. Il devait bien y en avoir vingt, autant que la bande avait pu en accepter. Considérant que les choses se compliquaient sensiblement et que la mort de Mike allait inévitablement amener les enquêteurs à interroger Jeanne Tourville et ses enfants (lesquels, dans l'immédiat, avaient disparu), Le Guénec jugea inutile d'en rajouter et commit l'acte impardonnable d'empocher la cassette après s'être assuré qu'on ne le regardait pas. Sans l'ombre d'un remords.

Puis il alla rôder dans les étages inférieurs de l'immeuble, tant pour s'occuper que pour se calmer les nerfs. Qu'est-ce que Philippe Tourville avait à voir avec cet asticot noir de Mike ? Camé jusqu'à l'os, trafiquant aussi, sûrement, sinon comment et de quoi vivait-il ? Étaient-ils en contact à cause de la came ? Dans ce cas, Jeanne Tourville devait l'ignorer, sinon elle lui en aurait parlé. Le Guénec se sentit pris d'un doute affreux : les enfants de Jeanne étaient impliqués dans une affaire de drogue, ils se droguaient, le petit – comment l'appelaient-ils, déjà ? Ah oui, le Nain était peut-être mort… d'une overdose.

Le Guénec chancela : il ne se voyait pas annoncer une horreur pareille à Jeanne.

En poursuivant sa descente, il décida qu'il *devait* y avoir une autre explication, qu'il la trouverait, comme il retrouverait les enfants de Jeanne pour voir refleurir le sourire sur son visage. Il estima en même temps qu'il devenait étrangement ramolli dès qu'il évoquait cette femme.

Au rez-de-chaussée, il avisa une porte fermée à clef qui devait conduire au sous-sol. Il se fit ouvrir et, une fois en bas, repéra les quelques boxes barrés par des rideaux métalliques. L'un d'entre eux était grand ouvert. En se penchant, Le Guénec remarqua des traces sur le sol, de pas, d'objets visiblement lourds traînés dans la poussière. Un trousseau de clefs était resté accroché sur la serrure. Trois clefs et un porte-clefs publicitaire ordinaire. Le tout alla rejoindre, dans la poche du divisionnaire, la cassette du répondeur.

Au quatrième étage, guetté par l'asphyxie, Le Guénec vérifia que le trousseau était bien celui de Mike.

*

* *

Le camion s'arrêta, le conducteur coupa le moteur. Fil poussa un soupir de soulagement. Depuis leur départ de chez Mike, il vivait un calvaire, brinquebalé dans ce véhicule inconfortable, propulsé tantôt contre la paroi du fond, tantôt contre les caisses qui menaçaient à chaque instant de s'effondrer sur lui. Il avait ressenti tous les cahots dans chaque partie de son corps, jusqu'à son nez qui, lors d'un choc plus violent, se mit à saigner. La dernière partie du trajet fut particulièrement éprouvante. Fil se crut transporté sur une piste de tôle ondulée dans le désert, sauf que, ficelé comme il l'était, il ne pouvait se raccrocher à rien.

Les portes s'ouvrirent de nouveau. Fil perçut la lumière du jour à travers la cagoule. Les caisses furent repoussées et une autre paire de chaussures vint à la rencontre de son visage. Des rangers parfaitement ordinaires, en cuir noir. Il se senti saisi par le haut de son pull, tandis que l'homme se penchait pour lui désentraver les pieds. Il fut mis debout sans douceur, sa tête, à cause de sa haute taille, heurtant le plafond du camion avec force. Il gémit de douleur alors que l'autre le poussait en avant. Il trébucha en abordant la sortie du véhicule, l'homme le retint de justesse. Quand il se retrouva dehors, la douceur de l'air le surprit. Par le trou de la cagoule il vit des champs et identifia la rumeur agressive de l'autoroute. Il sut qu'il était revenu à son point de départ, près du Nain, dont il lui sembla sentir la présence proche.

Un instant plus tard lui parvinrent le bruit d'une cavalcade émaillée de jurons et les sons décousus d'une agitation inquiétante. L'homme aux rangers le tenait toujours par le col de son pull.

— Qu'est-ce qui se passe ? demanda-t-il à l'adresse de quelqu'un que Fil ne voyait pas.

— Ils se sont tirés ! répliqua celui dont Fil connaissait la voix et les chaussures.

« *Ils* se sont tirés », nota Fil. Ils étaient donc plusieurs là-dedans ? Qui d'autre pouvait bien se trouver avec le Nain ? Son cœur fit un bond : Biboul ! À tous les coups, ils étaient allés le chercher aussi ! Le quartier des Acacias devait être en ébullition.

Fil se sentit envahi par le désespoir : après cette histoire, ils pourraient dire adieu au paintball ! À supposer encore que tout finisse bien, ce qui, s'il se fiait à l'attitude de ses ravisseurs, paraissait de plus en plus improbable. Il frémit. Deux hommes parlaient à voix basse, un peu plus loin. Il saisit quelques bribes au vol :

— ... trop tard. Faut lever le camp...

— ... doit voir le petit beur avant.

— Trop risqué.

— Il va parler et les deux autres connards aussi. On va se faire niquer avant d'arriver à Marseille...

— Ta gueule !

Une voix se fit plus forte :

— C'est la faute à l'abruti, tout ça ! Il a qu'à faire le ménage !

La voix de « l'abruti », qui cramponnait toujours Fil par son col, explosa près de son oreille :

— T'avais qu'à t'en occuper toi-même ! Je suis d'accord avec le toubib, il faut s'arracher vite fait.

Une âpre discussion suivit, à laquelle Fil aurait préféré ne pas assister : les propos que ces hommes échangeaient sans tenir compte de sa présence ne disaient que trop clairement leur intention de ne pas le laisser vivant derrière eux.

Il tourna la tête avec précaution. Une partie de la maison s'inscrivit dans le champ de son œil gauche, une fenêtre murée ornée d'un vieux rosier décharné. Il reconnaissait l'endroit ! C'était une des maisons expropriées pour la construction de la rocade ! L'année dernière, avant que les ouvertures ne soient murées, il y avait amené une petite amie ! Il s'amusa de ce souvenir inattendu et tourna la tête d'un nouveau quart de tour.

Cette fois, il voyait le camion. Pas la cabine, la caisse. Et ce qu'il lut sur cette caisse le fit douter de ses perceptions.

En lettres blanches, le mot POLICE s'étalait sur le métal gris.

*

* *

Vers dix heures, Le Guénec en eut fini avec ses collègues des Stupéfiants. Il remonta dans sa Renault, harassé. Il avait assisté à la perquisition plus pour s'assurer qu'il n'y avait pas, chez l'ancien flic, d'éléments susceptibles d'impliquer les jeunes Tourville que par réel intérêt. Mais, en dehors de menus objets en rapport direct avec son activité unique et obsédante, Michel Lallement ne possédait pas grand-chose, même pas d'argent.

La tête renversée contre l'appuie-tête, le divisionnaire se laissa aller, les yeux clos, à une fausse somnolence. En fait, il se livrait à un exercice de concentration que sa lointaine pratique des arts martiaux lui avait enseigné. Un truc infaillible pour se défatiguer, mobiliser ses neurones sur un sujet précis, qui, pour l'instant, avait nom Jouvence. Jouvence, un nom qui résonnait dans son subconscient et qu'il reconnaissait sans pouvoir le raccrocher à rien.

Après quelques minutes, il sursauta, ouvrit les yeux. Quelques gosses intrigués entouraient la voiture. Il réalisa qu'il s'était endormi pour de bon, comme l'indiquait la pendule de bord : *10 : 15*.

— Nom de Dieu, murmura-t-il, quelle vieille guenille je fais !

Il démarra avec une horrible grimace qui fit déguerpir les enfants.

Au moment de reprendre le périphérique, près de la porte de la Villette, il sursauta, freina brutalement.

— Jouvence ! s'exclama-t-il.

41

Olive s'accroupit aux pieds de Fleur, étendit avec précaution sa jambe blessée d'un geste qui arracha un hurlement à la jeune fille. Il écarta le tissu déchiré du pantalon bleu marine, constata que les morceaux de bois censés maintenir raide le membre fracturé bougeaient. La bande qui les entourait afin de les garder en place s'était distendue depuis qu'ils avaient entrepris de sortir de la maison.

Ils marchaient depuis une demi-heure au moins, mais il lui semblait qu'ils n'avançaient pas. Fleur, appuyée sur lui, clopinait sur un pied sans pouvoir poser l'autre à terre. Elle grimaçait, gémissait sans cesse, l'engueulait aussi, de façon répétitive : il n'était pas assez costaud, il aurait pu lui trouver un bout de bois sur lequel s'appuyer, c'était pas un vrai mec…

Et plus elle râlait, plus elle avait mal. Et plus ils avançaient, plus il avait l'impression que l'autoroute s'éloignait. Pourtant, le vacarme des camions grandissait, des odeurs de fuel et de résidus de carburants brûlés parvenaient à leurs narines de plus en plus distinctement.

Ils étaient arrivés au pied d'une sorte de butte qui s'étalait horizontalement sur plusieurs centaines de mètres pour aller se perdre plus loin dans une courbe au-delà de laquelle la vue se bloquait. Il fallait escalader cette butte, et Fleur n'en avait pas la force. Elle n'avait rien avalé depuis près de quarante-huit heures et même Olive se sentait faiblir.

Il déroula très doucement la bande, écarta les morceaux de planchette, recula, saisi : la jambe de Fleur était marbrée de rouge violacé et de bleu qui virait au noir, tellement gonflée sous la peau tendue que l'on ne distinguait plus le genou. Fleur, renversée en arrière dans l'herbe clairsemée, gémissait sans discontinuer pour se retenir de hurler chaque fois qu'Olive l'effleurait.

— Je vais chercher du secours, dit-il, dressé au-dessus d'elle.

Fleur eut un sursaut :

— Ça va pas ? T'es mûr ou quoi ?

— T'as vu ta guibole ? Qu'est-ce qu'on fera, une fois dans ta planque, si on y arrive, hein ? J'suis pas toubib, moi, mais je peux te dire que si tu fais rien, t'es bonne pour l'amputation...

— Pas question, se buta Fleur. T'entends ? Pas question ! Allez, remets-moi ce truc !

— Mais tu pourras pas marcher, et on sait même pas où on est ! Si ça se trouve, on a encore deux ou trois kilomètres à faire, on va mettre deux jours, on va se faire pécho, et moi, j'en ai plein le cul !

— Na ! On dirait un môme de trois ans... Tire-toi, j'me débrouillerai sans toi !

— C'est ça, oui ! J'me tire...

Olive tourna subitement le dos. Il entreprit de gravir le talus avec une rapidité décuplée par la colère qu'il ressentait.

« Sale petite conne, elle sera toujours aussi chiante, j'en ai rien à foutre, moi, de ses conneries, elle a qu'à crever !... »

Il dut lutter pourtant car, près du sommet, sa détermination faiblit. Ne pas se retourner.

Pourquoi ne disait-elle rien ? Pourquoi ne hurlait-elle pas ?

Il arriva en haut de la butte et regarda autour de lui. Sous ses pieds, à trois mètres en contrebas, un chemin mal entretenu, raviné et labouré, qui semblait avoir connu des jours meilleurs. Il avait dû servir à des engins de terrassement de la rocade dont il aperçut un peu plus loin le ruban jaune, encore mal dégrossi. À droite, il se dissimulait dans une courbe qui devait conduire aux maisons abandonnées. À gauche, il filait tout droit. Sans doute rejoignait-il une route car Olive distinguait des arbres. Le bruit infernal lui fit lever la tête : à cinquante mètres à peine, devant ses yeux ébahis, l'autoroute mugissait. Si près qu'il distinguait les gens dans leurs voitures ! Cinquante mètres de terrain quasiment plat et sans obstacle puisque, sans doute à cause des travaux, même l'inévitable clôture avait disparu.

Il allait crier de joie, crier à Fleur qu'il avait changé d'avis, que tout redevenait possible, quand un mouvement sur sa droite l'alerta. Il se jeta à plat ventre, roula sur la pente du talus, du côté de Fleur toujours silencieuse, s'arrêta un mètre en dessous du sommet. Un bruit de moteur approchait sur le chemin, soulevant un nuage de poussière jaunâtre. Olive s'aplatit contre la terre, le cœur battant en accéléré. Il songea à des ouvriers, à des hommes de l'autoroute, pas un instant qu'il pût s'agir de leurs geôliers lancés à sa recherche et à celle de Fleur. Le véhicule passa devant lui à petite vitesse, rétrograda dix mètres plus loin. Olive entendit la boîte de vitesses craquer, les pistons hurler. Il craignit un instant que le véhicule s'arrête, mais, dans une reprise laborieuse, il poursuivit sa route en cahotant.

Après un temps qu'il jugea raisonnable, Olive redressa le buste, rampa jusqu'à ce que ses yeux affleurent le sommet de la butte. Il vit l'arrière d'un camion à moitié noyé dans une brume poussiéreuse qui s'éloignait en direction des arbres. Sur la bâche fermée et malgré la visibilité réduite, Olive lut très distinctement le mot POLICE en lettres blanches.

Choqué, il dévala en tremblant la pente jusqu'à Fleur, étalée dans l'herbe, les yeux clos.

— Les flics, balbutia Olive, les flics sont là ! Ils te cherchent ! Fleur ?...

Mais Fleur, vaincue par le découragement, la douleur et la solitude, s'était évanouie.

42

Aziz profita de l'heure de la prière pour se recueillir et réfléchir. Il était en sécurité dans la mosquée qui jouxtait la salle où il recevait les enfants de la cité pour leur apprendre la lecture, l'arabe et la religion. « Mosquée », un grand mot pour cette pièce exiguë, mais qui pouvait être étendue à la salle de classe et où, de toute façon, personne n'oserait venir le chercher. Du moins l'espérait-il encore.

Il avait le choix, Aziz. Fuir loin d'ici, essayer de rentrer au pays, avec des faux papiers et en faisant vite.

Prévenir tous les autres pour qu'ils en fassent autant. Pour cela, aucune difficulté, le téléphone arabe avait fonctionné. Tous savaient que Sélim et Toufik avaient été pris avec des armes, que Jamal était aussi entre les murs du commissariat, que l'entreprise qui les mobilisait depuis des semaines était morte et que, pour la pérennité de leur cause, il valait mieux éviter de se faire arrêter.

Aziz pria Allah pour que Sélim soit capable de tenir sa langue, d'autant qu'en l'espèce il aurait fallu un vrai miracle : Sélim n'était pas assez courageux pour résister. Il pria aussi pour que Jamal s'effrondrât foudroyé net par une maladie ou une balle perdue, ce qui, dans un commissariat, était nettement plus envisageable...

Car, il le savait, le malheur était venu de lui. Tout était arrivé à cause de lui.

Avec son allure malingre et son air minable, il les avait bien eus, il les avait roulés comme des gamins.

Aziz récapitula, alors que la haine et la soif de se venger l'envahissaient.

C'était Jamal qui avait amené son cousin Sélim à l'« Association », où lui-même était inscrit pour suivre les cours de soutien scolaire. À ce moment-là, il avait un vieux vélo rouillé et déglingué qui grinçait de tous ses boulons. Il rêvait d'autre chose, cela se voyait même s'il n'en parlait pas.

Sélim avait proposé son aide. Il avait, disait-il, été touché par la grâce, par le biais de l'imam qui le visitait à Fresnes. Aziz était réticent, il n'avait aucune considération pour les Arabes qui avaient l'air d'Arabes mais n'en étaient plus vraiment. Nés en France, ramollis par la vie facile, la drogue, les filles. Mais ce que proposait Sélim le tentait : monter un gang pour récupérer de l'argent. Et avec l'argent acheter des armes, du matériel pour la guerre des frères, corrompre des fonctionnaires pour se procurer de vrais documents administratifs.

Il se mettait au service du jihad, les sales Blancs ne le reconnaîtraient jamais comme un des leurs et ils étaient des dizaines, des milliers dans ce cas. Aziz serait leur chef.

Et Aziz, la tête chamboulée par la perspective de commander une armée, avait accepté.

Le réseau de Sélim avait été constitué sans peine. Racket, vol, trafics. Mais tout cela vivotait. La plupart étaient, comme Sélim, des minables sans envergure. Il avait même enrôlé, à l'insu d'Aziz, un Blanc et sa femme, une petite-bourgeoise folle et pervertie. Quand Aziz avait appris la chose, il s'était fâché. Une fille ! Le jihad avec une femelle, de quoi tomber à la renverse et se fâcher durablement avec Allah… Mais Sélim avait des projets, il avait affirmé à Aziz qu'il en répondait sur sa vie, qu'ils allaient faire des choses terribles ensemble.

C'était encore Jamal qui avait débarqué, un soir après la prière, tout excité et porteur d'un message : quelqu'un voulait les rencontrer pour leur faire une proposition. Sélim était allé au rendez-vous mais les hommes voulaient voir le chef en personne. Aziz se souvint avec un mauvais rictus de ce soir-là, dans un bois de l'autre côté de l'autoroute, de cet homme en treillis bleu foncé avec des bandes fluo sur les manches et des chaussures avec les mêmes bandes orange. Ce qu'il proposait était tellement énorme qu'Aziz avait chancelé, failli partir en courant. Il avait dit non.

Et réfléchi. Il se mordit les lèvres au sang sous sa barbe noire. Imbécile ! Pauvre imbécile qui avait manqué de modestie, qui, rongé d'orgueil, avait cru se glorifier auprès des frères restés au pays, auprès de ceux d'ici qui feraient de lui un chef incontesté, historique, grâce à ce coup fabuleux.

Et aussi s'imposer dans le regard d'une jeune fille au sourire éclatant. Voilà. Il en convenait. Il y avait Jamal, mais il y avait aussi, à la source de l'effondrement, Naïma. Belle et impudique, haïe et convoitée, qui ne l'avait jamais regardé comme un homme, sauf le jour où...

Le ventre d'Aziz se contracta brutalement à ce souvenir. Il se prosterna en demandant grâce à Dieu, en le suppliant de le libérer de ce péché et de cette pensée indigne. Mais sa prière, au lieu d'atténuer la morsure, l'amplifiait. Quel choc douloureux, avilissant, pour un croyant comme lui, que de se découvrir une enveloppe charnelle soumise à des passions plus fortes que celles que lui inspirait sa foi !

C'était Jamal qui l'avait remis en contact avec l'homme au treillis fluo. Celui-ci l'avait conduit jusqu'à un camion plein de caisses métalliques sans aucune inscription. Aziz avait pâli d'envie devant leur contenu. Des Kalach, des Uzi, des grenades, des dizaines et des dizaines d'engins de mort, des munitions, des lance-roquettes... La tête lui tournait. Il s'était entendu négocier comme dans un rêve.

Il aurait dû réfléchir encore, il savait bien au fond de lui qu'il n'était pas de taille, même s'il avait reçu l'instruction nécessaire pour entrer dans le jihad dès sa quinzième année. Il n'avait qu'une armée de cloportes, des minus incroyants qui se prenaient pour des guerriers, sans intérêt pour la cause. Mais si ce coup réussissait, il se valoriserait aux yeux de Naïma, il pourrait l'acheter pour l'emmener au pays, où « on » l'autoriserait à rentrer la tête haute.

C'était Jamal encore qui avait expliqué comment trouver l'argent. L'énorme tas d'argent que l'homme du bois réclamait en échange des armes. Aziz n'en avait pas la moindre idée. Jamal avait dit qu'il savait.

Bien sûr, à présent, Aziz se rendait compte que tout était truqué : Jamal tenait ses informations de ceux-là mêmes qui prétendaient vouloir faire un marché avec lui. Il était leur instrument. Aziz se prosterna, pria, fort apitoyé sur lui-même. Il revit le vélo flambant neuf que l'adolescent enfourchait à longueur de journée. Il prétendait l'avoir volé. Quelle naïveté de l'avoir cru !

Comme il avait cru que la fréquentation assidue du commissariat par Naïma était indispensable à leurs plans. Le prix à payer pour savoir ce qui s'y passait. Ça aussi, c'était une idée de Jamal. Aziz comprenait toute la dérision de cette entreprise qui avait consisté, pour le jeune garçon, à tenter de couvrir la dépravation à laquelle se livrait sa cousine

– avec un policier de surcroît. En échange de quoi ? Aziz aurait donné cher pour le savoir.

Jamal prétendait être trop jeune pour participer au coup lui-même. Il fournissait les ingrédients mais ne mettait pas la main à la pâte. Comme Aziz, qui en connaissait les grandes lignes mais refusait de s'intégrer dans le gang de Sélim tel un vulgaire homme de main.

Et ces imbéciles avaient fait n'importe quoi. Tué des policiers, raté leur coup.

Résultat : Aziz n'aurait jamais les armes. Ces caisses fascinantes dont l'homme en fluo s'engageait même à assurer la livraison de l'autre côté de la Méditerranée. À la réflexion, cela aussi, c'était trop beau : des gens qui vous proposaient un marché et s'occupaient de tout, du financement de l'opération à la livraison en passant par les menues tâches d'organisation.

Aziz n'avait pas l'argent, il ne l'aurait jamais, et les armes non plus. Et il n'aurait jamais la gloire. Ni, pire encore, Naïma.

Il se prosterna si fort que sa tête heurta le sol dallé de plastique gris.

Il se redressa, le regard flamboyant.

L'autre choix, c'était la fatwa. Contre Jamal, contre le petit flic qui lui avait pris Naïma, contre le grand vieux flic qui l'avait aidé en venant le narguer ici, jusque sous son nez, contre le commissariat tout entier. Ils le brûleraient.

La fuite ou la fatwa.

Aziz n'eut pas le loisir de réfléchir davantage au choix qu'il devait faire. Un bruit léger se fit entendre derrière lui. Quand il se retourna, une main brutale attrapa sa chevelure noire et tira violemment sa tête en arrière. Sous le choc, sa bouche s'ouvrit. Le canon du Makarov heurta ses dents, déclenchant une vibration assourdissante dans son cerveau, plus forte encore que le *plouf !* de la détonation qui fit exploser son crâne.

43

Le Guénec roulait doucement, une cigarette au bec et la vitre entrouverte, car il avait peur de s'endormir. Après le périphérique, il avait enquillé l'autoroute et c'était l'heure creuse, avec une circulation fluide et des panneaux lumineux qui l'attestaient à tout bout de champ. Il approchait de « sa » circonscription et sentait périodiquement son attention se relâcher. Il y avait aussi ce poids dans sa poitrine, les picotements dans sa main gauche qui l'obligeaient à chercher son souffle très loin au fond de ses poumons

Le téléphone l'arracha à son double malaise. Son copain Luc se marrait à l'autre bout du fil :

— T'avais raison, Couilles de loup, notre cureton s'est reconverti…

Le Guénec sourit. Luc n'avait pas changé : il appelait tout le monde « Couilles de loup » – manie dont Le Guénec avait hérité et qu'il retrouvait à la faveur d'une émotion forte –, et il était toujours aussi efficace.

— Après ses élucubrations anarchistes, les curés l'ont viré, poursuivit-il. Il n'avait plus le profil. Ça fait désordre dans le clergé, un mec qui ne rêve que bombes et plasticages et pour qui un bon flic est un flic mort.

Le Guénec avait encore dans les oreilles les slogans des années post-soixante-huitardes, l'époque où il avait commencé dans la « grande maison », avec Luc et quelques autres. Ils étaient chargés de surveiller les groupes extrémistes, d'intervenir quand leurs amusements devenaient moins innocents. Un jour, dans un groupuscule anarchiste ou prétendu tel, ils avaient repéré un jeune curé. Comme tous les autres, il avait reçu un nom de code : Jouvence, allusion ironique à l'abbé Souris... Ses copains et lui avaient fait quelques grosses bêtises, et Jouvence dix ans de prison. À sa sortie, il était parti se mettre au vert. Il avait vaguement renoué avec d'anciens anars, mais la vie et le temps avaient passé, les formes de ses anciens condisciples s'étaient empâtées en même temps que s'étiolaient leurs convictions.

— Il est revenu à Paris il y a cinq ou six ans, enchaîna Luc. Il a monté un commerce de pièces de monnaie – des vraies –, mais ça marche pas fort. Depuis, la BRB l'a retapissé sur des affaires de droit commun. C'est un fourgue qui fait dans la came et, récemment, les armes.

— Tiens donc ! s'exclama Le Guénec, qui pensa aussitôt à Sélim Laci et à ses copains barbus.

— Ouais, mais c'est tout nouveau...

— On connaît sa source ?

— Pas vraiment, c'est encore trop frais...

— Il fourgue à qui ?

Luc se mit à ricaner :

— Dis donc, t'as pas changé ! Tout tout de suite, hein ? J'en sais rien mon vieux, à des branques, à des braqueurs... À tous ceux qu'ont besoin de calibres, quoi.

— Des explosifs, aussi ?

— Possible. Les collègues de la BRB ont découvert ce truc par hasard, ils en sont qu'au début. Faut être patient...

— Et ils t'ont balancé ça comme ça ?

— T'occupe, dit Luc, on est en deal...

— Et s'ils le laissent tourner, je suppose que c'est un tonton[1] ?

— Exact. Voilà, camarade, tu sais tout...

« Camarade »... un autre tic de Luc qui remontait à la même époque. Celle des barricades et de la révolution.

Le Guénec se demanda une fois de plus ce que les enfants de Jeanne Tourville faisaient au milieu de cette histoire. Pour la came déjà, il avait du mal à l'imaginer, mais il avait vu pire. Les armes, en revanche, il ne pigeait plus du tout. Il revit fugitivement le terrain de paintball, la passion des garçons Tourville pour ce jeu guerrier, mais cette pensée ne fit que l'effleurer. Il approchait de la bretelle qui conduisait à la Dame-Blanche. Il allait retrouver son commissariat où, selon ce que lui avait dit Lubet, la situation était stationnaire.

1. Informateur.

Cent mètres avant l'entrée de la bretelle, il distingua sur la bande d'arrêt d'urgence un spectacle qui faillit l'envoyer dans le décor. Il écarquilla les yeux, incrédule. Quelqu'un sur le bas-côté se livrait à d'étranges manœuvres, comme s'il voulait traverser. Un personnage bizarre, qui ressemblait de loin à un être difforme ou à un animal non répertorié sur les planches en couleurs du dictionnaire.

La circulation était fluide et les véhicules, néanmoins en nombre, roulaient trop vite pour qu'une tentative de couper les trois voies de l'autoroute ne fût pas d'avance vouée à l'échec.

Le Guénec mit en marche ses feux de détresse, se rabattit sur la droite, roula sur la bande d'arrêt d'urgence en observant, le cœur sur les lèvres, l'étrange attelage qui tentait une nouvelle fois de s'aventurer entre les véhicules. Un énorme camion le frôla en actionnant son avertisseur qui mugit comme une sirène de paquebot. Sous l'effet du souffle, la chose, projetée en arrière, chancela et s'abattit devant les roues de la Renault juste au moment où Le Guénec arrivait à sa hauteur.

Le divisionnaire perçut un hurlement atroce qui lui fit croire tout d'abord qu'il en était la cause. Mais il n'avait ressenti aucun choc et, surtout, il voyait à présent distinctement à quoi ressemblait ce que de loin il avait eu du mal à identifier. Non pas une mais deux personnes, visiblement jeunes, couvertes de terre, sales et loqueteuses à faire peur.

Bien que fatigué, le cerveau de Le Guénec se mit en marche à toute allure. Qui était ce garçon en treillis effondré au bord de l'autoroute, avec sa frange de cheveux blonds collés de crasse qui lui retombait devant les yeux ? Et cette fille, tout aussi jeune et tout aussi blonde, vêtue comme Lise, le regard fou et les mains crochées autour de sa jambe ?

Il sortit de la voiture sans mouvement brusque, referma la main sur son Manurhin, attrapa ses menottes sans lâcher le couple des yeux, le garçon plus terrifié que menaçant, la fille prête à lui sauter à la gorge.

Il s'avança lentement, en gueulant pour couvrir le fracas de l'autoroute :

— Mains en l'air ! On ne bouge plus !

Il eut un léger vertige, avec l'impression de revenir des années en arrière, au milieu de ce décor surréaliste de l'autoroute, de marcher au-devant de Cyril, dont la forme immobile, étendue plus loin, semblait l'appeler.

Pas un automobiliste ne paraissait prendre garde à ce qui se passait sur le bas-côté, personne n'eut l'idée de s'arrêter, et cela valait sans doute mieux. Pourtant, au moment où il saisissait les poignets du garçon, Le Guénec perçut le chant d'un deux-tons qui se rapprochait. Les éclairs bleutés progressaient à toute vitesse sur la bande d'arrêt d'urgence. La section autoroutière de la CRS 7 avait dû être alertée par un automobiliste moins indifférent que les autres. Le divisionnaire en fut soulagé.

Malgré sa jambe blessée, Fleur se débattit comme un démon et il fallut pas moins de quatre hommes pour la faire monter dans le fourgon. Tous les policiers surent, sans que personne n'eût besoin de le préciser, qu'ils avaient en face d'eux la fille du « couple infernal » de la Dame-Blanche, et il vint à certains des envies de meurtre. Le Guénec calma le jeu mais recommanda de la surveiller comme quarante casseroles de lait sur le feu.

Puis il se pencha vers Olive, qu'il avait menotté à l'arrière de la Renault :

— Salut, le Nain !

Olive le gratifia d'un regard dans lequel luttaient la rancœur et le soulagement. Des larmes brouillaient ses yeux noirs et coulaient en rigoles sur ses joues terreuses.

Le Guénec ressentit un profond attendrissement, une allégresse aussi, qui faillit le précipiter sur le téléphone pour appeler Jeanne Tourville. Pourtant il se retint, gêné par une question qui lui venait et le plongeait dans un nouvel abîme de perplexité. Que faisait le Nain au bord de l'autoroute avec, dans les bras, l'assassin de la petite Lise ?

*

* *

Quand Olive arriva au commissariat, toujours sale, menotté et tenu en laisse comme un jeune chien par le grand flic qui l'avait interpellé sur l'autoroute, la première personne qu'il vit fut Biboul, assis, la tête entre les mains, sur une chaise dans le hall. Il remarqua les yeux cernés de son copain et son air ahuri devant le spectacle qu'il lui offrait. Le Nain, chef incontesté d'une équipe de guerriers de papier, vêtu de sa tenue de combat, couvert de poussière et de boue et attaché à Le Guénec comme un radeau à une bouée, lui adressa un clin d'œil fanfaron.

À côté de Biboul était assis Rémi Leplomb, le chef des Bad Snakes. Piteux, l'air inquiet et malade, pâle, dépouillé de ses atours de guerrier, minable.

Olive ne put s'empêcher d'éclater d'un rire nerveux.

Le Guénec fit apporter des sandwiches et des boissons, une bière pour lui, un Coca pour le Nain. Puis il le libéra des menottes et fit signe à l'adolescent qu'il pouvait se servir. Olive ne bougea pas.

— Tu n'as pas faim ?

Olive secoua la tête sans mot dire.

— Excuse-moi, fit Le Guénec, c'est pas La Tour d'Argent, ici, et je suppose que t'as bien bouffé pendant ces trois jours…

Le Guénec demanda à Ravout de reprendre ces sandwiches dont personne ne voulait et le brigadier marmonna que c'était bien la peine qu'il se soit décarcassé à les faire avec des rillettes de canard maison. Le Guénec surprit la lueur d'envie dans le regard d'Olive mais fit semblant de s'intéresser à des papiers qui traînaient sur son bureau.

Après quelques minutes de silence entre les deux, Olive commença à remuer sur son siège. Le Guénec continua sa lecture. Olive toussota, dit d'un ton un peu sec qu'il avait besoin d'aller aux toilettes.

— Il y a un préalable, dit Le Guénec tout aussi sèchement. Tu me racontes ce que tu foutais avec cette petite saleté, d'où vous veniez et où vous alliez. Ensuite, j'aviserai. Soit j'appelle ta mère, qui, je te le dis en passant, ne dort plus depuis trois jours, elle vient te chercher et basta. Soit tu as fait des conneries, tu restes là deux jours, ensuite c'est la prison et ta vie est irrémédiablement gâchée.

Olive se mordit les lèvres. Il n'était pas impressionné par le grand flic aux cheveux gris, il sentait même percer chez celui-ci une étrange bienveillance qui l'intriguait. Et il se sentait plutôt en sécurité, par rapport à ce qu'il avait vécu au cours des dernières heures. Mais il devait admettre que, par le jeu d'une forme dérivée du syndrome de Stockholm – celui qui produit une empathie entre les otages et leurs geôliers –, il ressentait pour Fleur un sentiment étonnant, fait de compassion et de tendresse.

— Qu'est-ce qu'elle va devenir ?

Le Guénec comprit qu'il était arrivé quelque chose à Olivier Tourville, une chose que peut-être il n'avait encore jamais ressentie : il était tombé amoureux.

— Elle est à l'hôpital pour le moment, dit-il d'un ton bourru. On soigne sa guibole. Après, elle sera entendue par un juge d'instruction qui va la mettre en examen pour assassinats. Avec un *s* à la fin. Tu sais ce que c'est, un assassinat ?

Olive haussa les épaules.

— C'est un meurtre, reprit Le Guénec, impitoyable. Avec préméditation. Perpétuité. Avec une peine de sûreté de trente ans, au mieux, quand elle sortira de taule, elle aura... (Il réfléchit, calculant rapidement.) Cinquante balais... Tu peux l'attendre, remarque, mais il sera peut-être trop tard pour lui faire des gosses !

— C'est ignoble, ce que vous dites !

Le Guénec poussa vers le rebord du bureau une photo d'identité sur laquelle souriait une jeune femme brune :

— Regarde, dit-il, c'est Lise, la jeune fille qu'elle a butée ici. Vingt-cinq ans, pleine de vie, belle... Tu trouves pas ça ignoble, petit ? Et je ne te parle pas des autres, à Aulnay, j'ai pas leurs photos. Ils avaient des femmes, des enfants...

Olive baissa la tête. Est-ce qu'un flic est un homme – ou une femme – comme les autres ? Il marmonna :

— C'est les risques du métier.

Le Guénec crut avoir mal entendu. Il pria Olive de répéter, mais celui-ci refusa, sentant qu'il allait trop loin.

— D'accord, tu as raison, dit-il avec une bizarre douceur, mais dans son métier à *elle*, son métier de tueuse, y a des risques aussi. J'aurais pu faire une bavure ce matin, nul ne m'en aurait voulu. Mais je préfère qu'elle aille au trou, c'est mieux, elle aura le temps de méditer sur le fait que personne n'a le droit de prendre la vie de personne. Quant à toi, si tu continues, j'aurai cinquante raisons de t'y mettre aussi : aide et assistance à une criminelle dans sa fuite, fourniture de moyens, non-dénonciation de crimes, ça se rapproche de la complicité, non ? Et, pour finir, non-assistance à personne en danger…

Olive blêmit sous la charge. La dernière phrase le fit bondir de son siège. Le Guénec le rassit brutalement, martela, le visage à deux doigts du sien :

— Ton frère, on ne l'a pas encore retrouvé, tu sais. Tu y penses ?

Tout entier préoccupé par le sort de Fleur, Olive avait oublié Fil. Il s'en voulut, se sentit crado, se rendit même compte tout à coup qu'il sentait mauvais. Il voulait un bain chaud, la main de sa mère sur son front brûlant, l'ironie acide de son frère.

— Je te donne trente secondes, ajouta Le Guénec d'un ton plat, ensuite je te laisse au commissaire Martin. Il te transférera à Versailles. Moi, je verrai ton copain Biboul, je suis sûr qu'il a des choses à me dire.

Olive soupira profondément, lorgna du côté de la porte, demanda, d'une voix ténue d'enfant sur le point d'être puni à la place d'un autre :

— Je peux avoir un sandwich ?

44

Au début de l'après-midi, Jaja resta seul un long moment dans un petit bureau, réservé aux gradés, qui jouxtait la salle de rapport. Les deux inspecteurs qui s'étaient relayés pour le cuisiner depuis le matin étaient occupés dans une autre partie du commissariat. Ils l'avaient laissé là, confié à la garde du chef de poste. Un homme jeune et fort enrhumé qu'ils appelaient « patron » était venu leur dire qu'il allait faire un tour « sur le dispositif ».

Jaja contemplait les affiches en couleurs, lisait les notes de service punaisées au mur sans y comprendre un traître mot. Il s'ennuyait. Il avait déballé une partie de son histoire aux keufs, celle qui rendait crédibles les événements des derniers jours. Pour avoir la paix, mais sans dire l'essentiel, à savoir son rôle exact dans l'affaire qui les occupait. Il se demandait ce que les autres allaient raconter, mais il était presque sûr que Sélim craquerait. C'était un minable et un poltron.

Jaja avait compris que les flics le relâcheraient, peut-être le soir même, et cela ne le rassurait pas : il y avait encore trop de monde dehors. Seul Le Guénec pouvait intervenir pour qu'on le garde encore un peu, le temps que tous les complices de Sélim soient arrêtés. Et que les autres, inquiets du remue-ménage, se soient éclipsés. Il savait pourtant qu'ils resteraient coûte que coûte, tant qu'ils n'auraient pas retrouvé leur cargaison...

Mais il n'avait pas revu le grand flic aux cheveux gris depuis qu'il avait emmené Loïc et sa cousine, et cela l'inquiétait.

Jaja pensa qu'il valait peut-être mieux qu'il se débrouille tout seul et se leva de sa chaise. La salle de rapport était vide ; dans la pièce en prolongement, deux hommes parlaient devant des pupitres pleins de manettes et de boutons. Dans le hall, un autre petit vert avait remplacé Loïc, il était aux prises avec le téléphone et, quand Jaja passa devant lui en faisant signe qu'il allait aux toilettes, il se contenta de lui dire, la main sur le combiné : « Au fond, à droite. »

Le hall était vide, la porte qui donnait sur le jardinet ouverte. Jaja s'y glissa, se retrouva dehors. Le temps s'était couvert depuis le matin, et une pluie fine commençait à tomber, insidieuse et silencieuse. Dans le jardin, Jaja avisa son vélo qui, appuyé contre le mur, recevait la pluie et les grosses gouttes qui tombaient du toit. Il s'en émut, l'essuya doucement avec les manches de son sweat puis l'enfourcha.

Personne ne s'étant lancé à sa poursuite, après quelques mètres prudents et un coup d'œil derrière lui, il se mit à pédaler à toute vitesse dans les rues de la Dame-Blanche.

*
* *

Olive attaqua sa narration en même temps qu'un deuxième sandwich. Il avait tenté une ultime transaction avec Le Guénec : tout dire en échange d'une promesse.

Le Guénec avait refusé tout net ce chantage culotté mais avait néanmoins accepté d'écouter ce qu'Olive souhaitait obtenir.

Il fit la moue :

— Pour le paintball, on verra. J'en discuterai d'abord avec ta mère. Tu pourrais pas te reconvertir ? Je sais pas moi… Le foot, ça te dit rien ?

— Non, avait crâné Olive, ce sport de débiles ne me dit rien. Ni le tennis, ni rien.

— Pour voir la fille, c'est non. En tout cas, pas à l'hôpital. Plus tard, peut-être, à la prison, si le juge est d'accord.

Il n'avait pas dit non.

La bouche pleine, Olive commença sa confession. Le tournoi près du fort avec Joël, l'inspecteur du ministère de l'Intérieur, qui arbitrait. La soirée, la découverte des caisses, l'ouverture, la fascination pour le contenu.

Des armes, des vraies, comme il en voyait dans les livres que son père avait laissés à la maison, ou à la télé, dans les films et les séries policières. La décision de les transporter chez

Biboul dans son 4 × 4, enfin celui de son père, de les planquer dans le garage des Ménage.

— Mais pourquoi ? s'étonna Le Guénec. C'est stupide ! Vous comptiez en faire quoi ?

— Rien. On voulait s'en débarrasser. Les éloigner du fort parce qu'on avait peur qu'on nous soupçonne et qu'on puisse plus jouer là-bas…

— Quelle connerie ! Ça devait être lourd, en plus !…

— Pas tellement, mais y en avait beaucoup, au moins une vingtaine, on a fait trois voyages…

— Et vos parents n'ont rien remarqué ?

— Les parents de Biboul étaient en voyage, ma mère au restaurant avec un ami…

Cette révélation pourtant anodine déclencha chez Le Guénec une désagréable sensation, loin de l'indifférence chronique qui l'habitait depuis dix ans. Jalousie ? Il se traita en aparté de vieille breloque.

— Ensuite ? reprit-il.

— J'ai réfléchi. Je me rendais compte qu'on avait fait une bêtise, mais c'était trop tard. Je ne pouvais pas appeler les flics, enfin… la police.

Le Guénec fit un signe rassurant. Appeler un flic par son nom n'avait rien d'insultant.

Rassuré, Olive poursuivit :

— J'ai dit à Fil et à Biboul que je m'occupais de tout. Je me suis souvenu d'un copain de mon père. Il fut un temps où il était toujours fourré à la maison. Mon père et lui faisaient du tir ensemble…

— Mike ! s'exclama Le Guénec.

— Vous le connaissez ?

— Un peu... Continue.

— J'ai retrouvé un numéro de téléphone sur un vieux carnet que mon père avait oublié en partant. Mike n'avait pas changé d'adresse, heureusement. Je lui ai expliqué.

— C'était pourtant un policier, non ? Toi qui ne voulais pas mettre les flics dans le coup...

— Oui, mais je le connaissais et mon père disait toujours que c'était pas un policier comme les autres. Comment il disait déjà ? « Atypique », voilà.

— Ça, pour être atypique..., marmonna Le Guénec. Donc, tu avais confiance en lui ?

— Oui. Il m'a dit de me taire, de ne parler des armes à personne. Il me rappellerait le lendemain, il viendrait les voir et il trouverait une solution pour nous en débarrasser... Il ferait comme s'il les avait trouvées ailleurs, dans une perquisition, vous voyez ?

— Ben voyons ! rigola Le Guénec. Un vrai docteur Miracle... Il t'a demandé l'endroit exact où elles étaient, tu lui as expliqué et, le lendemain matin, ton copain Biboul a constaté que son garage avait été cambriolé et les armes, *pfftt*... envolées... Exact ?

Olive ouvrit la bouche, les yeux écarquillés, aphasique pendant quelques secondes. Il bafouilla :

— Vous croyez que... ? Ben oui, évidemment, quel con je fais ! Comment vous avez trouvé ça, je n'y avais même pas pensé...

— Le métier, petit ! Et ton Mike n'est pas un inconnu pour moi… Tu savais qu'il n'était plus flic ?

— Non, murmura Olive, de plus en plus éberlué. Il m'a bien eu alors…

— On dirait, oui. Après le cambriolage, tu n'as pas eu l'impression que tu pourrais avoir des ennuis ?

— Avec les flics ?

— Ou avec ceux à qui appartenaient les armes…

— Si, mais j'y pouvais rien. On avait décidé, Fil, Biboul et moi, d'en parler à personne, plus jamais…

— Ça s'appelle « faire l'autruche », ça ! Et trois semaines après, dans le bois, qu'est-ce qui s'est passé ?

Olive raconta l'épisode du bois, du moins ce qu'il en savait, et la suite : son réveil dans une cave noire comme un tombeau, les hommes… Il sursauta :

— Et mon frère ! Il faut aller le chercher !

— Parce que tu sais où il est, peut-être ? s'étonna Le Guénec. T'es gonflé, je trouve ! On est là, à discuter gentiment, et lui, pendant ce temps…

— Je ne sais pas où il est, mais c'est les mêmes types qui l'ont enlevé !

— Comment tu peux en être sûr ?

— J'en suis sûr. Ils me l'ont dit, ils l'ont chopé après moi parce qu'ils trouvaient que je disais pas la vérité assez vite…

— Tu leur as parlé de Mike ? demanda Le Guénec, qui commençait à comprendre.

Olive baissa la tête :

— Quand ils m'ont menacé de nous tuer, moi ou mon frère, je leur ai dit. J'espère qu'il lui est rien arrivé, ça serait pas cool…

Le Guénec lui épargna le récit de la mort atroce de Mike. Il préférait garder une botte secrète. Pour plus tard. Il eut un geste d'insouciance qui rassura Olive.

— Je pense que je pourrais retrouver l'endroit où ils m'ont gardé, dit ce dernier.

Il se lança dans une description détaillée de l'intérieur et de l'extérieur de la maison, de la cave capitonnée, du matelas, de la pièce où il avait été interrogé. Et plus il parlait, plus Le Guénec sentait ses convictions s'ébrécher. Car, il devait en convenir, depuis le début il ne croyait pas un mot de l'histoire du Nain, persuadé que ce n'était qu'un habillage pour camoufler une aventure sentimentalo-guerrière avec Fleur Dorlac, la tueuse de flics. Une histoire dans laquelle elle l'avait embringué et qui avait mal tourné. Fil, le grand frère, avait dû l'apprendre, ce qui expliquait sa nervosité et son silence. Puis il était parti sur la trace du Nain, il était sûrement encore en train de le chercher alors qu'Olive faisait une ultime tentative pour soustraire Fleur à la police. Seul le sort de Mike ne collait pas avec sa théorie. À moins que le collègue du groupe des surdoses n'ait raison. Que Mike se soit cramé tout seul dans sa baignoire au cours d'une défonce particulièrement réussie…

Olive vit s'opérer un changement subtil sur le visage de Le Guénec, comme si le grand gaillard aux cheveux gris et aux yeux bleu de mer se sentait saisi d'un doute.

— Ils ont amené Fleur Dorlac dans la cave. Je ne sais pas pourquoi, ni ce qu'elle avait fait. C'était mardi. Je vous jure que c'est vrai ! Il faut retrouver mon frère…

Un trémolo cassa sa voix d'adolescent poussé trop vite.

Le Guénec prit une décision soudaine. Il ouvrit la porte, passa la tête dans le couloir, gueula le nom de Lubet, qui accourut à la seconde sommation.

Durieux prenait la déposition de Rémi Leplomb, tandis que lui-même entendait Biboul pour des faits qui, selon ce qu'avait dit le divisionnaire, pouvaient se rapporter à Fleur Dorlac, à son équipée sauvage, et aux liens éventuels de la petite bande de paint-balleurs avec elle.

— Qu'est-ce qu'il raconte ? demanda Le Guénec.

Lubet résuma brièvement les propos de Biboul, et plus il parlait, plus Le Guénec sentait la douleur revenir en force dans sa poitrine. À la fin de son rapport, Lubet remarqua que son chef avait coincé son pouce sous son aisselle, où il le pressait avec force en grimaçant. Il s'inquiéta :

— Ça ne va pas ?

— Si, si, dit Le Guénec, qui voyait s'agiter devant ses yeux quelques papillons dorés. Lâchez tout. Mettez ces petits cons au frais et venez avec moi. Je crois qu'on va faire des découvertes intéressantes...

45

Dans l'après-midi, quelques enfants désœuvrés vinrent à la maison de l'Association pour y rencontrer les frères. Ils y découvrirent le corps d'Aziz, couché sur le côté, la bouche grande ouverte. Du sang mêlé de matière cervicale constellait le tapis de prière, et sa main droite tenait encore le pistolet avec lequel, selon les apparences, il s'était donné la mort.

Les enfants s'enfuirent dans la cité en piaillant.

*
* *

Il ne fallut pas plus d'une heure à Olive pour retrouver l'endroit où il avait été retenu prisonnier.

Ils partirent en convoi du lieu même où Le Guénec l'avait découvert en compagnie de Fleur. Depuis l'autoroute, ils aperçurent les quelques constructions qui subsistaient encore, murées et proches de la chute finale, car les travaux de la rocade avaient commencé pour de bon.

Bientôt le remblai les enfouirait définitivement. Dans trois, quatre jours peut-être.

Ils durent faire un large détour pour s'en approcher, trouver une bretelle, la contourner et déboucher sur le chemin raviné que la pluie fine détrempait en le rendant glissant.

Olive reconnut sans peine la maison, la dernière au bout du chemin.

Il fallut une autre demi-heure pour désintégrer le mur qui obstruait une porte-fenêtre du rez-de-chaussée, pénétrer à l'intérieur, délivrer des menottes qui lui entravaient les jambes et les poignets le jeune homme à l'allure dégingandée couché sur un matelas crasseux, près d'un gros tas de terre fraîchement remuée.

Olive se jeta sur son frère en hurlant de joie.

Les hommes de Le Guénec investirent la maison en douceur, essayant de poser le moins possible leurs pattes partout. Mais elle était toujours aussi vide et lugubre dans le jour déclinant. Si l'installation de la cave laissait supposer que les lieux avaient été préparés pour y recevoir des otages, en revanche les kidnappeurs se révélaient d'une extrême prudence. Ils n'avaient rien laissé derrière eux, hormis peut-être d'hypothétiques empreintes digitales. Le Guénec se demanda comment ils accédaient à la maison et en déduisit, après en avoir fait le tour, qu'ils devaient tout simplement en détenir les clefs. Il constata que, bizarrement, l'électricité fonctionnait encore, mais il remit au lendemain le soin de résoudre ce mystère, aberrant dans le contexte. Une incongruité de plus, pensa-t-il en installant les deux frères à l'arrière du break.

Avant de grimper à l'avant, à la place du passager, il jeta un regard sur le paysage lunaire qui l'entourait. Des trous, des bosses, de gros tas de remblai et de sable, et, au-delà, la forme de la rocade qui émergeait lentement de cette gangue de terrassement.

À cent mètres d'eux, de gros Caterpillar étaient à l'arrêt, inquiétants monstres jaunes tapis dans le crépuscule, prêts à donner le dernier coup de patte à ces baraques de poupées pour les anéantir à jamais.

Le Guénec songea avec une angoisse subite à ce qui serait advenu des deux frères Tourville s'il ne les avait pas retrouvés. Engloutis sous les coups de boutoir des engins, leurs cris couverts par le rugissement des machines conjugué à celui de l'autoroute.

Il frémit sans pouvoir se contenir. Et les hommes qui les avaient amenés là, enterrés vivants, en sachant que nul ne les retrouverait jamais sous ces dizaines de tonnes de gravats, de béton et de bitume, qui étaient-ils ? Sûrement pas des petits voyous de la cité.

Le Guénec convint pour lui-même que cette histoire le dépassait.

Tout ce qu'il voyait à cet instant, c'était, sur la banquette arrière, deux frères qui parlaient à voix basse et – rêvait-il ? – se chamaillaient déjà.

Il pensa à Jeanne, la vit prostrée devant son téléphone, morfondue, anéantie, et se dit qu'il était grand temps de lui rendre ses petits.

46

Jaja frissonna à l'intérieur de la maison en ruine. Elle lui parut hostile et froide, comme une femme abandonnée depuis trop longtemps et à qui on veut faire croire, l'air innocent, qu'on s'est juste absenté le temps d'acheter des cigarettes ou de faire un loto.

Les objets qu'il avait découverts en présence de Loïc étaient toujours à la même place. Personne n'y avait touché. Jaja les examina, perplexe. Puis il entreprit une fouille en règle, détaillant tout : les vêtements, les munitions, les douilles, des objets inconnus de lui, jusqu'aux boîtes de conserve criblées de trous. Il extirpa deux casquettes identiques d'un tas de fringues malpropres qui sentaient le moisi et le sale. Il les contempla en silence, fouillant dans ses souvenirs. Puis une image lui sauta à la mémoire : le grand Antony et la petite conne prétentieuse qui s'habillait comme lui. C'était sur eux qu'il avait vu les casquettes ! Il en fut fortement contrarié, outré qu'on ait pu investir ainsi son territoire sans qu'il s'en soit aperçu. Surtout ces deux « truffes », qu'il n'avait pas apprécié de voir rejoindre la bande des frères. Sélim avait insisté, Antony était son copain de taule. Jaja savait depuis le début qu'il n'arriverait rien de bon avec ces deux tocards.

Accroupi contre le mur, près du matelas constellé de taches innommables, il entendit très nettement un craquement derrière lui. Son rythme cardiaque s'emballa. Il pensa aussitôt qu'il y avait quelqu'un d'autre dans la maison, quelqu'un qui était là avant lui ou qui l'avait suivi.

Il se releva, s'adossa au mur en retenant son souffle, regarda autour de lui avec appréhension. L'ombre se faisait plus oppressante dans la pièce chamboulée, une gouttière émettait un *ploc-ploc* lancinant.

Un autre craquement retentit, rendant plus lugubre encore l'atmosphère de la vieille baraque. Un peu de poussière et des gravats lui tombèrent sur la tête, se répandant sur son faux Lacoste.

Jaja poussa un petit cri, leva les yeux. Ce qu'il vit le remplit d'horreur. Il pensa qu'il devait fuir mais n'en eut pas le temps : le ciel lui tombait sur la tête.

*

* *

Fatigué, Le Guénec alluma une Gitane et gueula à Ravout qu'il fasse du café et qu'il aille chercher à manger pour les gamins. Olive et Fil s'avancèrent, poussés par le divisionnaire qui les entraîna jusqu'à la cage dans laquelle Biboul se morfondait.

— Tu vois, dit Le Guénec, tes copains peuvent pas se passer de toi !

Il ouvrit la porte. Les deux frères et Biboul se congratulèrent longuement – manifestement ravis de sortir d'un mauvais rêve et de s'en tirer à si bon compte –, sous le regard morose de Rémi Leplomb, moins heureux de se trouver sans raison au milieu d'une histoire à laquelle il ne comprenait strictement rien. Amer, il s'en plaignit à Le Guénec, lequel marmonna que ça lui ferait des souvenirs à raconter à ses petits-enfants, si toutefois il ne mourait pas sous les balles de peinture des dangereux gangsters qui commençaient à se raconter leur guerre avec force détails.

Le Guénec mit un terme à leur exubérance en leur rappelant qu'ils se trouvaient dans un service de police et que le nombre des infractions qui allaient leur être imputées les enverrait réfléchir à l'ombre pour un bon bout de temps. Les trois garçons eurent beau scruter le visage gris du divisionnaire, ils ne purent déchiffrer son air impénétrable et décidèrent de se tenir tranquilles.

Lubet avait contourné le comptoir d'accueil et pénétré dans le poste de police. Il ouvrit une porte, revint sur ses pas, demanda à la cantonade ce qu'était devenu le jeune beur qu'il avait « rangé » dans le placard des gradés.

Après quelques minutes de vaines recherches, il dut se rendre à l'évidence : Jamal Laci s'était arraché, ce que confirma Ravout un instant plus tard, en constatant la disparition du vélo gris.

— Tu peux me répéter ça ? gronda Le Guénec, hors de lui.

Lubet écarta les bras en signe d'impuissance.

— À force de faire trente-six trucs en même temps…

— C'est vrai que t'as pas l'habitude… Et les autres, ils sont où ?

— Dehors, avec le patron et les CRS, se hâta Ravout, sentant qu'il allait se faire engueuler dans pas longtemps.

Ce qui se produisit dans la foulée.

— Et tu l'as pas vu filer, toi non plus ! s'énerva le divisionnaire. Vous me ferez tous un rapport !

Les hommes se regardèrent, partagés entre l'ennui de se faire jeter par Le Guénec pour un loupé stupide et l'envie de rire de son air de vieil ours barbu et courroucé. Ils choisirent de prendre l'air ennuyé. À tout hasard.

— S'il lui arrive quelque chose, s'emporta-t-il, vous êtes bons pour…

— Je veux bien être muté, moi, crâna Durieux, qui pointait son nez. Chez moi, à Albi. Ça fait quinze ans que je fais des demandes…

— C'est ça, pavoise ! grimaça Le Guénec, le pouce gauche serré sous son aisselle. En attendant, vous allez me le retrouver, et au trot !

— J'sais pas si c'est bien le moment d'aller dans la cité, objecta Ravout. Ça s'est calmé depuis une heure, mais le feu couve. Le patron craint qu'ils reviennent nous narguer ici…

Ravout disait « narguer » mais il pensait « encercler », « attaquer ». Il se tut. Il songeait à Lise, n'osait pas demander à Le Guénec où en était l'enquête. Où était la fille dont ils évitaient tous de parler avec un soin pointilleux. Il préférait ne pas savoir qu'elle avait été conduite dans un hôpital, loin de la Dame-Blanche et des copains de son innocente victime, sous la garde d'autres policiers, pas indifférents mais moins concernés. La mort touche moins quand elle ne touche pas de trop près...

Ils furent sauvés par le téléphone. Le nouveau petit vert de l'accueil demandait « monsieur le divisionnaire ».

La voix de Loïc, lointaine et si proche en même temps, adoucit comme par enchantement le regard de Le Guénec.

— Salut, petit ! dit-il en se détendant légèrement.

Il se laissa choir sur une chaise qui faillit rendre vis et écrous sous la charge. Il allongea les jambes en grimaçant, fit signe aux autres de quitter son bureau d'une main agacée.

— Tout va bien ?

— Génial ! s'exclama Loïc à l'autre bout, une excitation joyeuse dans la voix. Tout est génial. Louise, la maison, le marais. Merci, monsieur Le Guénec...

— Ça va, ça va ! *Elle* va bien ?

Loïc se méprit sur la personne à laquelle Le Guénec faisait allusion :

— Super ! Vous pensez, elle avait jamais vu une vache ni un mouton d'aussi près, à part ceux du méchoui ! Elle a quelques bleus, mais rien de grave.

— Bien, bien..., murmura le divisionnaire, qui ne savait plus trop quoi dire.

Loïc ajouta encore quelques onomatopées enthousiastes, marqua un temps, puis :

— Et Jamal ?

— On l'a relâché.

— Ah ? Ça s'est arrangé, il ne risque plus rien ?

Le ton de Loïc disait qu'il voulait y croire de toutes ses forces pour savourer son bonheur tout neuf dans la quiétude de la maison de Louise, sans arrière-pensées.

Le Guénec éluda la réponse, biaisa :

— Il faut qu'il se tienne à carreau... Dis-moi, petit...

— Vous voulez des nouvelles de Louise ? s'empressa Loïc. Dites donc, elle est vachement belle...

— Ah ? s'étonna Le Guénec tandis qu'un sourire fleurissait sur son visage ravagé par l'insomnie.

— Je crois qu'elle serait contente de vous voir...

— Elle t'a parlé de moi ?

— Non, mais...

— Bon, coupa le divisionnaire, merci d'avoir appelé...

— Monsieur Le Guénec ?

— Ouais ?

— J'ai dit une bêtise ?

— Non, non ! grogna Le Guénec, qui s'empressa d'enchaîner, pour faire diversion : Tiens, à propos de bêtises, j'espère que ton copain

Jaja n'en fera plus... Je me demande quand même s'il n'est pas un peu mouillé dans le trafic de Sélim, s'ils n'avaient pas une planque quelque part...

Loïc ne disait plus rien, à l'autre bout du fil, au point que Le Guénec crut qu'ils avaient été coupés :

— Petit ?

— Oui, je vous écoute...

— Ah ! je croyais que t'étais parti... Bon, cette fois...

— Monsieur Le Guénec !

La voix de Loïc traînait des tonnes d'embarras. Le divisionnaire sentit son hésitation à l'accélération de son souffle.

— Quoi encore ?

— Pour la planque... Y a une chose que je vous ai pas dite... Jamal, il allait toujours dans une maison en ruine, pas loin de l'autoroute. Il m'y a emmené hier soir, quand je cherchais Naïma...

Le Guénec gronda, puis explosa quand Loïc lui avoua que d'autres avaient sans doute squatté la maison en y abandonnant des traces et indices qui pourraient bien concerner au moins une des affaires en cours.

— Nom de Dieu ! Tu es tombé sur la tête, petit ! Tu sais que c'est grave de dissimuler ce genre de renseignements ! Si tu étais en face de moi...

— Vous avez raison, monsieur, dit Loïc, la voix blanche, toute sa bonne humeur envolée. Mais j'avais promis...

— Promis ! Qu'est-ce que tu avais promis et à qui ? Tu pensais pouvoir garantir l'impunité à un petit voyou qui t'a sûrement mené en bateau ? Un flic ne peut pas se le permettre, ce n'est pas digne d'un flic, une telle réaction ! (Il insistait sur le mot.) Flic, flic, tu es flic, petit, mets-toi ça dans la tête, ou renonce à le devenir pour de bon !...

Il se laissait emporter par la colère. Une rage qui s'adressait à lui-même et à d'autres qu'au petit vert, mais dont le jeune homme faisait tous les frais, recevant un trop-plein emmagasiné depuis des années. Loïc ne bronchait plus. Le Guénec l'imagina, pâle, les jambes tremblantes, les deux femmes pas loin de lui, catastrophées du tour qu'avait pris la communication, qui allait, à coup sûr et de surcroît, ruiner Louise, tant elle se prolongeait. Il se calma aussi vite qu'il était monté, abrégea, abrupt, en intimant à Loïc l'ordre de lui indiquer le chemin de la maison en ruine. Ce que le petit vert amoureux s'empressa de faire en lui recommandant la prudence, vu l'état des lieux et l'imminence de sa démolition. Le Guénec avait noté. Il faillit raccrocher sans rien ajouter mais il perçut dans la voix de Loïc une sorte de désespoir contenu. Il songea à celui de Cyril quand les exigences et les reproches paternels, cinglant à tout propos, lui faisaient penser que jamais il ne parviendrait à se hisser à la hauteur de ce père tout-puissant. Il se rappela fugitivement ses débuts, ses années de jeune flic intrépide et fougueux, ses propres bêtises, qui n'avaient pas toutes été dévoilées au grand jour. Il se radoucit :

— Salut, petit, embrasse-les pour moi...

Lubet attendait devant la porte, crispé :

— Chef, la loi de l'emmerdement maximum, tu connais ?

Le Guénec alluma une cigarette, aspira une bouffée qui lui brûla la trachée tandis qu'un coup de poignard lui ravageait la poitrine. Il se rassit, prêt au pire.

— Aziz Boualem. Les gosses l'ont trouvé mort dans sa mosquée. Suicidé, selon les premiers tuyaux. Le patron est sur place avec le substitut. J'ai averti Martin à Versailles, à tout hasard. Laci et Boualem étaient comme cul et chemise... Ça se corse, on dirait...

— Suicidé comment ? grimaça Le Guénec.

— Calibre 9 mm. Une balle dans la bouche.

— Bordel ! Ça va être la merde là-bas...

— Le patron dit que c'est stationnaire. Il garde une compagnie et renvoie la deuxième ici. Il craint pour le Ciat. Qu'est-ce qu'on fait ?

— On laisse faire le patron. Pas la peine de provoquer les foules en débarquant en force. Toi et Durieux, vous allez commencer à entendre les deux frères Tourville et leur copain Biboul Ménage.

Il résuma ce qu'il savait sur les armes, l'intervention de Mike, les mystérieux kidnappeurs, les relations suspectes des frères Tourville avec Fleur, la tueuse de Lise...

— C’est un vrai sac de nœuds, rouspéta Lubet. On en a encore pour la nuit...

Le Guénec s’abstint de commenter. Il se sentait las, sale, malade. Il soupira :

— Entre aux PTT ou à la Sécu, tu feras toutes tes nuits et tu mourras en bonne santé...

Lubet haussa les épaules :

— Et l’autre, Leplomb, j’en fais quoi ?

— S’il a rien à voir là-dedans, tu le vires. Moi, je vais avertir la mère des Tourville, et ensuite j’ai une vérif à faire...

— Tout seul ? s’alarma Lubet, qui aimait bien son chef malgré son caractère difficile.

Le Guénec ne répondit pas. Il tourna le dos et s’en fut, le pas traînant, vers le téléphone.

47

La maison en ruine émergeait à peine de l'obscurité qui étouffait le reste de jour sous une chape de nuages si bas qu'ils s'accrochaient aux cheminées de la centrale électrique, les escamotant presque entièrement. La pluie avait cessé, mais la couleur du ciel indiquait qu'il ne s'agissait que d'une rémission. Grâce aux indications de Loïc, Le Guénec avait trouvé sans peine la vieille baraque, avec son affiche accrochée à la clôture à moitié submergée par les ronces. Il coupa le moteur de la Renault, ouvrit la vitre, attendit un moment dans l'espoir de voir un mouvement ou d'entendre un signe de vie à l'intérieur. Mais l'autoroute poussait trop fort son ronflement infatigable.

Il quitta le véhicule, ferma doucement la portière, s'enfonça à pas précautionneux dans le jardin en friche. Aucun signe de vie ne lui parvint quand il s'arrêta pour scruter la façade aux belles proportions et aux fenêtres aveuglées par des planches grossières. Le perron orné d'une élégante grille de fer forgé rongée par la rouille disparaissait sous la masse encore luxuriante d'une plante grimpante qui assaillait la porte d'entrée murée.

« Il faut passer par-derrière », avait dit Loïc.

Le Guénec contourna la bâtisse et repéra aussitôt le vélo gris. En même temps qu'il percevait un fracas proche de lui, un bruit de bois qui craque et de pierres qui s'écroulent. Des planches disjointes béaient sur une ouverture de plain-pied. Sans réfléchir, Le Guénec se glissa à l'intérieur.

L'escalier qui conduisait à l'étage était barré par une grosse poutre, des morceaux de chevrons noircis et pourris par le temps et la pluie, un amas de tuiles brisées et de gravats blanchâtres. La partie droite de la maison étant inaccessible, il avait décidé de chercher de l'autre côté, persuadé que Jamal se planquait dans un coin. Du rez-de-chaussée, il l'appela, en s'appliquant à rendre sa voix amène, ce qui lui coûta un effort considérable. Il insista sur le fait qu'il était seul et animé des meilleures intentions. Mais en bas, rien n'avait bougé, un courant d'air sournois agitait une sorte de poussière en suspension, aussi épaisse que de la fumée.

Le Guénec toussa en levant la tête. Il comprit à cet instant ce qui venait de se produire, certainement peu de temps avant son arrivée : le plafond de la maison en ruine, ravagé par le temps et les intempéries, avait cédé, libérant des kilos de gravats. Il appela encore Jamal et, n'obtenant toujours aucun signe d'une quelconque présence, entreprit d'escalader les obstacles encombrant la cage d'escalier. Il y parvint péniblement, non sans avoir provoqué un éboulement qui faillit l'entraîner vers le bas. Il se réprimanda en silence pour son imprudence. Mais, incertain de la présence effective du jeune Laci dans les lieux, il ne se voyait pas appeler des renforts juste pour le plaisir de se ridiculiser !

Il réussit à se hisser au-dessus de la poutre, sentit, à cause de l'effort, le souffle lui manquer. Les papillons dorés investirent de nouveau ses paupières. Il ferma un instant les yeux pour calmer le rythme de son cœur détraqué par l'exercice surhumain qu'il lui imposait.

Quand il les rouvrit, il parvint, malgré l'obscurité de plus en plus épaisse et la poussière, à distinguer vaguement les contours de ce qui meublait la pièce ouverte devant lui. Une table, des objets aux formes indécises tapis dans l'ombre et, tout près de la porte déglinguée, un gros tas de gravats. Il rétablit son équilibre menacé et, à califourchon sur la grosse poutre qui entravait l'accès de la pièce, réussit à attraper son briquet au fond de la poche de son pantalon. La flamme fit sortir de l'ombre un fouillis hétéroclite que Le Guénec observa avec curiosité. Puis son regard se posa sur le tas de saloperies tombées du ciel. Il distingua, à un mètre de lui, une main fine puis un poignet orné d'une belle montre trop grande pour lui et, dans le prolongement, une épaule vêtue d'un Lacoste jaune. Enfin la masse sombre d'une chevelure couverte de poussière grise. Le Guénec n'eut aucune peine à identifier Jamal qu'il héla avec appréhension. Silence.

— Putain ! tu vas pas me faire ça ! cria Le Guénec. C'est pas vrai, c'est un cauchemar !...

Il saisit la main inerte et abandonnée, la serra en la secouant de toutes ses forces, intimant à Jaja, dans un discours décousu, l'ordre de ne pas mourir. Après quelques instants d'effort, épuisé, sur le point d'abandonner la partie, il sentit dans la main du garçon un léger frémissement, subtil signe d'une vie qui se battait encore, en même temps qu'un gémissement lui parvenait. Si ténu qu'il crut presque avoir rêvé.

Fébrilement, il entreprit de dégager le jeune garçon enfoui sous les débris de la toiture.

Il y mit toute son énergie, faillit choir plusieurs fois de son perchoir. Penché sur Jaja, les jambes agrippées à la poutre, il dégagea d'abord le haut de son corps, sa tête, s'assura que le gamin pouvait respirer, qu'il respirait. Il repoussa les morceaux de tuile qui recouvraient sa tête et poussa un cri féroce quand il vit remuer les paupières closes, puis s'entrouvrir la bouche du petit beur. Il approcha son oreille.

— Au secours ! murmura Jaja.

— C'est bon, petit, fit Le Guénec, on va y arriver, bouge pas !

Jaja ferma les yeux et la bouche pour signifier que cette recommandation était inutile. Le Guénec poursuivit son effort mais, pour continuer son travail de déblayage, il devait escalader la poutre, passer de l'autre côté. Cette manœuvre lui coûta un temps qui lui parut infini et une énergie qui le trempa de sueur. Une sueur fétide coulait dans ses yeux, trempait ses vêtements fripés. Il se rendit compte, en touchant au but, qu'il ne pourrait dégager seul le bas du corps du garçon, coincé sous un fatras inextricable, que toute tentative pourrait même se révéler dangereuse et condamner Jamal.

« Chercher du secours. Bon Dieu, quel con d'être venu tout seul ! Aller jusqu'à la voiture, téléphoner… » Dans une prière machinale, il invoqua Dieu. Lequel, il ne savait plus, le sien, celui de Jamal et de ses frères, « qu'importe, pourvu qu'il fasse un miracle… ». Il reprit son escalade dans le sens inverse. À califourchon sur la poutre, il sentit son courage l'abandonner, une mollesse insurmontable l'envahir.

Puis la douleur brutalisa sa poitrine comme un coup de couteau. Le souffle coupé, il ouvrit toute grande la bouche pour trouver de l'air et, dans un geste réflexe, porta la main à son thorax. Déséquilibré, scié en deux par la souffrance, tétanisé par la peur soudaine d'abandonner cette vie qu'il avait pourtant haïe si souvent, il se sentit glisser, basculer dans l'escalier pourri. Avant de toucher le sol, il crut entendre Jaja l'appeler, il eut le réflexe de penser qu'il parlait bien fort et clair pour un mourant. Il lui sembla aussi que des portières claquaient, mais ce devaient être les portes du paradis ou de l'enfer.

Il s'engouffra dans un long tunnel lumineux qui l'aspira lentement, comme une femme douce et tiède.

48

Jeanne Tourville attendait, prostrée devant son téléphone. Plus de deux heures s'étaient écoulées depuis le coup de fil de Le Guénec lui annonçant le retour de ses deux fils. Sains et saufs, ni blessés gravement, ni visiblement traumatisés. Mais il lui avait demandé encore un peu de patience, il n'en avait pas fini avec eux et ne les lui rendrait qu'après les avoir entendus.

« Ils vont bien ? Qu'est-ce qui s'est passé ? Où était Olivier ?

— Je vous raconterai tout, avait dit Le Guénec avec une grande douceur, ne vous inquiétez pas... Tout va bien... Je vous rappelle dans un moment... »

— Un moment, un moment, s'insurgea Jeanne en se levant brusquement, il n'a pas de cœur, cet homme, pas d'âme, rien. C'est un monstre de froideur et d'indifférence. »

Il l'avait pourtant invitée à dîner, avec une hésitation, de la timidité dans la voix : « Dès que tout sera fini, où vous voulez, c'est vous qui choisissez... »

Elle était sûre qu'il avait déjà oublié. Elle eut même la désagréable impression qu'il disait parfois des mots sans les penser, pour se débarrasser d'elle.

Jeanne, qui avait ressenti une émotion troublante, une sorte de désir d'apprivoiser ce grand sauvage meurtri par des événements sur lesquels il conservait le mystère mais que ses antennes de femme lui révélaient à son corps défendant, se surprenait à présent à le regretter.

« Tout ce qui l'intéresse c'est ce métier stupide ! Enfermer les gens, détruire leur vie... »

Elle n'y tenait plus, elle voulait savoir, elle ne pouvait plus attendre pour voir ses petits, les toucher, les humer.

Elle se décida brusquement, composa le numéro du commissariat. Le standardiste la fit patienter, puis un homme se présenta comme étant le commissaire. Il lui fit savoir, en termes secs, nets et sans fioritures, que l'inspecteur divisionnaire Le Guénec se trouvait à l'hôpital de Bobigny, et qu'à ce moment précis nul ne pouvait parier sur ses chances de survie.

Jeanne chancela, frappée de stupeur.

— Mais, bafouilla-t-elle, il a été blessé ?

— Crise cardiaque. Il a trop tiré sur la ficelle.

— Oh, mon Dieu !

Puis le commissaire lui indiqua que ses fils seraient libres vers vingt et une heures et qu'elle pourrait venir les chercher à ce moment-là.

Jeanne Tourville resta un long moment statufiée devant le téléphone, se méprisant d'avoir douté de Marc Le Guénec, submergée de remords. Comment pouvait-elle barrer ainsi, d'un seul trait, le sentiment naissant qu'elle ressentait et qu'elle savait, intuitivement, partagé ? Et voilà qu'à présent il allait mal, très mal. Peut-être même allait-il mourir. « Mon Dieu, ne commettez pas une erreur aussi injuste ! » À présent qu'elle savait ses petits en sécurité, elle remettait Dieu à la tâche pour cet homme, presque un inconnu, et pourtant… Elle regarda sa montre. Le commissaire avait dit vingt et une heures… Mais au fond, qu'y avait-il de plus urgent ? Elle hésita pour la forme, mais sa décision était prise.

Elle se précipita dans la salle de bains, mit du fard à joues, du rimmel sur ses cils et du rouge sur ses lèvres. Elle se changea, choisit avec soin une robe assortie à un foulard à pois, des bas soyeux et des escarpins de veau noir.

Par réflexe, elle ferma sa porte à clef, démarra sa Golf et partit à toute allure en direction de Bobigny, exactement à l'opposé du commissariat.

49

Jeudi.

Claire avançait sans bruit, au ralenti, ses gestes amples et lents noyés dans une brume laiteuse. Le Guénec vit qu'elle portait sa robe de mariée, une profusion de voiles vaporeux qui s'effilochaient dans une brise légère, inconsistants comme de la barbe à papa, ses longs cheveux flottaient, mais il ne pouvait distinguer son visage. Il fit un effort énorme pour ouvrir les yeux plus grands mais une chape de béton semblait l'enserrer, bloquait ses gestes en le maintenant au sol. Dieu qu'il était lourd et fatigué dans ce trou noir !

Claire le dépassa sans s'arrêter, il voulut tendre la main mais il était attaché, ligoté ! Bon Dieu ! Il voulut hurler pour attraper Claire qui s'éloignait en se défaisant de ses atours blancs. Elle se dévêtait tandis que sa silhouette s'amenuisait. Puis elle fut de nouveau devant lui, nue, splendide. Mais pourquoi avait-elle ce curieux visage ? Il parvint à la détailler, les pieds toujours englués dans une masse dure qui comprimait ses chevilles. Ça y est ! Le visage, il le voyait distinctement : ce n'était pas celui de Claire, mais celui de Jeanne.

Jeanne Tourville ! Un grand apaisement le prit, il se sentit bien malgré les liens qui le pétrifiaient encore. Puis il eut peur de nouveau, peur que Jeanne s'en aille à son tour. Glacé par une frayeur qui lui arracha un cri tandis qu'il tirait de toutes ses forces sur ses liens, il ouvrit les yeux.

— Chut, lui intima Jeanne. Cessez de vous agiter, vous allez tout faire tomber !

Il y avait une nuance de reproche dans sa voix, mais surtout du soulagement et – du moins Le Guénec le crut-il – de la tendresse.

— Quelle heure il est ? bafouilla-t-il stupidement.

— Presque sept heures du matin, sourit Jeanne. Vous en avez mis du temps, à vous réveiller…

Elle souriait, elle semblait en pleine forme. Sept heures du matin ! Mais où étaient-ils donc, lui couché, elle assise à son chevet, comme une fois, il y avait au moins un siècle de cela, il l'avait rêvé ?

— Je suis mort ? s'étonna Le Guénec, incrédule.

— Pas que je sache… Reposez-vous ! Il ne faut pas bouger.

Le Guénec réalisa qu'il était attaché sur un lit étroit, relié à des appareils compliqués, un tuyau dans le nez, et se demanda comment il aurait pu bouger dans ces conditions. Il murmura :

— Le gamin ?

Jeanne comprit le mot au pluriel :

— Ils sont rentrés à la maison. Leur père est avec eux. Merci, Marc, merci infiniment...

Marc ! Elle l'avait appelé Marc ! Et cela faisait deux fois en deux jours qu'une femme l'appelait par son prénom avec autre chose dans la voix qu'un ton professionnel et indifférent.

Il ferma les yeux. Comment une chose pareille pouvait-elle lui arriver, à lui qui ne croyait plus à rien ?

— Vous n'êtes pas avec eux ?

— Chut, ordonna Jeanne, à la fois sévère et pleine d'indulgence. Je les ai vus, ils vont bien, je vous dis, ils dorment, ils n'ont pas besoin de moi...

« Pas comme vous », semblait-elle vouloir ajouter, mais elle n'en fit rien. Elle se pencha légèrement en avant, posa sa main sur la grande paluche de Le Guénec.

— Vous m'avez fait très peur, lui reprocha-t-elle.

— Le cœur est un problème chez moi..., dit-il tout bas. Il serait temps que je m'en occupe... Jeanne ?

— Oui ?

— Le petit Jamal Laci...

— Ah ! pardon, j'oubliais... Il a été transporté ici aussi, dans une unité de soins intensifs...

— Il est vivant ?

— Oui.

Jeanne était réticente à poursuivre. Le Guénec pensa d'abord qu'elle lui mentait. Il ouvrit les yeux, la fixa. Son visage était clair malgré ses traits tirés. Il remarqua le maquillage, la trouva belle, troublante. Il sut qu'elle ne mentait pas, elle ne disait simplement pas tout.

— Il est perdu ?

— Les médecins ne se prononcent pas encore. Il est très sévèrement atteint. Le bas du corps, les jambes et le bassin. Il faut attendre.

Jeanne se surprit à prononcer ces mots que, quarante-huit heures auparavant, elle ne supportait pas d'entendre. Elle rectifia :

— Il faut garder espoir.

Le Guénec soupira, paupières serrées, et une chose incroyable se produisit, un phénomène que Jeanne observa avec une émotion qui la submergea : le vieux loup pleurait. Des larmes contre lesquelles il ne pouvait rien puisque, par précaution médicale, il était attaché, impuissant et désarmé, livré à elle. À sa merci.

Avec douceur et tendresse, Jeanne essuya de ses lèvres les pleurs du divisionnaire.

50

Vendredi.

— Ça y est ! exulta Lubet, la réforme est passée, c'est publié au *JO* de ce matin. Permets-moi de te présenter mes félicitations, mon commandant ! Je me présente, lieutenant de police Lubet Henri…

Le Guénec arracha le *Journal officiel* des mains de Lubet, lut, un mélange de mépris et de consternation atterrée sur le visage.

— Nom de Dieu, quand je pense que j'ai fui l'armée, s'exclama-t-il, dépité, pour me retrouver commandant aujourd'hui ! Je voulais être inspecteur, moi, c'est quoi ce bordel ?

Lubet lui expliqua patiemment ce que signifiait précisément cette réforme des corps de la Police nationale, mais Le Guénec ne semblait pas vouloir entendre. Assis sur son lit d'hôpital, il affichait une mine renfrognée, comme si tous ces salamalecs administratifs ne le concernaient pas. Deux ans plus tôt, son commissaire s'était mis en tête de le proposer sur une liste d'aptitude pour être commissaire, au choix. Au dernier moment, Le Guénec s'était défilé, refusant de se présenter devant la commission de recrutement. La raison avouée était qu'il voulait rester « inspecteur », ce titre représentant pour lui le flic, le vrai, celui de terrain, de PJ. Et voilà qu'à présent il était commandant !

— Merde, ronchonna-t-il encore, ils savent plus quoi nous inventer !

Il s'étira avec précaution. Parler de la vie de tous les jours lui évitait d'aborder ce qu'il redoutait. Il se sentait fragile, ne savait comment remercier Lubet de lui avoir sauvé la vie. Car c'était bien grâce à lui s'il était là, vivant.

Lubet, envahi par le doute et le remords d'avoir laissé partir seul le divisionnaire qu'il sentait au bout du rouleau, s'était décidé sur une impulsion. Il avait suivi Le Guénec jusqu'à la maison en ruine et là, il avait attendu, partagé entre la curiosité de foncer voir ce que fichait son chef à l'intérieur et une retenue faite de pudeur et de respect.

Alors qu'il s'était avancé près de la grille du jardin, il avait entendu un fracas à l'intérieur, et un grand cri. Le Guénec rugissait d'une voix déjà lointaine, d'outre-tombe. Après, ç'avait été la routine, les collègues qu'on appelle à la rescousse, les secours qui arrivent, les deux corps extirpés d'un fatras de détritus. Vivants.

Le Guénec avait été débranché de ses appareils, il se sentait bien, neuf comme un nouveau-né malgré les tiraillements parfois fort douloureux des cicatrices de son opération du cœur. Une grande balafre en travers de la poitrine pour un triple pontage…

« Vous pourrez marcher, courir, travailler, avait dit le médecin, mais il faut arrêter de fumer et de boire. »

« C'est ça, oui ! » pensa Le Guénec, que taraudait en permanence, depuis son arrivée dans cette chambre, l'irrépressible envie d'allumer une Gitane.

Jeanne avait passé près de lui une grande partie de son temps, elle lisait pendant qu'il somnolait, puis ils parlaient, de la vie, du dehors, d'eux. De l'école, qu'elle désertait : « Les enfants peuvent se passer de moi quelques jours, ils ont la vie devant eux. » Sous-entendu « Moi pas », et Le Guénec était d'accord, ils avaient déjà perdu trop de temps… Mais ils n'osaient pas encore parler d'avenir. Le Guénec savait que le temps du deuil était passé, qu'il pouvait mettre un terme à cette longue autopunition, mais il lui fallait un autre décor que cet hôpital pour le dire à Jeanne.

Le médecin, prudent, avait interdit toute autre visite que celle de Jeanne, si bien que Le Guénec, qui rongeait son frein depuis presque deux jours, voyait débarquer pour la première fois quelqu'un qui allait lui donner des nouvelles du front…

Il lorgna le costume gris anthracite de Lubet, accoutrement totalement incongru pour lui qui ne portait que des jeans, d'un bout de l'année à l'autre. Il n'osait demander comment ça s'était passé, mais Lubet dut lire dans ses pensées :

— C'est le genre de cérémonie débile…, dit-il, le regard lointain. Tout le monde chiale, y a rien à faire, on peut pas s'en empêcher. La musique, le glas, les falbalas, les femmes, les gosses, les parents, les discours, les citations à l'ordre de la Nation. Lise, elle est passée lieutenant, du coup, et on lui a refilé la « bleue[1] ». À titre posthume, tu te rends compte. Elle avait pas besoin de tout ça, la pauvre, la vie, ça lui suffisait… Le Guénec ne releva pas. Ils observèrent un long silence comme s'ils se recueillaient tous deux sur le souvenir de la jeune gardienne, revivant les moments qui avaient entouré sa mort.

— La pétasse, Fleur Dorlac, reprit Lubet, il paraît qu'elle n'a pas ouvert la bouche. Il a fallu que Martin et ses gars se débrouillent tout seuls pour démêler les faits. Les médecins ont failli lui amputer une jambe, ça lui aurait fait les pieds, à cette garce… Enfin, si je puis dire ! Je pense que Martin va rappliquer, je l'ai vu aux obsèques…

Au moment où il citait son nom, le commissaire Martin passa une tête par la porte. Lui aussi était en tenue de cérémonie, pantalon gris et blazer bleu marine.

— J'avais pas remis cet ensemble depuis des années, soupira-t-il en desserrant sa cravate. Quant à l'uniforme de commissaire, je te dis pas, j'ai même pas essayé de le remettre. J'ai pris au moins dix kilos depuis Saint-Cyr-au-

1. L'Ordre national du Mérite.

Mont-d'Or… Là-bas, je courais tous les matins, maintenant c'est tout juste si j'ai le temps de me raser…

Il loucha vers le chevet du lit, où voisinaient une bouteille d'eau, un vase avec des roses, une corbeille de fruits, des bonbons, émit un sifflement discret :

— Ça va pour toi, on dirait…

— T'es pas venu pour me faire la morale, grogna Le Guénec, que reprenaient ses mauvais instincts.

— T'en fais pas, mon vieux, dit Martin en s'asseyant lourdement sur le rebord du lit, je vais te mettre au parfum des dernières nouvelles, je sais bien que rien d'autre ne t'intéresse…

Il insista pourtant d'un air entendu sur les dix roses thé délicatement parfumées et s'empressa de reprendre la parole quand il vit le bleu des yeux de Le Guénec virer couleur orage.

— Par quoi je commence ? Attends que je m'y retrouve ! Où t'en es resté, toi ?

— Sous les décombres de la baraque, avec un gosse à moitié mort…

— Ouais, c'est triste pour lui, mais il va s'en tirer… Et il aurait pu finir plus mal. Tu sais qu'il était quand même assez mouillé, ton petit beur candide…

— J'ai jamais dit…

— Bon, bon… t'as raison… C'est un petit malin ce gosse, enfin… Tout d'abord, il faut que je te dise : il est formellement établi qu'Aziz Boualem ne s'est pas suicidé. L'étude balistique démontre que la balle a opéré une trajectoire orientée du haut vers le bas avec un angle de cinq degrés, ce qui fait qu'à moins d'une improbable acrobatie destinée à nous embrouiller, il n'a pas pu s'effacer tout seul...

— Tu sais qui l'a tué ? Martin claqua de la langue.

— Pas vraiment, j'ai une petite idée... On essaie de faire parler le calibre trouvé à côté de lui. C'est un Makarov, un pétard russe comme tu sais...

— Comme celui auquel appartient le chargeur trouvé dans le garage des Ménage après le cambriolage ! s'exclama Lubet.

— Oui, mais ce n'est pas une arme rare, les Russes ont liquidé beaucoup de leurs stocks après l'effondrement du régime soviétique. Il en passe pas mal aussi par l'ex-Yougoslavie... Donc, je n'ai pas encore l'identité du tueur, mais je peux te dire ce que j'ai pu reconstituer d'après les interrogatoires. Des cousins Laci, des frères Tourville, de Fleur Dorlac.

— Tiens, je croyais qu'elle jactait pas ! s'étonna Lubet.

— Bof, après quarante-huit heures de garde à vue, ils jactent tous. Elle nous a traités d'assassins, mais elle a parlé.

— Elle manque pas d'air, grogna Le Guénec, les yeux au plafond.

— Donc, je résume..., reprit Martin en s'adossant confortablement contre le pied du lit. On a trois groupes de personnages : ceux de la cité, sous la houlette d'Aziz Boualem et de quelques illuminés comme lui qui composent l'association Terre d'islam. Soutien scolaire, aide à l'insertion, éducation religieuse... En fait, ils ne songent qu'à préparer les gosses à la révolte, au jihad, comme ils disent. Pour soutenir ceux qui combattent contre le pouvoir en place de l'autre côté de la Méditerranée. Ils ont rassemblé autour d'eux des jeunes de tout acabit, Sélim Laci, Toufik, qui sont en fait des voyous bon teint mais genre minable, tu les connais. Ils font des coups sans envergure, ramassent juste de quoi vivoter. Boualem, lui, rêve d'un grand destin. Un jour, Sélim se ramène avec un ancien de la cité qu'il a retrouvé à Fresnes...

— Guerrero...

— Exact. Antony Guerrero. Flanqué d'une bonne amie un peu fêlée, Fleur Dorlac. Guerrero professe des idées un peu dépassées, une sorte d'anarchisme primaire, comme lui. C'est un mal dégrossi, plutôt beau mec, et qui n'a peur de rien. Il se balade avec un fusil à canon scié, impose sa meuf parmi les frères et, un jour, rapplique avec un tuyau et une idée : se faire un fourgon de la Brink's ; 15 millions, la caisse d'un Auchan. Au moment de la rentrée des classes, c'est pas con. Apparemment, le tuyau est bon, j'ignore comment il l'a eu, mais il arrive à convaincre Sélim et ses potes de marcher avec lui et sa furie. Fleur Dorlac et lui seront les éléments d'intervention, les autres le soutien logistique et tactique. Le couple a deux planques : le garage de Berthet, que le reste de la bande connaît ; l'autre, c'est la baraque où t'as failli casser ta pipe, qu'ils sont les seuls à connaître mais que le petit Jaja avait découverte avant eux. Jaja est un malin : il écoute, il regarde, il exploite tout, y compris les renseignements que sa cousine Naïma lui rapporte du commissariat. Elle est amoureuse de Loïc Dupont et, quand Jaja lui demande de lui raconter ce qui se passe chez vous en échange de sa protection bienveillante, elle ne se pose pas de questions. Elle raconte. Et ça donne des idées aux autres pour monter leur coup : comment piquer une bagnole – les clefs restent sur le contact, paraît-il –, quel est le moment favorable pour se glisser dans les vestiaires, piquer des uniformes... Tu vois ?

— Je vois, dit Le Guénec, qui avait compris cela depuis longtemps.

— Un seul truc coince : ils n'ont pas d'armes pour attaquer le fourgon. Guerrero prétend qu'il a besoin d'explosifs ou d'un engin capable de percer un blindage. Il lui faut aussi des calibres, mais il a une petite idée et il compte bien les trouver, devine où...

— Ça va, ça va, on le sait, s'impatienta Le Guénec. En tout cas, c'est pas chez nous qu'ils ont trouvé les Uzi, Kalach et compagnie, hein !

— En effet. Je vais y venir. Donc, Guerrero se dit qu'ils peuvent faire d'une pierre deux coups et piquer aussi des calibres dans le commissariat, mais il ne dit rien à Sélim ni aux frères, pour pas les affoler. Avec Fleur, ils préparent leur affaire, répètent leur plan, soigneusement. D'ailleurs, dans le même temps, la môme n'est pas restée inactive. Elle a gardé le contact avec une vieille relation, un ancien curé, si tu vois qui je veux dire...

Le Guénec haussa les sourcils, ébahi : il n'avait parlé de Jouvence qu'à Luc et il ne lui semblait pas que Luc et Martin se connaissaient.

— Ben oui, mon pote, quand on t'a trouvé, dans la baraque, t'avais une cassette dans la poche, une cassette de répondeur. Tu m'en voudras pas mais je l'ai écoutée, c'est tout bête. Je suppose que t'avais pas eu le temps de me la donner...

Le Guénec haussa les épaules. Il ne comprenait toujours pas ce qui liait Jouvence, un vieux révolutionnaire sur le retour, à Fleur Dorlac, jeune bourgeoise dépravée des Acacias.

— Quand elle était gamine, expliqua Martin, Fleur Dorlac passait ses vacances chez un de ses oncles, un certain Justin, qui militait dans des mouvements d'extrême gauche, avec Jouvence entre autres. Ce dernier a fait sauter la gamine sur ses genoux et quand son pote Justin est mort - d'un cancer -, il est resté en relation avec elle. Comme tu le sais, Jouvence est un fourgue, il fournissait à Fleur de la dope de temps en temps. Un jour, elle vient le trouver, ça fait trois semaines à peu près. Elle lui demande le matos dont Guerrero a besoin. Jouvence se récrie qu'il touche pas à ce genre de business mais, une semaine après, il la rappelle et lui explique qu'il a changé d'avis : il a des « trucs » intéressants pour elle. Notamment un

RPG 7. Il ne pose pas de questions, ni pour quoi faire, ni avec qui. Elle accepte le RPG, le paie le prix fort et, bien sûr, elle ne peut pas résister, elle raconte à son mec comment elle l'a eu et lui, eh bien, il va bavasser auprès de son copain Sélim. Sélim va au contact de Jouvence et se paie quelques babioles – ce qu'il trimbalait dans son sac – dont il prétend qu'elles n'étaient destinées qu'au braquage du fourgon, mais j'en doute.

— Il doit pas être bien difficile à cuisiner, Sélim Laci, dit Le Guénec. Il s'est allongé, je suppose ?

— Bien sûr, mais là-dessus, il m'a paru flou. En effet, il devait servir de soutien logistique, et, à part voler une bagnole et éventuellement couvrir l'opération avec un ou deux calibres, je ne vois pas en quoi les Uzi, Kalach et explosifs pouvaient lui être utiles. Je n'exclus pas qu'il ait pu avoir d'autres projets dont personne, à part peut-être Aziz Boualem, n'aurait été tenu informé. Enfin, c'est une autre histoire... En tout cas, le jour du braquage, quand les deux jobards attaquent le Ciat, avec les conséquences que tu connais, il est là, il observe et... se défile. Courageux mais pas téméraire, il décide de laisser tomber. Si le braquage réussit, il tirera les marrons du feu en prétendant que les flics l'ont empêché de passer, ou il trouvera une autre excuse tout aussi bidon, s'il échoue, il s'en tire les cuisses propres.

— Qui est-ce qui a sauvé la peau de la fille, alors ?

— Attends, j'y viens. Sois pas impatient comme ça, tu vas te faire du mal… Une chose, à propos de Jouvence : il avait besoin de tune, c'est pour ça qu'il a fourgué des armes aux frères. C'est pas le mauvais cheval, au fond, et il est en main avec…

— Je sais, coupa Le Guénec, c'est leurs oignons, aux collègues de la BRB, mais à leur place, je ferais gaffe avec ce zig.

— Comme tu dis, c'est leurs oignons… Donc, Sélim n'est pour rien dans le sauvetage de Fleur Dorlac sur l'autoroute. Là, on arrive à la deuxième équipe : tes gamins des Acacias, ces nains qui jouent à la guerre… Le jeune Tourville qui disparaît au cours d'une partie de paintball, tu n'y prêtes pas plus d'attention que ça, parce que tu es habitué à ce genre d'affaires dans ton commissariat. En fait, Olivier Tourville a bel et bien été enlevé. Hein, Lubet ?

— Affirmatif, commissaire ! rétorqua l'interpellé, qui ne se sentait plus depuis qu'il était devenu lieutenant. On a tous cru à une histoire de gosses fugueurs…

— Enlevé, le coupa Martin, et séquestré dans une cave par des types auxquels appartenaient quelques précieuses caisses bourrées d'armes et d'explosifs que, environ trois semaines plus tôt, ces petits cons avaient découvertes en jouant au paintball dans le fort et qu'ils avaient trimbalées aussi sec jusqu'au garage des Ménage…

— Des types ? objecta Le Guénec.

Martin hocha la tête avec un demi-sourire :

— Ben oui, des types… Et si j'en crois les déclarations de Philippe Tourville, il y en a au moins un qu'on connaît. Que *tu* connais.

— Et ce serait ?

— Je te le donne en mille… Un collègue.

— Lequel ? Lallement ? Ce naze ?

— Non, Mike Lallement s'est retrouvé là-dedans par hasard. Non, l'autre, c'est…

La porte s'ouvrit brusquement sur une infirmière au physique totalement à l'opposé de ce que les regards gourmands et pleins d'espoir de Lubet et Martin pensaient découvrir. Une femme plus très jeune, à l'air revêche et aux cheveux ternes, qui les fit sortir sans ménagement. Dehors, Martin en profita pour fumer une cigarette en expliquant à Lubet qu'il était allé voir Jamal Laci pour recueillir son témoignage. Bien que parfaitement lucide, le garçon était en mauvais état, paralysé des jambes.

— Quand je pense, dit Martin, à ce qu'il a fait pour avoir un vélo dont il ne se servira peut-être plus jamais…

Avant que l'infirmière revêche ne les laisse de nouveau s'installer au chevet de Le Guénec, non sans leur avoir recommandé, sur un ton acerbe, de ne pas le fatiguer, les deux hommes convinrent de ne rien lui dire de l'état réel de Jaja.

— Alors, ce collègue ? râla Le Guénec, qui n'y tenait plus. (Il frottait son bras, endolori à l'endroit où l'infirmière l'avait piqué.) Bon Dieu, marmonna-t-il, je hais les piquouses, je comprends pas comment on peut se shooter. Ça me dépasse...

— Moi, c'est pareil, renchérit Martin, mais je crois qu'ils s'y habituent, les toxes... OK, le collègue, soupira-t-il tandis que Le Guénec recommençait à s'énerver. Joël Verdier, ça te dit quelque chose ?

— Verdier, Verdier... Jo le Menteur ! fit Le Guénec en se dressant trop brusquement, mouvement intrépide qui lui arracha un petit cri de douleur.

— Ça va ? s'inquiéta Martin, qui poursuivit, rassuré : C'est lui, oui ! Tu l'as connu à l'époque où il était aux Stups. Il avait ses méthodes, dit-on...

— Tu parles, ricana Le Guénec, un embrouilleur de première ! On l'a soupçonné de revendre de la came ou, en tout cas, de couvrir un réseau. Si je me souviens bien, y avait aussi Mike Lallement dans le groupe, à l'époque...

— Non, Lallement était encore à la BRI mais c'est pas grave, ça n'a aucun rapport, de toute façon ! Pour Jo le Menteur, t'as raison, il a filé de la PJ juste à temps. Il a demandé une affectation au SCTIP et il est parti en Afrique. Tchad. Centrafrique. Guinée. Puis il revient, reste un moment en stand-by, repart sur des missions de l'ONU, au Salvador d'abord et, enfin, en Bosnie, où il est resté six mois, le temps de se constituer son petit stock et de le rapporter en France.

— Comment tu l'as identifié ?

— Philippe Tourville.

— Hein ?

— Quand Verdier est rentré en France, il a réintégré le ministère de l'Intérieur, dans un poste d'attente aux services techniques. Il s'occupait des bâtiments du département, parmi lesquels le fort. Je suppose que c'était un endroit commode pour entreposer son trésor sans le moindre risque. Sauf que, depuis quelque temps, les gamins des Acacias allaient y jouer le dimanche. Au lieu de les virer, comme les gendarmes, lui, au contraire, exploite leur présence. Il se met à faire dans le social, passe ses dimanches avec eux, les entraîne à la « guerre », organise des parties... Bref, il leur devient indispensable mais, à mon avis, il n'avait pas l'intention de moisir dans le coin. Je pense qu'il avait un projet pour utiliser ses armes puisque, en toute logique, il ne pouvait pas les garder éternellement et que, selon les vérifications, il n'a pas tenté de les écouler...

— Et comment Fil Tourville l'a-t-il identifié ? Il a fait le rapprochement avec lui après leur mésaventure au fort, le soir du barbecue ?

— Non. C'est drôle, mais ni lui ni son frère n'ont pensé à Jo un seul instant comme pouvant être le propriétaire des armes. Ils ont cru que c'étaient des voyous, des Arabes même, un moment, à cause de Jamal Laci. Mais j'y reviendrai. Philippe a découvert le pot aux roses après qu'ils l'eurent enlevé à son tour et embarqué dans un camion pour récupérer leur bien chez Mike. Ils l'avaient cagoulé mais y avait un trou dans la cagoule… Il a reconnu Jo le Menteur à ses pompes. Marrant, non ?

— Vachement, grimaça Le Guénec. Bon, alors, les gamins ont trouvé les armes, ils appellent Mike à la rescousse. Et l'autre camé s'empresse de leur faire une vacherie, cambriole le garage, embarque les armes. Je suppose qu'il connaît Jouvence et que c'est par lui qu'il écoule le stock. Ce qui est marrant comme coïncidence, c'est que ses acheteurs soient les petits cons de la cité…

— Marrant, en effet, mais tu vas voir, tu n'as pas fini de rigoler. C'est très, très marrant…

— Dis donc, se dressa le nouveau commandant, je pense à un truc, soudainement… Tu sais, la baraque où les jeunes Tourville ont été « retenus », tu t'es renseigné à son sujet ?

— J'ai pas vraiment eu le temps. Pourquoi ?

— Je pense qu'ils n'ont pas amené les gosses là-bas par hasard… *Ils* devaient connaître le coin, mieux, ils avaient les clefs, j'en suis convaincu. Tu devrais…

— Tu permets ? le coupa Martin en tendant la main vers le téléphone.

Il parla brièvement à un homme de son service, raccrocha, se rassit.

— Donc, les armes sont dans la nature. Jo est furax, ses potes aussi. D'après les frères Tourville, ils sont trois : Jo le Menteur, le Toubib – inconnu au bataillon – et celui qu'ils appellent le Rouquin, le genre brutal bas de plafond, qui doit être l'homme de main. D'après les paluches retrouvées dans le 4 × 4 Peugeot abandonné à Aulnay après le braquage, il s'agit d'un type condamné par défaut pour viol, enrôlé dans la Légion dans les années quatre-vingt. Il a servi au Tchad et dans d'autres pays et c'est là, sans doute, qu'il a rencontré le Menteur... On a perdu sa trace récemment, mais je parierais qu'il a aussi goûté de la Bosnie... Le troisième, dit le Toubib parce que c'est lui qui a soigné les blessés, Olivier et Fleur, dans la cave...

— Alors ?

— Alors, on doit faire un petit retour en arrière pour comprendre les faits. Entre le moment où Jo et ses potes ont rapporté les armes en France et les ont planquées au fort et le moment où elles ont disparu, il s'est passé des choses. Comme je te l'ai dit, je ne crois pas qu'ils voulaient les écouler ici, mais quelqu'un est intervenu, un personnage bigrement important malgré les apparences...

— Jamal Laci ! souffla Le Guénec.

— Exact, mon vieux. Le petit Jaja, minus et l'air de rien. Ça fait plusieurs mois qu'il traîne son ennui et sa curiosité du côté du fort, le dimanche, sur son vieux vélo déglingué. Ça lui déplairait pas de jouer avec les autres, mais il est de la cité et il n'a pas les moyens. Par contre, il est devenu plus ou moins pote avec Jo. Jamal reste avec lui quand les autres sont partis. Il est malin, le gosse. Pas con, en plus. Jo lui raconte ses campagnes, l'Afrique. Jaja lui parle de ses copains, tous plus ou moins enrôlés par les frères. Il parle du jihad, les projets que les plus grands évoquent en pensant qu'il ne les entend pas. Il parle, parle. Jo l'encourage, il raconte les coups qu'ils ont faits, ceux qu'ils voudraient faire, le gros braquage de la Brink's. Quinze millions ! Tu te rends compte ! Jaja dit que ses copains manquent de matos. Jo ne moufte pas mais il réfléchit, et un jour il annonce à Jamal qu'il a une proposition à faire au chef des frères. S'il arrive à arranger le coup, Jaja aura un beau vélo tout neuf. Le gosse est comme un fou et, autant par jeu que par convoitise, il met en contact Jo et Aziz Boualem. Très fort pour prêcher le jihad et enflammer les foules, Aziz a un charisme certain sur les jeunes et les nazes comme Sélim Laci, mais aucun courage physique. Il a de l'ambition aussi, et sans doute voit-il là une occasion de se hisser à la tête des réseaux d'opposition combattants, d'en devenir, comme on dit dans la presse spécialisée, un chef historique. Jo lui montre ses armes et fait son prix. Colossal, selon le petit Jaja. Aziz n'a pas le moindre centime, mais il sait qu'il aura bientôt de l'argent, grâce au braquage. Jo propose les armes en échange du produit du braquage, il s'engage même à les convoyer jusqu'en Algérie...

— Un vrai Samaritain, ce Menteur !

— Oui, mais les armes disparaissent. Premier couac. Jo et ses potes s'excitent, ils pensent en premier lieu que les frères les ont doublés, mais Jo n'avait dévoilé sa planque à personne. Les armes ont toujours été montrées dans un camion, aussi il a vite fait de comprendre que les frères n'y sont pour rien. Mais il ne leur dit rien, il achète le silence de Jaja avec la promesse d'un vélo encore plus performant et il laisse les choses suivre leur cours, d'autant qu'il ne s'est pas engagé à leur fournir l'armement pour le braquage du fourgon. Jaja se démène, ramasse tous les tuyaux qu'il peut, il est très habile. Il apprend un jour que Guerrero et sa meuf sont en possession d'un lance-roquettes. Où l'ont-ils eu ? Comment ? Jo connaît le marché local, il fait sa petite enquête et acquiert la certitude que ce RPG est un de ceux qu'il a rapportés de Bosnie. Ils se mettent, avec le légionnaire, à surveiller le couple. Quand Jaja dit à Jo que Sélim a également réussi à se procurer des armes plutôt inhabituelles, le Menteur est convaincu d'avoir été repassé par quelqu'un qui connaît la bande. Mais le temps passe… et rien ne se passe. Leurs filoches ne donnent rien et Jaja ne peut décrocher aucune information sur l'origine des armes… Puis voilà que Jaja, décidément omniprésent, surprend, au fort, une conversation entre Olive Tourville et son copain Biboul. Le fils Ménage est inquiet, Olive le rassure, et Jamal comprend qu'ils savent des choses sur les armes. C'est, pour Jo le Menteur, la dernière chance. Sinon, il est mal : plus d'armes à négocier, plus de fric. Alors, Jo organise une partie de paintball au fort avec une grande équipe – les Bad Snakes –, il y introduit ses deux comparses et décide de faire un coup d'intimidation à Biboul, qui lui paraît le plus vulnérable. Mais, dans le bois, le légionnaire et le « toubib » se gourent, tirent un coup de feu d'intimidation et touchent Olive. Sans réfléchir, ils profitent d'un moment où la voie est libre et l'embarquent.

— C'était gonflé ! dit Le Guénec en se redressant sur ses oreillers avec une grimace.

— Tu parles ! Mais ce n'était pas le scénario prévu. Ils avaient juste des ordres de Jo le Menteur pour lui foutre la trouille et le mettre en condition. Toujours est-il qu'ils se sont trouvés obligés de l'embarquer. Je pense aussi qu'ils devaient être pressés. Olivier Tourville a surpris des bribes de conversation, son frère aussi. Il semblait qu'il y avait urgence pour liquider cette affaire. Comme s'ils avaient eu autre chose sur le feu... Une fois le Nain emmené, ils l'installent dans la maison près de la nouvelle rocade, ils essaient de le faire parler mais ça ne marche pas. Jo le Menteur doit avoir peur d'être reconnu, et le rouquin n'est pas efficace. De plus, le surlendemain, ils se trouvent devant un nouveau problème. En surveillant Guerrero et Fleur Dorlac, ils ont assisté à l'attaque du commissariat et suivi le couple. Comme tu le sais, les deux jobards sont passés par le garage de Berthet pour se changer et modifier la voiture de police et, de là, ils ont filé par l'autoroute. On pense que le rouquin les a suivis, a assisté au massacre d'Aulnay et a récupéré la fille alors qu'elle avait toutes les chances de se faire buter...

— Tu es sûr de ça ?

Martin haussa les épaules :

— C'est Fleur Dorlac qui le dit et il y a quand même quelques témoins. On pouvait supposer aussi que le couple Guerrero-Dorlac et le trio des armes étaient complices mais ça ne colle pas avec ce qu'a entendu Olivier Tourville dans la cave, avec le comportement de la fille et le fait qu'ils l'aient enfermée avec lui.

— Pour le faire parler ?...

— Non, il avait déjà reconnu les faits à ce moment-là, et je crois plutôt que Jo et sa bande pensaient à une complicité entre Dorlac, son mec et les joueurs de paintball. À cause du lance-roquettes et des armes de Laci. Un lien de cause à effet, en somme, les uns avaient piqué les armes, les autres les avaient récupérées...

— Ben dis donc, tu parles d'une embrouille, gémit Le Guénec.

— C'est quand même marrant ! s'esclaffa Lubet. En fait, ces bouffons de la cité achetaient des armes qu'ils avaient déjà achetées...

— Si on veut, oui...

— Et ensuite ? s'impatienta Le Guénec. Je présume que c'est Jo et ses potes qui ont refroidi Mike et Aziz Boualem ?

— C'est probable, en effet. Mais on n'a pas réussi à les loger. Ils ont retrouvé leur bien et hop, volatilisés !

— Ils devaient avoir le feu au cul, ricana Lubet, et pas le temps de finir le ménage...

— Surtout, appuya Martin, qu'on a fait une grande razzia du côté des associations et ramassé pas mal de seconds couteaux. Ça a calmé les esprits.

— Ah ? Même dans la cité ? s'étonna Le Guénec. Pourtant, ils avaient l'air prêts à foutre le bordel…

— Les « autorités » ont négocié avec les responsables, dit Lubet, évasif. Le calme contre une certaine forme de protection. Après la mort d'Aziz Boualem, ils ont eu la trouille. Ils ont bien pigé que les mecs qui avaient fait ça étaient prêts à en refroidir d'autres…

— Sûr, renchérit Martin. D'ailleurs, s'ils en avaient eu le temps et les moyens, les trois jobards n'auraient pas laissé Sélim, ni Jamal, ni Fleur Dorlac derrière eux. Ni les frères Tourville.

— Tu crois ? croassa Le Guénec.

— Tu sais, la baraque où ils étaient enfermés ? Elle est tombée ce matin. Sous les rugissements des engins et fracassée par des têtes de pelle plus grosses que Notre-Dame…

Le Guénec frémit, eut une pensée pour Jeanne. Qu'aurait-il pu faire pour elle si une telle horreur était arrivée ?

— Ils ont eu du bol que tu t'intéresses à leur sort, continua Martin avec une drôle de lueur dans ses petits yeux enfoncés dans leurs orbites. Parce que moi, des fugueurs de cet âge, je leur aurais même pas consacré une main courante. Hein ?

Le Guénec le foudroya de son regard presque marine à force de foncer. Il marmonna une aménité et pria son collègue de lui délivrer la fin du récit, faute de quoi il allait le « foutre à la porte ». Il ajouta que, sans l'intelligence du Nain, son esprit inventif et son obstination à se sortir de la cave, ils seraient tous arrivés trop tard pour les sauver. Ce dont Martin convint d'un signe de tête silencieux.

Le téléphone, inattendu dans le décor feutré, aseptisé, rempli d'odeurs de désinfectant et de médicaments, les fit sursauter tous les trois. Le Guénec se saisit de l'appareil et, aussitôt, fit un signe à Martin.

Le commissaire écouta son interlocuteur en posant de brèves questions et en notant sur un calepin tiré de sa poche les renseignements qu'il lui donnait. Quand il raccrocha, ses petits yeux brillaient d'excitation. Il s'approcha de Le Guénec, lui donna une petite tape amicale sur le bras :

— Bravo ! Bien vu, le coup de la baraque !

Le Guénec haussa les épaules, modeste.

— Si, si, renchérit Martin, tu vas voir : Philippe Tourville connaissait la maison, il l'a vue par le trou de la cagoule comme il a vu les pompes de Jo le Menteur et le camion camouflé en utilitaire de la police…

— Quoi ?

— Ah ? je t'ai pas dit ça ?

Le Guénec fronça ses épais sourcils gris, courroucé.

— C'est pas con comme camouflage, pour transporter des marchandises prohibées, dit-il après les explications de Martin. Un camion comme ça, on doit pouvoir le retrouver, non ?

Martin approuva, il avait fait le nécessaire, diffusions et tout, mais il n'avait guère d'illusions : Jo connaissait la musique, ce ne serait pas facile de l'avoir. Quant à la maison… Martin prit un air mystérieux, comme s'il détenait un secret que les autres ne devraient pas connaître.

— Bon, s'énerva Le Guénec, tu accouches tout de suite ou je fais un petit somme en attendant ?

— Eh, t'excite pas, c'est mauvais pour ton cœur ! Mes gars se sont renseignés à la mairie. L'ancien propriétaire n'habite plus le coin, il vit à Soissons, mais ils ont pu le joindre par téléphone. Le bonhomme a été intarissable… Visiblement, il a quitté cette maison, exproprié, la mort dans l'âme. Il y vivait depuis cinquante ans avec sa femme – morte l'année dernière – et son fils unique. Et tu sais quoi ? Le fils c'est…

— Le légionnaire ! s'exclama Lubet, incapable de résister.

— Raté. C'est le toubib. Enfin, ça m'en a tout l'air. Il a fait ses études à Paris, il a exercé un peu par ici, puis il s'est engagé : Médecins du Monde, Médecins sans Frontières, il a traîné ses guêtres un peu partout, notamment en Afrique. Il s'est même installé au Zaïre pendant quelques années avec une autochtone. Il travaillait comme toubib dans une mine… (Martin consulta son calepin)… de diamants, pas loin de la frontière angolaise. Quand il était jeune, il rêvait d'être musicien professionnel. Il apprenait la batterie, c'est pour ça que le père avait capitonné la cave. Et bien entendu, quand le « petit » a demandé à son père s'il avait gardé une clef de la maison, il y a une dizaine de jours, le père, ému par le pèlerinage que son fils voulait y faire avant de repartir, la lui a donnée. Voilà…

— Où est-ce qu'il repart ? s'enquit Le Guénec, légèrement haletant.

— Le vieux ne sait pas trop. En Afrique, selon toute vraisemblance. Il paraît qu'il ne se plaît que là-bas. En tout cas, il a dû s'y faire de la tune parce que, quand il est rentré en France, il s'est acheté un bateau. Un beau rafiot selon le père, mouillé à Marseille…

— Marseille ! bondit Lubet.

— Nom de Dieu ! rugit Martin, qui venait de réaliser.

Il sauta sur ses pieds en se frappant le front :

— Excuse-moi, Marc, mais là, il faut que j'y aille !

Il ajouta, en fourrant sa cravate dans sa poche après l'avoir arrachée de son col :

— Marseille, mais bien sûr, quel con !

Éberlué, Le Guénec le vit se pencher vers lui, effleurer son front de ses lèvres d'un baiser fraternel et parodique, puis disparaître en courant. La porte claqua derrière lui.

— Tu peux m'expliquer ? s'inquiéta Le Guénec.

— À mon avis, rêvassa Lubet, le bateau du toubib va pas rester longtemps à Marseille…

Il se mit debout à son tour, les mains dans les poches de son pantalon gris passablement froissé.

— C'est Philippe Tourville qui a parlé de Marseille, reprit-il. Quand les trois comparses l'ont ramené à la maison de la rocade, après l'expédition chez Mike, ils ont fait preuve de moins de prudence. Sans doute parce qu'ils venaient de constater la disparition de Fleur Dorlac et du Nain et que cela les perturbait, mais aussi parce que, dans leur esprit, le sort de Fil était déjà réglé. En tout cas, ils ont parlé de Marseille, qu'il était temps de partir. Olive les avait entendus parler de saison des pluies qui approchait. Si tu veux mon avis, les frères barbus allaient se faire couillonner… et c'était prévu comme ça depuis le début. Jamais ils n'avaient eu l'intention de leur livrer les armes, mais plutôt d'empocher le fric du braquage et de filer avec vers leur mystérieux objectif…

— C'est bien possible…

— J'espère qu'on va les choper, ces raclures, j'aimerais bien savoir…

Le Guénec ferma les yeux, épuisé par le récit d'événements qu'il n'avait pas pu vivre jusqu'à leur terme. Il s'enfonça sous les couvertures légères, pâle et tout alangui.

— Je crois que je vais faire un petit somme, murmura-t-il. Tu reviens demain ?

— À vos ordres, mon commandant, se moqua Lubet en tournant le dos.

Arrivé à la porte, il stoppa net, fit demi-tour sur place.

— À propos, chef ! le casse de la pharmacie, dans la galerie marchande : résolu… On avait vu juste, c'étaient les vigiles. On en a mis trois au frais...

Seul un léger ronflement fit écho à ses propos de flic satisfait du devoir accompli.

Il sortit doucement, avec un regard attendri pour le vieil ours au visage, pour une fois, étrangement apaisé.

Épilogue

L'année suivante. Dimanche.

— Fais gaffe sur ta droite !

Le Guénec tourna la tête, alerté par le ton d'Olive, altéré par l'effort et l'excitation de l'enjeu. Dans le mouvement, il reçut un projectile en pleine figure, juste sur le masque, cet engin qui lui emprisonnait les tempes et qu'un quart d'heure plus tôt Olive avait exigé qu'il porte. « Y a eu des accidents, des yeux crevés », avait-il dit.

Une belle coulée bleue masqua l'œil droit de Le Guénec, qui leva au-dessus de sa tête son Trracer, en signe d'abandon.

Olive rampa près de lui, lui fit remarquer, en des termes goguenards et acides, qu'il avait quand même tenu dix minutes.

Le Guénec proposa de tricher, mais Olive désigna d'un geste sec l'éclaboussure bleue qui ne pouvait tromper personne. Puis il s'enfuit à grandes enjambées à travers les fougères.

Le Guénec poussa un soupir de contentement, s'assit dans l'herbe moussue qui recouvrait le sol, dégageant des effluves forts et pénétrants.

Il s'allongea sur le dos, laissant les rayons du soleil le réchauffer, la main gauche sur les yeux, la droite cramponnant le marqueur qu'il avait accepté de porter, l'espace d'une partie, pour faire plaisir à Olive.

C'était un grand jour. Pour la première fois depuis les événements de l'automne précédent, soit onze mois plus tôt, les Red Dragons réinvestissaient, en tenue de combat, le bois du fort. Après l'émoi provoqué par l'affaire, l'implication de Jo le Menteur et le drame évité de justesse pour les jeunes Tourville, le ministère de l'Intérieur avait interdit l'accès du terrain aux joueurs de paintball, qui s'étaient repliés en des lieux qu'Olive qualifiait de « nazes ». Pendant des semaines, ils avaient remâché leur ressentiment à l'encontre d'adultes qui les avaient entraînés dans une sorte de jeu mortel, à leur corps défendant, et qui entendaient maintenant le leur faire payer par cette injuste punition !

Le Guénec, de plus en plus présent auprès de Jeanne après un premier dîner où il s'était senti gauche et emprunté, incapable de faire ces gestes si spontanés qu'elle encourageait pourtant de son regard clair, jusqu'à ce que, à son grand soulagement, elle prît les opérations en main, avait promis de s'en occuper.

Ce qu'il avait fait, non sans avoir monnayé, de manière sournoise, l'autorisation de rejouer au fort contre l'acceptation, par Fil et Olive, qu'il s'installât avec leur mère.

Car les garçons manifestaient de l'hostilité, non à l'encontre de Le Guénec lui-même, mais au principe de voir un homme envahir l'espace laissé vacant par leur père et qu'ils s'étaient empressés de meubler. Mais Jeanne y tenait tellement ! Et puis le vieil ours était fatigué de son taudis, il voulait de la chaleur, du mouvement, des bras chauds autour de lui, des petits déjeuners sans gueule de bois, des rires.

C'était chose faite depuis deux mois. Il avait encore fait lanterner un peu les gamins, le temps de s'assurer qu'il avait fait le bon choix. À présent, il en était sûr, Jeanne était ce qui pouvait lui arriver de mieux.

Il souffla avec une sage lenteur, inspira à fond pour sentir son cœur battre au fond de sa poitrine, sans gêne et sans douleur. Sans Gitanes et sans whisky…

Et sans les fantômes qui le tourmentaient avant l'irruption de Jeanne dans sa vie.

Jeanne l'attendait près du parking. Elle avait tenu à venir pour voir ça. Car, pour fêter leur retour au fort, les Red Dragons non seulement avaient insisté pour rencontrer les Bad Snakes, mais encore avaient exigé que Le Guénec participe à leur partie, en tant qu'invité d'honneur.

« Quel invité pitoyable je fais », marmonna Le Guénec, ravi cependant qu'un adversaire avisé l'ait mis hors de combat.

Il imagina le sourire moqueur de Jeanne, sa tête un peu penchée sur le côté. Il n'avait pas fini d'en entendre… Elle se précipiterait sûrement sur le téléphone, le soir même, pour raconter à Louise les exploits du grand homme.

Louise… Merveilleuse et enchantée, elle avait fait irruption dans sa chambre d'hôpital et, sous le regard attendri de Jeanne, s'était jetée sur lui, tornade chaude et parfumée. Ils avaient mêlé leurs pleurs, bafouillé d'incompréhensibles litanies. Louise voulait la paix, elle regrettait ces années perdues, la souffrance qui, partagée, aurait pesé moins lourd sur leurs deux vies. Puis elle avait exigé qu'il lui raconte les circonstances de ce qu'elle appelait son « accident ». Exigé de voir le médecin pour être rassurée sur son sort et celui de Jeanne, qu'elle avait d'emblée « détestée », mais ses yeux démentaient ses mots et Jeanne riait. Exigé enfin de voir ce jeune Jamal pour lequel Le Guénec avait risqué sa vie, afin, disait-elle, d'expier sa faute jusque dans la mort. Le Guénec se moquait d'elle, elle allait chercher trop loin mais quand, dans le silence revenu, il réfléchissait, il se demandait si elle n'avait pas un peu raison. En tout cas, Louise avait fait des pieds et des mains pour obtenir le droit de s'occuper de Jaja. Ses parents, éberlués, n'arrivaient pas à croire qu'une artiste riche et célèbre voulût prendre soin d'un petit beur infirme. Elle avait réussi. Jaja était resté chez elle pendant plus de six mois, très affairé entre une rééducation douloureuse, aux résultats incertains, la peinture, à laquelle Louise l'initiait et pour laquelle il avait des dons incontestables, et les visites de sa chère cousine Naïma, escortée de son petit vert, qui ne l'était plus.

Loïc avait fini son temps de service national et passé le concours d'officier de police en janvier. Il allait intégrer l'école de Cannes-Écluses à la rentrée et Naïma s'installerait non loin de lui. Avec le bébé.

Le Guénec sourit, à moitié assoupi par sa rêverie. Les deux tourtereaux avaient conçu le petit Louis dans le marais, pendant les trois semaines de leur cavale chez Louise. Affolée, Naïma avait d'abord songé à l'avortement. Impossible de revenir dans sa famille avec un passager clandestin. Loïc était ravi, ému comme tous les jeunes pères, ébahi de se trouver à l'origine d'un tel miracle. Là encore, Louise avait tout arrangé. Le mariage d'abord, pour sauver les principes. Civil, pour mettre les deux communautés à l'abri d'un choix religieux trop compliqué. Poitevin, pour limiter les discussions et le nombre d'invités. Ceux de la famille auvergnate de Loïc, pas ravie-ravie de cette mésalliance, ceux de la grande tribu de Naïma, pas franchement enthousiaste non plus. Finalement, tout s'était bien passé, les grains de riz s'étaient mélangés aux grains de semoule – une idée stupide des frères Tourville – à la sortie de la mairie, et les deux familles avaient fini par se trouver au moins une bonne raison de s'entendre : la venue du petit Louis qui, à deux mois, avec ses cheveux clairs bouclés et ses yeux au ton encore indécis, enchantait son monde.

Au bout de six mois, Jaja avait commencé à se languir. Il ne marchait toujours pas et Louise savait qu'il ne remarcherait peut-être jamais, malgré ses efforts acharnés. Tout entière consacrée à lui, elle ne remarquait pourtant pas ses accès soudains de tristesse, comme un voile qui obscurcissait son regard toujours prompt à la moquerie et à l'autodérision. Puis Louise avait compris : Naïma et Loïc venaient moins, à cause de la grossesse. Les frères de Jaja, ses copains, lui manquaient.

La cité lui manquait.

Un matin, Louise avait mis Jaja dans la voiture, le fauteuil roulant dans le coffre, et elle avait rendu son enfant à la cité en lui faisant promettre de continuer à peindre et de ne pas l'oublier.

Jaja était près du parking, avec Jeanne. Assis dans son fauteuil, il regardait les autres jouer à ce jeu guerrier auquel, décidément, il ne serait jamais admis à participer.

Le Guénec remua les jambes pour éprouver le sol sous son corps, une sensation délicieuse malgré l'humidité qui remontait déjà. À peine commencé, l'été touchait à sa fin. Mais quelle importance ? Sa vie aujourd'hui le payait de ses années de galère. Il vivait avec Jeanne et ses fils, il faisait la vaisselle, les courses avec elle, sans répugnance, avec même une sorte de jouissance diffuse. Il partageait les activités de Fil et d'Olive, il faisait des efforts pour s'intéresser à ce qui leur plaisait, notamment ce jeu stupide dans lequel ils l'avaient entraîné. Il avait fallu un peu de temps pour qu'ils s'accommodent les uns de l'autre, surtout Olive, dont les sentiments naissants éprouvés pour Fleur Dorlac jetaient une ombre sur le tableau. Et puis, doucement, les choses étaient rentrées dans l'ordre, le Nain avait pensé à d'autres filles, oublié même la promesse qu'il avait arrachée à Le Guénec d'une visite à la prison.

C'était bien ainsi et, force était de le reconnaître, le commandant de police Le Guénec avait de moins en moins de temps à consacrer à son commissariat. Il avait renoncé à en faire un second chez-lui, et son ancienne famille de substitution le lui reprochait parfois. Lubet, Durieux, Ravout…

Il ne les abandonnait pas, il pouvait seulement leur donner moins de lui-même. Le Guénec savait que c'était dans l'ordre des choses.

La cité restait un univers difficile, sous pression. Le moindre mot de travers déchaînait les bas instincts, écorchait les nerfs à fleur de peau. Les frères tenaient assez bien leur microcosme socioreligieux, depuis les événements graves de l'année précédente. Le Guénec désapprouvait ce pseudo-marché passé avec les institutions, au premier rang desquelles la police et la justice, car cet équilibre lui paraissait factice. À son avis, les frères avaient du mal à digérer l'humiliation, mais ils se réveilleraient plus forts et plus déterminés que jamais, comme on se réveille d'une mauvaise cuite. Ils se préparaient dans l'ombre et le silence, et le retour de bâton serait terrible et irréversible. Mais qui l'écoutait, le vieux divisionnaire devenu commandant par un artifice administratif ?

Même Martin, son vieux pote fidèle avec lequel il avait fini par renouer, se fichait de la Dame-Blanche comme d'une guigne. Pour lui, ça n'avait été qu'une affaire parmi d'autres, un peu plus prenante en raison de la nature des événements qui s'y étaient déroulés et de la personnalité de leurs auteurs, quoique, au cours des soirées où ils avaient recommencé à refaire le monde et la police – en famille cette fois –, Martin persistait à les considérer comme des « nains », bien loin de ces « beaux mecs » dont il rêvait parfois, faute de les rencontrer chaque jour sur le terrain.

Même le trio de Jo le Menteur ne valait pas le détour. Les trois comparses avaient été « serrés » à Marseille, sur le port. Les caisses d'armes étaient chargées, le bateau prêt à appareiller. Le camion dans lequel elles avaient fait le voyage avait été retrouvé dans un parking, toujours maquillé avec son inscription POLICE sur les flancs. Philippe Tourville était même descendu à Marseille pour l'identifier. Jo avait beau connaître la musique, il s'était fait avoir comme un débutant. Le légionnaire était resté muet : des trois, c'était lui qui risquait le plus. En tant qu'exécuteur des basses œuvres.

Jo et le toubib avaient passé deux journées en garde à vue puis s'étaient allongés comme de braves petits trafiquants, terrorisés à l'idée d'aller en taule.

Jo le Menteur avait raconté comment ils s'étaient connus en Afrique. Comment, au cours de soirées très abreuvées, ils s'étaient monté la tête. À cette époque, le toubib officiait pour le compte d'une grosse société d'exploitation minière au Zaïre. Il évoquait devant ses copains ivres morts la facilité avec laquelle les cailloux sortaient de la mine de Tshikapa-Ngombe... Comment plus de 75 % de la production partait sur un marché parallèle, combien il serait facile de s'approprier une partie des diamants à l'occasion d'un transfert et avec l'aide de rebelles angolais tapis près de la frontière toute proche. Et de devenir riches, immensément riches.

Il suffisait de payer des hommes de main. Et avec ce qui les intéressait au tout premier chef : des armes.

Noyée dans le whisky, l'affaire en était restée là. Chacun avait poursuivi sa route, mais sans se perdre de vue. En Bosnie, Jo avait touché le jackpot et réussi à s'approprier un stock d'armes qui pouvait payer largement les services de quelques mercenaires africains. Renouer avec les deux autres avait été un jeu d'enfant. Le toubib avait un peu d'argent pour acheter un bateau et assurer le transport, le légionnaire était prêt à tout et disponible.

Ce qui leur faisait le plus défaut, c'était l'argent, et aucun des trois ne voulait se mouiller dans des coups foireux sur un sol qu'ils connaissaient de moins en moins. L'Afrique, la Bosnie, l'Amérique latine, passe encore, mais la France…

Survint Jaja, son drôle d'amour pour le vélo alors qu'à son âge on rêve motos pétaradantes ou Formule 1, son esprit vif et ses tuyaux sur les frères de l'islam.

Et Jo le Menteur de s'engouffrer dans la brèche.

Jamais il n'a eu l'intention de leur livrer les armes, il se croit tellement plus malin. Quand ils parlent d'un coup fumant qui va rapporter 15 millions, il se dit qu'il a trouvé ce qui lui manque : le fric. Il amorce le marché, prépare l'arnaque avec soin : faire briller les armes, prétendre qu'elles seront livrées le lendemain du braquage, ramasser le pognon, disparaître avec la cargaison dans la nuit, appareiller à Marseille au petit matin.

Tout aurait marché au mieux sans les apprentis sorciers du paintball, ces guerriers nains venus leur mettre des bâtons dans les roues dans le seul but de préserver leur terrain de jeu…

Le Guénec flottait sur une eau calme et bleue. Bleue à mourir. Un objet s'enfonça dans ses côtes, il sursauta.

— C'est pas vrai, je rêve ! s'exclama Olive. Tu roupilles pendant qu'on est en train de prendre la pâtée... Allez, ouste, debout, sinon je raconte à tout le monde que tu t'es dégonflé...

Le Guénec hissa lentement sa haute carcasse, contempla le Nain, presque chétif dans son treillis, sourit en douce à l'idée que ce môme avait mis en échec une équipe de dangereux loubards habités par le projet fou d'arnaquer des combattants islamistes puis d'attaquer une mine de diamants avec des sauvages, anthropophages de surcroît. Du moins Le Guénec l'envisageait-il ainsi, lui pour qui le midi de la France était déjà une terre hostile et ennemie, peuplée d'infidèles.

Il se sentit étrangement fier de ce petit bonhomme-là.

En soupirant, il reprit son marqueur, qui avait chu près de lui, et s'élança derrière Olive.

11833

Composition
FACOMPO

Achevé d'imprimer en Slovaquie
par NOVOPRINT SLK
le 12 avril 2017.

Dépôt légal : mai 2017.
EAN 9782290147252
OTP L21EPNN000396N001

ÉDITIONS J'AI LU
87, quai Panhard-et-Levassor, 75013 Paris

Diffusion France et étranger : Flammarion